KB196298

영혼들의 운명 1

DESTINY OF SOULS
NEW CASE STUDIES OF LIFE BETWEEN LIVES
by Michael Newton, Ph. D
Copyright © 2000 by Michael Newton

Korean language edition published
by arrangement with Llewellyn Worldwide, Ltd. and Shin Won Agency Co.
Translation copyright © 2001 by Thoughts of a Tree Publishing Co.

영혼들의
운명 1

마이클 뉴턴 지음 | 김지원 옮김

☀ 나무생각

《영혼들의 운명》을 읽은 독자들의 반응

《영혼들의 운명》제2장에서 사랑하는 이의 영혼들이 어떻게 우리들을 위안하러 오는지를 읽고서 나는 기쁨에 넘쳐 울고 말았다.
-캘리포니아주 새크라멘토에서 수전

뉴턴 박사의 가르침이 또 한 권의 책으로 출간된 것이 기쁘다. 그의 첫 번째 책인 《영혼들의 여행》을 읽고 알게 되었던 것보다 영혼에 대해 더 깊이 이해하게 되었다.
-콜로라도주 덴버에서 로라

《영혼들의 운명》은《영혼들의 여행》을 읽고서 더 알고 싶어 갈증을 일으켰던 나와 같은 많은 사람들을 흥분시킬 것이다.
-뉴욕주 올버니에서 제리

당신의 책을 읽고 나서야 나는 이제까지 이해하지 못했던 섬광같이 스치는 사후 세계의 기억들을 비로소 이해할 수 있었다.
-조지아주 애틀랜타에서 데이브

영혼에 관해 쓴 당신의 글은 그 질과 이해에 있어서 대단히 심오하다. 그러면서도 복합적인 아이디어를 단순명료하게 설명하고 있다. 당신에게 가슴 밑에서부터 우러나는 진심의 감사를 드린다.
-캘리포니아주 리버사이드에서 도리스

이 나라에서 주류를 이루고 있는 부정적인 사고의 종교관과 맞서는 당신의 용기에 박수를 보낸다.
-캔자스주 토피카에서 마샤

영혼의 세계를 질서와 사랑의 장소로 보는 당신의 해석은 고무적이다.
-인디애나주 재스퍼에서 트레이시

당신의 책은 큰 위안을 주며 위대한 미지의 세계에 대한 나의 두려움을 감소시켜준다.
-프랑스 파리에서 르네

당신의 사례 연구에서 얻는 깨달음의 메시지는 그 값을 매길 수가 없다.
-독일 본에서 홀츠

나는 현재의 삶에 내가 속해 있지 않은 것 같은 느낌과 깊은 외로움을 자주 느꼈다. 당신은 나의 그런 감정들이 어디에서 오는지, 그리고 진정한 내가 누구인지를 볼 수 있게 해주었다.
-영국 런던에서 레이첼

이 책을 나의 아버지인 존 H. 뉴턴에게 헌정한다.
그는 어린 나에게 보도문적인 글쓰기에 대한 사랑을 몸에 배게 하였고
나의 아들인 폴에게는 노년의 삶을 살며 유머와 격려를 아끼지 않았다.
또 이 책의 출간을 위해 수백 가지 사례들을 검토하여
나를 도와준 나의 아내 페기에게 감사한다.
원고를 읽어준 노라 뉴턴 메이퍼와 존 파헤이, 재클린 내시,
게리와 수전 아네스, 그리고 나의 편집인인 레베카 진스에게도
각별히 감사드린다.
또 1994년《영혼들의 여행》이 출간된 이래 사후 세계에
대해 알게 된 것이 얼마나 자신에게 큰 영향을 미쳤는지를
말해준 많은 사람들에게도 나의 고마움을 표시하고 싶다.
그들이 결국은 시간의 저쪽으로 그들을 다시 한번 데려가게끔
나를 설득한 것이다.

작가에 대하여

카운슬링으로 박사 학위를 취득한 마이클 더프 뉴턴은 미국 캘리포니아주의 공인된 마스터 최면요법 시술사(Master Hypnotherapist)이며, 미주 지역 카운슬링 협회의 회원이다. 그는 여러 고등 교육 기관에서 교사로서, 관리자로서, 카운슬러로서 일했으며, 정신건강 분야의 여러 주립 기관에서 약물 사용자들의 그룹 지도자로 일했다.

뉴턴 박사는 행동 교정에 의한 치료와 사람들이 영적인 자신을 접할 수 있도록 돕는 일에 전념했다. 자신만의 고유한 퇴행최면요법을 개발시켜 나가던 그는 피술자들의 전생 경험을 알아내는 것보다 윤생 사이에 존재하는 영혼을 아는 것이 더욱 의미 있는 일이라는 것을 발견하게 되었다.

커다란 호응을 얻은 첫 책 《영혼들의 여행》과 함께 이 책도 영혼 세계에 대한 수년간에 걸친 연구 결과다. 역사가이며, 아마추어 천문학자이며, 온 세상을 여행하는 여행자이며, 열렬한 하이커(도보 여행자)이기도 한 그는 로스앤젤레스에서 살다가 캘리포니아 북쪽에 있는 시에라네바다 산속에서 아내와 여생을 보냈다.

차례

서문

　우리는 누구인가? 우리는 왜 여기에 있는가? 우리는 어디로 가고 있는가? 르웰린 출판사에서 1994년에 나온 책《영혼들의 여행》에서 나는 오래된 이런 의문들에 해답을 주려 노력했다. 영혼 세계의 삶이 어떠한지를 그처럼 세부적으로 쓴 책을 읽은 일이 없었기에《영혼들의 여행》을 읽고 나서 진실한 자아가 깨어남을 느꼈다고 많은 사람들이 얘기했다.《영혼들의 여행》은 깊숙이 내재되어 있는 감정들과 다시 지구로 돌아와 사는 현실의 목적을 알게 해주었다고도 말했다.

　책이 출간되고 잇달아 여러 나라 언어로 번역이 되자 세계 각국의 독자들로부터 또 다른 책이 나올 것인가 하는 질문을 많이 받았다. 오랫동안 나는 다른 책을 쓰고 싶지가 않았다. 연구에 바쳤던 세월을 다시 끌어들여 오리지널 사례들을 정돈하고 그것을 또 함축해서 영원불멸한 우리의 삶을 글로 정리한다는 일이 힘겹게 여겨졌다. 나로서는 이미 할 만큼 다 했다는 느낌이었다.

　《영혼들의 여행》서문에서 나는 전통적인 최면심리치료사로서의 나의 경력과 형이상학적인 기억들을 끌어내려고 최면을 사용하는 것에 대해서 얼마나 회의를 느끼고 있었는지를 설명한 바 있다. 1947년에 첫 최면을 걸었으니 나는 분명 옛 학파에 속하지 뉴에이지 사람은 아니겠다. 그러므로 그럴 의도가 없었음에도 내가 피술자를 영혼 세계의 관문으로 들어가게 했을 때 나는 너무도 놀라고 말았다. 최면요법가의 대부분은 영혼들의 세계를 안개에 싸여 하나의 전생과 그다음 인생 사이에 다리 역할을 할 뿐인 몽롱한 지옥의 변방쯤으로 생각하고 있었다. 그런 까닭에 내 스스로가 영혼 세계에 도달하는 데 필요한 단계들을 알아내어 신비스런 그곳에 있는 영혼 존재의 기억을 열겠다는 의도가 분명해졌다. 홀로 몇 년간의 연구 끝에 나는 영혼 세계의 구조를 알 수 있었으며, 이 과정에서 환자들이 얼마나 많이 치유되는지도 깨닫게 되었다. 무신론자이건 심오하게 종교적이건 그 외 또 어떠한 철학적인 사유를 믿건, 일단 최면으로 초의식 상태에 들면 사람들이 모두 같은 얘기를 한다는 것 또한 알게 되었다. 이런 연유로 나는 영혼퇴행 최면요법가라는 명칭을 얻게 되었다. 사후 세계의 전문가라는 것이다.

　나는 《영혼들의 여행》에서 죽는다는 것은 어떤 것인지, 죽은 뒤 저세상으로 건너가면 영혼의 세계에서 누가 우리를 맞아주며 우리가 어디로 가는지, 그리고 다시 태어나기 위해 새로운 육체를 선택하기까지의 경로들을 압축시켜 차례대로 적어놓았다. 윤회하는 전생의 삶들 사이에 육체를 벗고 영혼으로 있던 때의 경험을 피술자로부터 얻어내어 시간 순서대로 여행지같이 기술했다. 《영혼들의 여행》은 또 다른 전생에 관한 책이라기보다는 최면을 사용하여 일찍이 발견하지 못했던 것을 정리해본 형이상학적인 연구서다.

영혼의 세상이 어떤 형태로 움직이고 있는지를 정리해보던 1980년대에, 나는 다른 형태의 최면요법은 딱 문을 닫아버렸다. 사례 분량이 많아질수록 나는 영혼 세계의 비밀들을 벗겨내는 일에 미친 듯이 집착하게 되었다. 집착해서 파고들수록 이미 발견했던 것들을 확인하고 확신할 수가 있어서 마음이 놓였다. 영혼의 세계만을 집중적으로 연구하는 동안에는 연구에 관계된 피술자와 그들의 친구들만 만나며 홀로 공부했다. 형이상학적인 책들을 취급하는 서점에도 가지 않았다. 어떠한 외부의 영향도 없는 절대적인 자유를 원했다. 내가 혼자 고립되어 공부하고 공공연히 연구에 대해 발설하지 않은 것은 지금 생각해도 잘한 일 같다.

은퇴하고 로스앤젤레스를 떠나 시에라네바다 산속으로 들어가서 《영혼들의 여행》을 쓸 때, 나는 무명의 인물들 속으로 사라질 것을 기대했다. 그것은 망상이었다. 《영혼들의 여행》 속에 있는 내용들은 한 번도 출판된 일이 없는 것이었고, 나는 출판사를 통해서 많은 편지들을 받기 시작했다. 나는 나의 연구를 출판해준 르웰린 출판사의 안목과 용기에 고마운 빚을 지고 있다. 책이 나온 후 곧바로 나는 강연과 TV 인터뷰에 불려 다니게 되었다.

영혼의 세계에 대해서 사람들은 더욱 세세히 알고 싶어 했고 또 다른 연구 자료들이 있느냐고 계속 물어왔다. 나는 그렇다고 대답해야 했다. 사실 나는 넓은 범위의 다양한 정보들을 가지고 있었으나 다 발표할 수가 없었다. 사람들이 무명의 저자에게서 나온 이런 정보들을 쉽게 받아들이지 않을 것 같아서였다. 《영혼들의 여행》이 5판 인쇄에 들어갈 때

색인에다가 어떤 이슈는 확대 해석을 붙이기로 하고 책의 표지를 새로 바꾼다는 선에서 절충을 보았다. 그것은 충분하지가 못했다. 한 주 한 주 지나갈수록 사후 세계에 대한 질문을 담은 우편물들은 어마어마한 양으로 증가했다.

이제 사람들은 나를 찾아다니기 시작했고 나는 일정한 한도 내에서 다시 일하기로 결정을 내렸다. 이전보다 더 진보된 영혼들이 더 잦은 빈도로 나를 찾아왔다. 그들은 내가 반쯤 은퇴 상태에 있어 작업의 양이 크게 줄어들 때를 기다린 듯했다. 그 결과 나는 심리적인 위기에 처해 있는 어린 영혼들보다 인내심을 발휘할 수 있는 피술자의 사례들을 더욱 많이 접하게 되었다. 그들은 인생의 특별한 목표가 무엇인지를 알기 위하여 영혼 세계의 기억들을 끌어내고 싶어 했다. 영혼 세계에서의 일들을 더 알고 싶어서 내게 자신을 맡겨준 분들 중에는 치유사와 선생들이 많았다. 그분들이 내 연구에 도움을 주었던 만큼 나도 그분들의 인생길에 도움이 되었기를 바란다.

이렇게 지내는 동안 사람들은 내가 모든 비밀을 다 드러내지 않았다는 인상을 받는 듯했다. 나의 마음은 마침내 어떤 식으로 두 번째 책을 쓸까 하는 방향으로 돌아갔다. 그 결과로 《영혼들의 운명》이 태어났다. 첫 번째 책인 《영혼들의 여행》은 영원무궁하게 흐르는 위대한 강인 영계를 여행한 순례기라고 나는 생각한다. 여행은 육체가 죽는 바로 그 순간의 강어귀에서 시작되어 우리가 새 몸으로 태어나는 곳에서 끝났다. 《영혼들의 여행》 속에서 나는 창조의 원천까지 거슬러 가볼 수가 있었다. 원천은 변함이 없다. 우리들 각자의 마음속에 깃들인 영혼의 여행에 대한 기억은 셀 수 없이 많지만, 윤회를 계속하고 있는 우리들 가운데에는 원천 이상으로 나를 끌고 갈 능력을 가진 이는 없는 듯이 보인다.

《영혼들의 운명》은 강물 따라 여행을 떠난 여행자들이 겪게 되는 부수적인 경험들을 세세히 밝혀보려는 의도로 쓰였다. 이 두 번째 여행을 하는 동안에 나는 독자들이 여행 전체를 조감해볼 수 있도록 숨겨진 길의 양상을 《영혼들의 여행》때보다 더 벗겨보려 노력했다. 영혼 여행의 시간과 장소를 순서적으로 따르기보다는 화제 중심으로 책의 형태를 잡았다. 그래서 영계의 장소와 장소 사이를 옮겨가는 영혼의 기본 움직임을 시간대와 겹치도록 했다. 영혼이 하는 경험들을 충분히 분석하기 위해서 그렇게 했다. 나는 또한 독자들이 영혼의 삶에 있는 공통 요소들을 여러 사례를 통해 알아보게 하고 싶었다. 인류에게 도움을 주려 존재하고 있는, 믿을 수 없도록 신비스런 삶의 질서와 섭리에 대한 이해를 이 책이 넓혀주면 기쁘겠다.

동시에 경이로운 영혼의 세상을 처음 접하는 여행자들에게도 이 여행이 신선함과 즐거움을 제공했으면 한다. 나의 책을 처음 읽는 독자들을 위해 이 책의 첫 장에는 윤생 사이에 있는 우리들 영혼의 삶에 대해 내가 발견했던 것들을 집약해서 정리해놓았다. 이것이 《영혼들의 운명》을 읽어나가는 데 도움이 되기를 바라며, 어쩌면 당신은 나의 첫 책인 《영혼들의 여행》도 찾아 읽고 싶어질는지 모르겠다는 희망을 품어본다.

이제 두 번째 여행을 떠나는 이 마당에서 마음의 영적 관문을 열기 위해 노력한 이 고된 작업에 지대한 성원을 보내준 모든 분들에게 감사

드리고 싶다. 여러분의 성원과 수많은 영혼의 안내자들, 특히 내 안내자의 도움으로 나는 이 작업을 이어갈 수 있는 힘을 얻을 수 있었다. 영혼의 세상을 알리는 의미 깊은 이 작업에 내가 하나의 메신저로서 선택받게 된 것을 나는 깊은 축복으로 여기고 있다.

1
영혼들의 세상

　죽음의 순간에 우리들의 영혼은 머물렀던 육체를 빠져나간다. 영혼이 오래되어 전생의 경험들이 많다면, 그는 그 즉시 자유로이 본향으로 돌아간다. 이렇게 진보된 영혼들에게는 맞아주는 영혼도 없다. 그러나 내가 만난 대부분의 영혼들은 지상을 떠나 영계로 건너가면 바로 안내자들을 만난다고 했다. 어린 영혼들이나 어린아이일 때 죽은 영혼들은 누가 가까이 와줄 때까지 잠시 어리둥절해할 수도 있다. 죽음의 장소에 잠시 동안 머물기를 원하는 영혼도 있으나 대부분은 즉시 떠나고 싶어한다. 시간이란 것이 영계에서는 아무런 의미가 없다. 슬퍼하는 사람들을 위로하기 위해서나 기타 다른 이유로 죽음의 장소에 잠시 동안 머물기를 원하는 이들은 시간의 상실을 느끼지 않는다. 영혼에게는 순서적으로 흐르는 시간이 아닌 '현재'라는 시간만이 있기 때문이다.

　지구에서 멀어질수록 영혼들은 그들 주변의 빛이 밝아지는 것을 경험한다. 어떤 영혼들은 잠시 회색빛 도는 어둠을 보기도 하고 터널이나 관문을 빠져나가는 듯한 느낌을 받기도 한다. 이 두 가지 현상의 차이점은 영혼이 빠져나가는 속도 때문이다. 그래서 피술자들이 다르게 표현하는 것이다.

영혼은 안내자들이 잡아끄는 느낌을 인자하게 또는 강하게도 느끼는데, 그것은 갑작스런 변화에 적응하는 영혼의 성숙도와 능력에 상관되는 것이다. 영혼들은 초기에 주변에서 '성긴 구름' 같은 것을 만나나 곧 맑아져서 먼 곳까지 볼 수 있게 된다. 이때 보통 영혼들은 혼령 같은 형태의 에너지가 자신에게로 오는 것을 보게 된다. 혼자이거나 혹은 둘인 이 에너지들은 사랑하는 영혼의 동반자일 수는 있으나 일반적으로 우리의 안내자는 아니다. 우리를 앞서간 배우자나 친구가 맞이하러 오는 경우에는, 우리가 그들을 만나는 동안 우리의 안내자는 가까이에서 기다려준다. 이 연구가 진행되는 동안 예수나 부처 같은 종교적인 인물이 맞으러 나왔다는 피술자를 나는 한 번도 볼 수 없었다. 그러나 예수나 부처 같은 지구의 위대한 스승들이 지닌 사랑의 정수는 우리에게 개인적으로 할당된 안내자에게도 내재되어 있다.

영혼들이 본향이라고 부르는 장소에 다시 익숙해질 때쯤이면 지구상에서의 성질이 유지될 수 없다. 우리가 생각하는 특별한 감정이나 성격, 용모를 가진 그런 인간은 더 이상 존재하지 않는다. 예를 들자면 영혼들은 최근에 맞은 육체의 죽음을 그들이 사랑했던 사람들과 같은 방식으로 슬퍼하지 않는다. 지구에 인간으로 태어난 것은 우리의 영혼이지만 육체가 없으면 우리는 더 이상 호모사피엔스(Homo Sapiens)가 아니다. '영혼이 지닌 존엄성'이란 설명도 불가능하다. 나는 영혼을 지능을 지닌 빛의 에너지 형태라고 생각하고 싶다. 죽고 난 즉시 영혼은 갑자기 다르게 느낀다. 두뇌와 신경 조직으로 이루어진 육체에 잠시 갇혀 있다가 벗어났기 때문이다. 어떤 영혼은 다른 영혼들보다 적응하는 데 시간이 더 걸린다.

영혼의 에너지는 둘로 나뉠 수가 있다. 홀로그램 영상과 흡사하다. 나뉜 영혼은 서로 다른 육체를 가지고 동시에 삶을 살기도 하지만 우리가 듣는 것처럼 그렇게 흔한 일은 아니다. 하지만 모든 영혼은 이중적인 능력을 가졌기에 에너지의 일부는 항상 영계에 남겨두고 환생할 수도 있다. 그러므로 우리가 본향에 갈 때 지구의 햇수로 30년 전에 죽었다가 윤회하여 육체로 다시 태어난 어머니의 마중을 영계에서 받는 것이 가능한 것이다.

우리는 우리의 영혼 그룹에 합류하기 전에 안내자와 오리엔테이션을 갖는다. 그 기간은 영혼에 따라 다르고 같은 영혼의 경우에도 삶마다 달라진다. 방금 마친 인생에서 겪었던 모든 좌절을 털어놓고 상담하는 고요한 시간이다. 이해심이 깊고 사랑이 많은 스승이자 또한 안내자인 존재가 다정하게 우리가 살고 온 삶에 대해 질문을 하는 시간을 갖는다.

우리가 계약을 맺었던 인생 목표에서 우리는 무엇을 했는가 혹은 하지 못했는가에 따라 상담의 기간은 길어지기도 하고 짧아지기도 한다. 특별한 카르마(Karma) 문제도 검토되지만, 이는 나중에 우리가 영혼 그룹으로 돌아갔을 때 세밀히 살펴보게 된다. 영계로 돌아오는 영혼 중에 어떤 영혼은 그들의 영혼 그룹으로 곧바로 가지 못한다. 그런 영혼들은 육체적인 몸에 오염되어 죄악을 저질렀기 때문이다. 누구를 해칠 생각이 없었는데 잘못을 저지르고 만 것과 의도적으로 악을 행한 것 사이에는 차이가 있다. 다른 사람을 해롭게 한 행위의 정도도 주의 깊게 살펴보게 된다.

악에 오염된 영혼들은 피술자들의 표현을 빌리자면 '집중 치료실'이라고 부르는 특별한 곳으로 데려가게 된다. 거기에서 그들의 에너지는 다시 온전해지도록 재구성된다. 지은 죄의 성격에 따라 이런 영혼들은 좀 더 빠르게 지구로 윤회하여 돌아오기도 한다. 그들은 자신이 저질렀던 악한 행위의 희생자가 되는 삶을 다음 생에서 선택할 수도 있다. 그러나 그들이 배우는 데에 게으름을 부리고, 특히 여러 번의 삶을 그렇게 악하게 산다면 그는 잘못된 행동의 형상으로 치부되고 만다. 그러한 영혼들은 영혼의 세상에서 고립된 곳에 오랫동안, 어쩌면 지구의 세월로 1,000년 이상을 지낼 수도 있다. 고의적이었건 의도적이었건 영혼이 잘못한 일은 내생에서 어떤 형태로든지 바로잡아야 한다는 것이 영혼 세계의 지침이다. 이것은 형벌도 아니고 고행이라고 할 것도 아니다. 카르마적 성장을 위한 기회인 것이다. 영혼들에게는 지옥이 없다.

어떤 삶은 너무도 고달파서 영혼들이 지쳐서 영계로 돌아온다. 영계의 관문에서 안내자들이 그들의 에너지를 합쳐 원기를 북돋아주어도 여전히 기진맥진할 수도 있다. 이런 경우에는 축하해주기보다 혼자 가만히 있도록 해준다. 실제로 많은 영혼들이 자기들 영혼 그룹으로 돌아가기 전에 쉬고 싶어 한다. 우리의 영혼 그룹은 성격이 활발할 수도 있고 얌전할 수도 있으나 대부분 지구에서 살고 온 영혼들의 경험을 언제나 존중해준다. 모든 영혼 그룹은 돌아오는 그들의 친구를 깊은 사랑과 우정으로 환영한다.

본향으로 돌아오는 일은 즐겁다. 특히 친밀한 영혼의 동반자들과 카르마적인 접촉이 별로 없었던 육체의 삶을 마친 경우에는 더욱 그러하다. 포옹과 웃음과 유머에 넘치는 환영을 받는다고 대부분의 피술자들은 말하고 있다. 영혼 세계에서는 큰 경사로 여겨지는 것 같다. 정말 열정적인 영혼 그룹에서는 모든 활동을 중지하고 돌아오는 영혼을 환영하기 위해 정성껏 계획을 세운다. 한 피술자는 귀향할 때의 환영에 대해 이렇게 말하고 있다.

바로 지난번의 생을 마쳤을 때 나의 영혼 그룹은 음악과 포도주와 춤과 노래로 야단스런 파티를 열어주었습니다. 고대에 유행했던 대리석으로 지은 방과 기다란 의상과 이국적인 가구로 고전적인 로마 시대의 축제를 그대로 재현해내었습니다. 나의 주된 영혼의 동반자인 멜리사가 맨 앞에서 나를 기다리고 있었습니다. 내가 그녀를 가장 좋게 기억하는 바로 그 나이를 재창조해서 변함없이 눈부신 모습을 하고 있었습니다.

영혼 그룹의 구성원은 3명에서 25명 정도로 그 규모가 다양하나 평균적으로는 15명 정도다. 가까운 곳에 있는 영혼 그룹이 서로 합치기를 원할 때도 있다. 이런 경우는 대개 오래된 영혼들에게서 일어나는데, 수백 번 이상의 윤생을 살면서 다른 그룹의 영혼들과 친구가 되었기 때문이다. 미국에서 수백만 명의 시청자가 1995년에 파라마운트 영화사가 제작한 TV 프로그램 〈관찰〉에서 내 작업의 일부를 보았다. 사후의 삶에 대한 이 프로그램을 본 사람들은 피술자 중의 한 사람인 콜린이 나와 가졌던 최면 면담에 대해 얘기하는 것을 보았을 것이다. 그녀는 전생을 마치고 본향으로 돌아갔을 때 17세기 화려한 의상을 차려입은 성대한 무도회가 열리고 있었다고 말했다. 그녀가 돌아오는 것을 축하하기 위하여 100명 이상의 영혼들이 모인 것을 보았다고도 했다. 그녀가 사랑했던 때의 시간과 장소를 화려하게 재생하여 그녀로 하여금 새 삶의 과정을 멋지게 시작할 수 있도록 해준 것이다.

귀향은 두 가지 형태를 취한다. 소수의 영혼이 영계로 돌아오는 영혼을 관문에서 맞아준 뒤 오리엔테이션을 받게끔 안내자에게 인도하고 떠난다. 더 흔한 경우는 영혼 그룹으로 돌아올 때까지 기다려준다. 이 그룹은 교실 같은 데 모여 있거나, 사원의 층계 주변이나 정원에 있을 수도 있다. 귀향한 영혼은 서재 같은 곳에서 많은 그룹들을 한꺼번에 보기도 한다. 자신의 그룹으로 돌아갈 때 전생에서 알았던 영혼들이 있는 다른 그룹을 지나치게 되면 그들은 미소를 짓거나 손을 흔들어 귀향을 환영해준다고 말한다.

영혼 그룹이 어떻게 위치하고 있는지에 대한 피술자의 시각은 영혼의 진보 상태에 따라 달라진다. 그러나 누구든지 교실 같은 분위기에 대해서만은 뚜렷하게 기억한다. 영계에서 교육을 위한 그룹의 편성은 영혼의 발전 단계와 관계가 있다. 단순히 석기시대에 태어났다는 것만으로는 영혼이 높은 경지에 도달했다고 할 수가 없다. 나는 4,000년이나 걸린 과거 생을 겪고 나서야 질투심을 극복할 수 있었던 한 피술자의 경우를 강연할 때 자주 인용한다. 오늘의 그는 질투심 많은 사람이 아니라고 말할 수 있다. 그러나 그는 참을성 없는 자기 자신과 싸우는 일에 별로 진전을 보지 못하고 있었다. 지구에 있는 교실에서처럼 어떤 교훈을 배우는 일에 있어 어떤 사람은 더 많은 시간이 필요하다. 높은 경지로 진보된 영혼들은 지식과 경험 면에서 오래된 영혼들이다.

《영혼들의 여행》에서 나는 영혼들을 초보 영혼, 중간 영혼, 진보된 영혼으로 대강 구분 짓고 각 발달 단계의 의미를 사례를 들어 설명했다. 각 영혼은 각기 나름대로 강점과 부족한 점을 지녔지만, 일반적으로 발전의 수준이 비슷한 영혼들이 모여 하나의 그룹을 이루고 있다. 그룹은 각자가 지닌 특징으로 균형을 이룬다. 영혼들은 육체를 가지고 살았던 경험과 육체의 느낌과 감정들에 대처해나가는 방법에 대해 정보를 공유하며 서로에게 가르침을 준다. 생의 모든 면이 해부된다. 더 큰 이해를 얻기 위하여 심지어는 그룹 내에서 역할을 바꾸어보는 일까지도 한다. 영혼이 중간 단계에 이르게 되면 특별한 기술이 요구되는 관심 있는 주요 분야를 전문화하기 시작한다. 여기에 대해서는 다른 장에서 더 깊이 얘기하겠다.

이 연구에서 내가 얻을 수 있었던 의미 있는 일 중의 하나는 영혼의 세계에서 영혼들이 나타내고 있는 에너지 색상이 다르다는 것을 발견한 것이다. 색상들은 영혼의 발전 상태와 관련이 있다. 수년이 걸려서야 얻어낼 수 있었던 이 정보로, 피술자들의 진보 정도를 알 수 있고 최면 상태에 든 피술자가 보는 다른 영혼들을 식별할 수도 있다.

순수한 흰빛은 어린 영혼을 나타낸다. 영혼이 진보함에 따라 에너지는 짙어지고 주황색에서 노란색, 초록색, 그리고 마침내 청색 계열로 들어간다. 모든 그룹이 가지고 있는 기본 색상의 주변에는 미묘한 후광으로 옅은 색상이 서려 있어 각 영혼의 성격적인 면모를 나타낸다.

나는 영혼들의 발전 단계를 설명하는 데 있어서 더욱 이해를 도울 수 있는 체계를 만들고자, 초보 영혼인 1단계부터 시작해서 여러 배움의 과정을 거친 마스터(master) 영혼인 6단계까지 분류했다. 대단히 진보된 이런 마스터 영혼은 짙은 보랏빛을 띠고 있다. 이들보다 더 높은 단계의 영혼도 있다는 것에는 의심의 여지가 없으나, 내가 피술자들에게서 얻을 수 있는 정보에는 한계가 있다. 나는 아직도 윤회를 계속하고 있는 피술자들한테만 이야기를 들을 수 있기 때문이다. 나는 영혼들의 자리매김에 있어서 '단계'라는 말로 구분하는 것을 솔직히 좋아하지 않는다. 영혼들이 각각의 시기에 각자 성취하여 발전한 정도를 무시해버리고 뭉뚱그려 1단계 영혼, 2단계 영혼 하는 식으로 묶어버린 것 같아서다. 나의 이런 우려에도 불구하고 피술자들은 배움의 사다리 어디쯤에 그들이 위치하고 있는지를 표현할 때 '단계'라는 말을 사용한다. 피술자들은 또한 자신들이 이룬 성취에 대해서 상당히 겸손하다. 나의 평가에도 불구하고 자신을 진보된 영혼이라고 말하는 피술자는 한 사람도 없었다. 일단 최면에서 깨어나면 피술자들은 의식적으로 자기 만족감을 통제하나 최면 때보다 덜 겸손하게 말한다.

최면이 깊어 초의식 상태에 이른 피술자들은, 영혼의 세계에서는 다른 영혼을 자신보다 열등하다고 낮춰 보는 일이 없다고 말한다. 우리는 모두 현재보다 더 큰 깨달음을 얻으려고 변화하는 과정 속에 있다. 배움의 길이 아무리 고통스러워도 우리 각자는 자기만이 할 수 있는 그 어떤 것으로 전체에 공헌하고 있다. 이것이 진실이 아니라면 우리는 애초에 창조되지도 않았을 것이다.

영혼의 진보에 따른 색상이라든가 발전의 단계, 교실, 선생, 학생, 이런 말을 듣고 영계에 위계질서가 있는 것이 아닌가 짐작할 수도 있을 것이다. 피술자들은 모두 이런 결론이 완전히 틀린 것이라고 말한다. 어떠한 단계나 수준이 있다면 그것은 정신적인 깨달음에 앞섰다거나 뒤에 있다거나 하는 뜻 정도로 보아야 할 것이다. 지구에서 조직화된 권위란 권력 다툼이나 경쟁을 뜻하며 구조 내에서 정해진 규범으로 사람을 조종하는 것을 뜻한다. 영혼의 세계에도 구조는 있으나 그것은 지구의 것과 아주 다른 것으로, 자비와 조화와 윤리와 도덕의 고귀한 모형 안에 존재한다. 나의 경험으로 보면, 영계에는 영혼들의 임무를 총망라하여 관장하는 중앙 기관이 있다. 우리를 압도하는 친절함과 인내심과 참을성과 절대적인 사랑이 여기서는 가치를 발휘한다. 그곳의 얘기를 할 때면 피술자들은 겸손해진다.

우상 파괴주의자이며 일생 동안 권위를 거부하여 내가 동질감을 느끼는 대학 때의 친구가 투손에 살고 있다. 이 친구는 나의 피술자들의 영혼이 그들의 운명을 조종할 수 있다고 믿도록 '세뇌'된 것이 아닌가 의심스러워한다. 그는 어떤 종류의 권위건 — 심지어는 영적인 권위마저도 — 부패와 특권의 남용 없이는 존재할 수 없는 것이라고 믿고 있다. 나의 연구가 사후 세계의 질서를 너무 많이 드러내고 있는데 그걸 좋아할 수 없다고도 한다.

어찌 되었건 피술자들은 과거에 수많은 선택권이 있었듯 미래에도 계속 그럴 것이라고 믿는다. 자신에 대한 책임을 완전히 지는 것으로써 위치가 진보된다는 것은 지배자가 된다든가 지위가 향상되는 것이 아니라 잠재된 가능성을 인정받는다는 것이다. 영혼의 세계에는 존엄성과 개인적인 자유로움이 어디에고 넘쳐흐른다.

영혼의 세계에서는 윤회를 하라든가 그룹이 하는 일에 참가하라고 강요당하지 않는다. 영혼은 혼자 있고 싶으면 혼자 있을 수 있다. 임무를 맡아서 발전하기 싫다면 그 희망 또한 존중된다.

한 피술자는 말했다.

"나는 많은 생을 편안하게 스케이트 타듯 살아왔는데 그게 좋았습니다. 힘들게 사는 건 싫었습니다. '이제 다르게 살아보려고 합니다.' 라고 하니까 안내자가 말합니다. '당신이 준비되면 우리도 준비되었습니다.' 라고요."

또한 영혼의 세계에는 자유가 많으므로 죽은 뒤 이런저런 이유로 지상을 떠나고 싶어 하지 않으면 안내자들은 우리가 본향으로 돌아갈 준비를 마칠 때까지 머물도록 허용해준다.

영계 안에서든 밖에서든 우리에게는 많은 선택권이 있다는 것을 이 책이 보여주었으면 한다. 이러한 선택들이란 자신에 대한 신뢰가 가치 있음을 증명하고자 하는 영혼들의 지극한 갈망임이 내게는 분명하게 느껴진다. 이 도정에서 우리가 여러 실수를 하리란 것은 예측했던 일이다. 더욱 위대한 선함 쪽으로 다가가려는 노력과 우리를 창조해낸 원천과 합일하고자 하는 노력이 영혼들에게는 중요한 동기가 된다. 육체의 형태로 윤회할 기회가 주어진 것에 대해 영혼들은 겸손한 마음을 품는다.

최면 면담 때 피술자들이 창조의 원천을 보았는지 나에게 많이 묻는다. 나는 서문에서 윤회를 아직 계속하고 있는 사람들하고 일하고 있어 원천으로 흐르는 강물까지밖에 갈 수 없었다고 말한 바 있다. 진보된 영혼을 지닌 피술자들은 '가장 성스러운 분들'을 만나는 시간에 대해 얘기한다. 모든 것을 다 아는 전지전능한 존재는 짙은 보랏빛 영역 안에 존재하고 있다. 이 모든 것들이 무엇을 뜻하는지 알 수는 없으나, 원로(Elder)들의 의회에 나갈 때 그 존재를 느낄 수 있다는 것은 알고 있다. 윤회를 계속하는 삶과 삶 사이에서 우리는 한 번이나 혹은 두 번쯤 우리들의 스승−안내자(teacher-guide)보다 한 계단이나 두 계단 더 높은 존재들의 모임인 그 그룹을 방문하게 된다. 나의 첫 번째 책《영혼들의 여행》에서 나는 이러한 만남을 두 개의 사례를 들어 설명했다. 이 책에서는 내가 가볼 수 있는 한 창조자에 가장 가까운 존재인 이러한 마스터들을 방문하는 것에 대해 더욱 상세히 설명하겠다. 왜냐하면 여기서 영혼들이 신성한 지식의 원천을 경험할 수 있기 때문이다. 나의 피술자들은 이 에너지를 '임재하신 존재(the Presence)'라고 부른다.

원로들의 의회는 영혼을 재판하고 잘못한 일에 대해 형을 내리는 법정도 아니고 판사석이 있는 것도 아니다. 그러나 가끔씩 이 의회에 나가는 일이 학교에서 교장실로 불려가는 것과 같다고 얘기하는 사람이 있다는 것을 나는 인정한다. 이 의회에 참석한 원로들은 우리가 저지른 실수들과 다음 생에서는 이 부정적인 행동들을 어떻게 교정할 것인지에 대해 얘기하고 싶어 한다.

다음의 생을 시작함에 있어 어떤 육체가 적당한지에 대해서도 이곳에서 고려한다. 다시 태어날 시간이 가까워지면 우리는 어떤 공간에서 다음 인생 목적에 부합할 만한 육체를 여럿 살펴본다. 또 여기서 우리들은 미래를 내다볼 기회를 가지며, 최종적으로 육체를 선택하기 전에 여러 육체들을 실제로 시험해본다. 영혼들은 카르마의 빚을 갚을 수 있거나 지난 생에서 문젯거리였던 일들을 다른 각도에서 보고 교훈을 얻기 위해 덜 완전한 육체와 힘든 인생을 스스로 선택한다. 대부분의 영혼들은 이곳에서 자기들에게 제공된 육체를 받는다. 영혼은 제공된 몸을 거부할 수도 있고 심지어는 윤회를 지연시킬 수도 있다. 영혼은 지구 아닌 다른 행성에 잠시 가고 싶다고 요청할 수도 있다. 새로운 삶을 받게 되면 우리는 대개 교실로 보내진다. 거기에서 우리는 앞으로 오는 인생에서 일어날 일, 특히 우리들의 주된 영혼의 동반자가 우리들의 삶 속으로 오는 순간의 어떤 표지와 단서들을 마음에 새긴다.

마침내 지구로 돌아갈 시간이 되면 우리는 친구들에게 일시적인 작별의 인사를 하고 지구로 떠나는 여행을 위한 장소로 인도된다. 영혼은 산모의 자궁 속에 들어 있는 육체에 들어가서 합친다. 때로는 임신 3개월이 지난 후에 들어가기도 한다. 영혼이 자궁으로 가는 것은 세상에 태어나기 전에 임무를 함께 수행할 수 있는 육체적인 두뇌를 갖기 위해서다. 태아 상태일 때 영혼들은 불멸의 존재인 자신을 아직 기억하면서 육체적 두뇌 작용과 육체적인 자아에 익숙해져 간다. 태어나고 나면 기억에는 망각의 휘장이 내려 덮이고, 영혼들은 그들의 불멸성을 인간적인 마음과 합쳐 새로운 개성에 걸맞은 특성의 조합을 이루어낸다.

피술자들이 최면의 초기 상태에 들어 있을 때 나는 일련의 훈련 양식을 체계적으로 적용하여 영혼의 마음에 접근하는 방식을 쓴다. 이 과정은 피술자들로 하여금 과거를 점점 더 선명히 기억하게 하고 영혼 세계에서 보는 삶의 이미지들을 비판적으로 분석할 수 있도록 고안한 것이다. 일상적인 인터뷰를 마치고 나면 나는 피술자들을 아주 빠르게 최면 상태로 이끈다. 깊게 유도하는 이 최면 방법은 나의 비법이다. 장기간에 걸친 임상시험의 결과, 나는 정상적인 알파(alpha) 상태의 최면은 영혼의 마음 상태인 초의식에 이르기에는 충분치 못하다는 결론을 얻었다. 초의식 상태를 얻기 위해서는 피술자를 깊은 최면인 세타(theta) 상태로 끌고 가야 한다.

나는 숲이나 바닷가를 피술자들에게 한 시간 정도 상상하게 한 후 그들을 어린 시절로 데리고 가는 방법을 쓴다. 열두 살 때 집 안에 있던 가구나 열 살 때 좋아서 입었던 옷, 일곱 살 때 제일 사랑했던 장난감, 두 살과 세 살 사이에 있었던 기억의 세밀한 부분들을 물어본다. 어머니의 자궁 속으로 피술자를 데려가기 전에 이 모든 것을 하고, 그러고는 바로 전의 전생을 간략하게 살핀다. 피술자가 그 인생의 죽음 장면을 지나 영계의 관문에 도달하면 나의 고리는 완결된 것이다. 한 시간 넘게 계속 깊은 최면으로 유도하여 피술자가 지구적인 환경을 떠나게 한다. 영적인 삶에 대한 강도 높은 질문에 세밀한 부분까지 대답할 수 있도록 해놓는다. 여기에 두 시간쯤이 소요된다.

영혼의 본향에서 돌아와 최면에서 깨어난 피술자들의 얼굴에는 전생만을 보았을 때는 경험할 수 없었던, 더욱 심오한 경외감이 서린다.

"영혼은 내 능력의 한계로는 해석할 수 없는 다양하고 복합적인 유동체의 성격을 띠고 있다."라고 한 피술자는 말했다. 영원불멸한 자신을 알게 된 것이 얼마나 인생관을 변화시켰는지에 대해 많은 피술자들이 내게 편지를 보내온다. 다음은 그러한 편지 중의 하나다.

진정한 나의 정체성을 알고 나서 나는 형언할 길 없는 기쁨과 자유를 얻었습니다. 놀라운 사실은 그 앎이 항상 내 마음속에 잠재되어 있었다는 것입니다. 비판 없는 나의 마스터를 만났다는 사실 때문에 나는 황홀경에 잠기게 됩니다. 이 물질계의 인생에서 진실로 중요한 것은 우리들이 사는 방법과 우리들이 다른 사람들을 어떻게 대하는가 하는 것뿐이라는 것을 이해하게 되었습니다. 우리 삶에서 다른 사람들에 대한 자비심과 포용보다 더 큰 의미는 없습니다. 내가 왜 여기에 있는지, 죽고 나서는 어디로 가는지가 막연한 느낌을 벗어나 이젠 확실한 지식이 되었습니다.

나는 보고자이며 또한 전달자로서 67가지의 사례와 인용문을 가지고 내가 발견한 것들을 이 책에 썼다. 강연을 할 때마다 먼저 나는 청중에게 강연 내용이 우리의 영적인 삶에 대한 '나'의 진리임을 말한다. 진리로 가는 관문은 여럿이다. 나의 진리는 오랜 세월 동안 함께해준 다양한 피술자들에게서 얻어낸 위대한 지혜의 산물이다. 나의 말이 여러분이 지닌 선입견이나 신앙이나 개인적인 사상과 위배된다면 여러분에게 맞는 것만 취하고 나머지는 무시하라고 권한다.

2
죽음, 슬픔 그리고 위안

거부와 받아들임

인생에서 제일 큰 시련은 사랑하는 사람을 잃는 것이다. 사람들이 처음에는 놀라움을 느끼다가 거부, 분노, 우울의 단계를 거쳐 그럭저럭 죽음의 사실을 받아들이게 된다는 것은 이미 널리 알려진 바 있다. 이런 여러 감정의 상태를 거치는 데 필요한 시간은 수개월에서 수년에 이르기까지 다양하다. 깊이 연관되어 있던 사람을 잃고 나면 탈출할 길 없는 심연에 빠진 것같이 절망스럽다. 죽음은 그냥 마지막인 듯하다.

서구 사회에 팽배한 죽으면 끝이라는 믿음은 슬픔을 치유하는 데 장애가 되고 있다. 우리는 인간성을 상실할 가능성은 생각해볼 수도 없는 동적인 문화를 가지고 있다. 사랑하는 가족에게 일어난 죽음은 공연 중에 주연 배우를 잃고서 갈팡질팡하는 연극 무대를 방불케 한다. 조연 배우들은 고쳐 써야 할 극본을 들고 허우적댄다. 떠나간 배우들이 남긴 커다란 구멍은 남은 배우들의 미래 역할에 영향을 미친다. 반면 영계에서 영혼이 지구에서 살게 될 새 삶을 준비할 때는 다음 인생에서 맡아 할 큰 연극의 연습을 하며 웃는다. 영혼들은 모든 역할이 일시적인 것임을 알고 있다.

서구 문화에서는 살아 있는 동안에 죽음에 대한 준비를 잘 하지 않는다. 죽음이란 우리가 고치거나 변화시킬 수 없는 것이기 때문이다. 죽음에 대한 불안은 나이가 들어갈수록 우리를 갉아댄다. 우리가 사후 세계에 대해 어떠한 믿음을 가지고 있든지 간에 죽음은 항상 음지에서 기회를 노리고 있다. 사후 세계에 대한 강연을 다니면서, 가장 전통적인 종교관을 가진 사람들이 가장 죽음을 두려워하는 경우가 많은 것을 보고 나는 놀랐다.

우리들은 대부분 모르는 데서 오는 그 무엇을 두려워한다. 죽었다가 살아난 경험이라든가 전생에서의 죽음을 기억해내는 전생 최면요법 같은 것을 받아본 일이 없다면 죽음은 미스터리일 것이다. 죽음의 당사자이거나 죽음의 목격자이거나, 죽음을 대하는 일은 고통스럽고 슬프고 또 무섭다. 건강한 사람은 죽음을 얘기하고 싶어 하지 않으며 중병에 걸린 사람들도 대개 그렇다. 우리 문화는 죽음을 끔찍한 것으로 여기고 있다.

그러나 20세기 들어 사후 세계에 대한 일반인들의 태도가 많이 변했다. 20세기 초에는 대부분 우리의 삶은 단 한 번뿐이라는 전통적인 견해를 지녔으나, 20세기의 마지막 3분의 1 시기에는 미국 시민의 40%가 윤회를 믿고 있었다. 이런 태도의 변화로 죽음을 받아들이는 일이 약간 수월해졌다. 윤회를 믿는 사람들은 영적으로 더욱 변화하고 죽음이 끝이라는 생각에서 멀어지기 때문이다.

영혼의 세계를 연구하면서 가장 의미 있게 여기는 일 중의 하나는 떠나는 영혼의 입장에서 죽는 느낌은 어떤 것인가, 영혼은 어떻게 되돌아와서 뒤에 남은 사람들을 위로하는가를 알 수 있었던 것이다. 이 장에서는 사랑하는 이를 잃은 후 마음속 깊은 곳에서 느끼는 당신의 육감이 옳다는 것을 내가 확인시켜 주었으면 한다. 당신이 사랑한 그 사람은 정말로 가버린 것이 아니다. 앞 장에서 영혼의 이중성을 설명할 때 내가 말했던 것도 염두에 두기를 바란다. 당신은 이번 인생에 태어날 때 당신 에너지의 일부분을 영혼 세계에 남겨두고 왔다. 당신의 사랑하는 사람이 본향으로 돌아가면 영혼 세계에 남겨둔 당신 에너지의 일부분이 거기에서 그를 기다리고 있다. 또 우리가 남겨둔 에너지는 우리가 본향으로 돌아가면 우리와 다시 합쳐져서 하나가 된다. 이 연구를 통해 알아낸 것 중 중요한 것 하나는 영혼의 동반자는 서로에게서 진실로 떨어지는 일이 없다는 사실이다.

영혼이 사랑하는 사람과 의사소통을 하는 방법을 다음에 설명할 것이다. 그러한 일은 육체의 죽음 바로 뒤에 시작되며 대단히 치열할 수가 있다. 어찌 되었건 떠나는 영혼은 본향으로 어서 가고 싶어 한다. 지구의 농도가 에너지를 소모시키기 때문이다. 죽음으로써 영혼은 갑작스레 놓여나고 자유를 얻는다. 그러나 우리가 원하면 영혼은 영혼의 세계에서 정기적으로 우리들과 접촉할 수가 있다.

고요한 묵상과 명상은 떠난 이들에게 더 맑은 통로를 열어주며 우리의 의식을 높여준다. 영계에서 오는 메시지가 반드시 언어일 필요는 없다. 자신에 대한 의심의 장애물들을 걷어내고 마음을 열어 사랑하는 사람의 모습까지도 어쩌면 볼 수 있을지 모른다고 생각하고 있으면 슬픔을 회복하는 데 도움이 될 것이다.

영혼들이 사용하는 치유의 테크닉들

학습 안내자가 되기 위하여 훈련 과정 중에 있는 타마노라는 진보된 영혼을 첫 사례로 들겠다. 타마노는 이렇게 말했다.

"나는 지구에 수천 년 동안 태어났고 또 죽어왔지만, 부정적인 생각의 형태를 어떻게 바꾸며 어떻게 마음을 고요하게 할 수 있는지를 염두에 두기 시작한 것은 지난 수 세기에 불과합니다."

다음은 타마노가 전생에서 갑작스런 죽음을 맞았던 순간을 설명하는 부분이다.

케이스 1

영 아내는 내가 있다는 것을 느끼지 못합니다. 나는 지금 아내와 의사소통을 못 합니다.

닥터 N 왜 그렇습니까?

영 너무 슬퍼서지요. 슬픔이 너무도 커요. 앨리스는 내가 갑자기 죽은 것에 대해 충격을 받고 멍해서 나의 에너지를 느끼지 못합니다.

닥터 N 타마노, 서로 감정의 전달이 안 되는 것은 윤회 때마다 있었던 당신의 문제입니까, 아니면 그냥 앨리스 때문입니까?

영 사랑하는 사람이 죽고 난 직후에 사람들은 혼란에 빠지거나 완전히 무감각해지거나 합니다. 어떤 경우에도 그들의 마음의 문은 닫힙니다. 마음과 몸의 균형을 이루려고 노력하는 것이 저의 임무입니다.

닥터 N 당신의 영혼은 이 순간 어디에 있습니까?

영 우리 집 침실 천장에 있습니다.

닥터 N 아내가 어떻게 했으면 좋겠습니까?

영 그만 울고 생각을 집중시켰으면 합니다. 내가 아직도 살아 있을 수 있다는 사실을 믿지 않아서 아내의 에너지 형태는 마구 엉켜 엉망진창입니다. 너무 안타깝습니다. 나는 아내 바로 옆에 있건만 아내는 그걸 몰라요.

닥터 N 잠깐 포기하고 영혼의 세계로 떠나겠습니까? 아내의 마음이 꽉 잠겼다니 말입니다.

영 나한테는 그게 편하겠으나 아내한테는 아닙니다. 지금 포기하기에는 아내가 너무도 염려스럽습니다. 적어도 아내가 방 안에 누군가와 함께 있다는 느낌을 받기 전에는 떠나지 않겠습니다. 그게 우선입니다. 일단 그게 성공하면 더 많은 것을 할 수 있게 되겠지요.

닥터 N 죽은 지 얼마나 되었습니까?

영 며칠 됐어요. 장례식이 끝나자 나는 마음먹고 앨리스를 위로하려 들었습니다.

닥터 N 당신의 안내자가 당신을 본향으로 데려가려고 기다리고 있을 텐데요?

영 (웃으며) 나의 안내자인 이안에게 좀 기다려달라고 해놓았습니다…. 사실 그럴 필요도 없었지요. 안내자는 이 모든 것을 알고 있습니다. 나를 가르친 것은 이안이니까요.

이 사례는 육체를 방금 떠난 영혼들이 흔히 무엇을 불만스럽게 여기는지를 보여준다. 영혼들은 대체로 타마노처럼 능숙하지도 못하고 의사가 분명하지도 않다. 그런 경우일지라도 대부분의 영혼은 영계로 어서 가고 싶으면서도 자기를 사랑하는 사람들의 비탄을 위로하려고 한다. 슬픔에 잠긴 혼란스러운 인간 에너지를 영혼 에너지에 초점을 맞추게 하여 슬픔에서 헤어나게끔 돕는 것이다. 타마노가 영계로 가기 전 아내에게 어떤 방법으로 도움을 주었는지를 여기 정리하여 소개한다.

닥터 N 타마노, 슬퍼하는 당신의 아내를 어떤 식으로 돕는지 계속 내게 얘기해주면 고맙겠습니다.

영 그럼 우선 앨리스는 나를 잃은 게 아니라는 말씀부터 드리고 시작할게요. (심호흡을 하며) 나는 앨리스의 허리에서 머리까지를 우산같이 생각하고 에너지의 소나기를 쏟아붓기 시작합니다.

닥터 N 만일 내가 영혼으로 당신 곁에 서 있다면 에너지의 소나기는 어떻게 보이겠습니까?

영 (미소를 지으며) 솜사탕 구름이지요.

닥터 N 솜사탕 구름은 어떤 역할을 합니까?

영 담요같이 앨리스를 따뜻하게 감싸서 마음을 진정시켜줍니다. 이렇게 감싸는 일에 내가 아직은 충분히 능숙하지 못하다는 것을 말씀드려야겠군요. 그렇지만 나는 죽고 난 후 3일간 앨리스가 내 뜻을 더 잘 수신할 수 있도록 앨리스에게 보호하는 에너지의 구름을 놓아두었습니다.

닥터 N 아, 당신은 앨리스하고 이미 일하기 시작했군요. 좋습니다, 타마노. 지금 당신은 뭘 하지요?

영 아내 몸에서 가장 막힘이 없는 부분을 발견하기 위해 아내 주변에 쳐져 있는 에너지의 구름을 통해 내 자신의 어떤 면들을 정리하기 시작합니다. (쉬었다가) 나는 그녀의 왼쪽 귀 뒤에서 그것을 찾았습니다.

닥터 N 거기에 무슨 의미가 있습니까?

영 앨리스는 귀에다 키스하는 것을 좋아했거든요. (애무를 했던 곳의 기억들은 의미가 있다.) 아내의 왼쪽 머리 부분에 열린 곳이 보여 나는 나의 에너지를 단단한 빛줄기로 변환시켜 그곳으로 보냅니다.

닥터 N 당신의 아내는 이것을 즉시 느낍니까?

영 처음에는 부드러운 느낌을 감지했으나 곧 슬픔으로 인해 산만해지고 말았습니다. 내 빛줄기의 강도를 높여⋯ 사랑의 에너지를 보냅니다.

닥터 N　그게 효과가 있습니까?

영　(행복해서) 네. 앨리스한테서 검은 에너지는 더 이상 나오지 않고 새로운 형태의 에너지가 보입니다. 그녀의 감정이 여러 번 바뀌고 있습니다…. 울던 것을 멈추고… 주변을 돌아봅니다…. 나를 느낍니다. 아내는 미소를 짓습니다. 이제 나는 그녀와 연결되었습니다.

닥터 N　다 끝났습니까?

영　아내는 괜찮아질 거예요. 이젠 내가 가야 할 시간입니다. 앞으로도 나는 그녀를 돌보겠지만, 그녀는 잘 견뎌낼 것입니다. 나는 한동안 바빠질 테니까 그런 게 다행스럽지요.

닥터 N　그건 이제 앨리스와 접촉을 그만둔다는 뜻입니까?

영　(감정이 상하여) 절대 아니에요! 그녀가 나를 원할 때마다 나는 계속 접촉할 겁니다. 그녀는 나의 사랑입니다.

　보통 수준의 영혼은 기술이 학습 안내자 초급 그룹 수준에도 훨씬 못 미친다. 에너지의 재생을 논하는 제4장에서 나는 이에 대해 더 설명하겠다. 그럼에도 불구하고 내가 만났던 대부분의 영혼은 영계에서 인간의 몸들과 꽤 잘 접촉하고 있다. 특히 타마노가 설명한, 빛줄기를 어떤 부분에 집중적으로 보내는 방법을 많이들 사용한다. 사랑의 에너지는 아주 강력할 수가 있어서 경험이 없는 영혼들까지도 감정과 육체의 고통 속에 머물러 있는 사람들과 효과적으로 접촉한다.

　차크라(Chakra) 치유를 포함한 명상이나 요가의 수련을 통해 영혼이 어떻게 인간의 몸에 치유 에너지를 보내는지를 쉽게 알 수 있다. 차크라 치유를 행하는 치유사들은 우리 육체와 에테르체(에너지)는 합쳐져 있으므로 치유는 육체와 에너지 양쪽에 다 해야 한다고 말한다. 차크라의 치유는 막힌 감정과 막힌 에너지를 뚫을 뿐 아니라 척추, 심장, 목, 이마 등 육체의 막힌 곳도 뚫어 정신과 육체를 조화롭게 하는 것이다.

영혼이 살아 있는 사람과 접촉하는 방법

신체적 접촉

'신체적 접촉(Somatic Touch)'이라는 이 용어는 의학 용어인 'Somatic bridging'과 'Therapeutic touch'에서 내가 따서 합성한 것인데, 육체를 떠난 영혼이 살아 있는 인간의 몸 여러 부분에 에너지의 빛줄기를 보내는 방법을 뜻하는 것이다. 치유는 앞서도 말했듯 차크라가 있는 육체에만 국한되는 것이 아니다. 살아 있는 이들을 위안하고자 하는 영혼들은 그들의 에너지를 가장 잘 받아들일 수 있는 부분을 살핀다. 케이스 1에서는 왼쪽 귀 뒤에 빛을 보냈다고 했다. 보내는 측과 받는 측의 두 마음이 텔레파시로 연결되면 고리는 성립되고 에너지는 치유의 에너지가 된다.

괴로운 육체에 에너지를 보내 연결하는 이 방법은 생리적인 것이므로 신체적 접촉인 것이다. 특정 감정 반응을 끌어내기 위해 몸의 기관들을 만지는 방법이다. 기술적으로 보내는 에너지의 빛줄기는 상대방에게 시각과 소리와 맛과 냄새를 통해 깨닫게 한다. 슬픔에 잠긴 사랑하는 사람들에게 자신이 아직도 살아 있음을 알리려는 것이다. 육체가 없다는 것은 오직 현실의 변화일 뿐 아주 끝난 것은 아니라고 깨닫게 하는 것이 그 목적이다. 그들은 남아 있는 사람들이 슬픔을 딛고 일어나 삶을 건설적으로 마치기를 희망한다.

영혼들은 이 신체적 접촉을 상당히 쉽게 할 수가 있다. 다음의 사례는 그 본보기인데, 암으로 사망한 49세 남자의 이야기다. 그의 기술은 강력하지 않으나 의도는 훌륭하다.

케이스 2

닥터 N 아내에게 가닿기 위해 당신은 어떤 테크닉을 사용합니까?

영 아, 언제나 쓰고 있는 방법으로, 가슴 한가운데를 겨냥하는 것입니다.

닥터 N 정확히 가슴의 어디입니까?

영 나는 에너지의 빛줄기를 심장에 직접 보냅니다. 조금 빗나가도 상관없습니다.

닥터 N 왜 이 방법이 당신에게 성공적입니까?

영 나는 천장에 있고 아내는 몸을 구부리고 울고 있습니다. 처음 빛줄기를 맞고 아내는 몸을 폈습니다. 아내는 무언가를 느꼈는지 깊게 한숨을 뱉으며 위를 올려다봅니다. 이때 나는 산발 테크닉을 씁니다.

닥터 N 산발 테크닉은 무엇인가요?

영 (미소 지으며) 아, 아시잖습니까? 천장 한가운데서 뿌리듯 에너지를 쏟아붓는 것이지요. 그중의 하나가 정곡을 찌릅니다. 머리라든가, 그 어디가 되든지요.

닥터 N 정곡을 찌르는 장소는 어떻게 정해집니까?

영 부정적인 생각으로 막혀 있지 않은 곳이 되지요, 물론.

케이스 2의 경우와 다음 사례를 비교해보기 바란다. 다음 사례의 피술자는 원하는 곳을 조준하여 케이크를 장식하듯이 주의 깊게 에너지를 보낸다.

케이스 3

닥터 N 당신의 남편을 당신의 에너지로 도와주는 방법을 설명해주십시오.

영 나는 척추 바로 위인 목 뒤를 생각합니다. 정말로 케빈은 너무도 슬퍼하고 있어요. 케빈의 기분이 나아질 때까지 나는 떠나지 않겠어요.

닥터 N 왜 목 뒤입니까?

영 내가 목을 쓰다듬어주는 것을 케빈은 좋아했거든요. 그래서 그 부분이 내 주파수를 더 잘 받을 수 있는 거지요. 나는 그 부분에 마사지하듯 장난을 합니다. 아니, 진짜로 마사지하는 거예요.

닥터 N 마사지라고요?

영 (웃으면서 손을 앞으로 내밀고 손가락을 쫙 편다.) 네, 에너지를 펼쳐서 만지는 것으로 공명하는 것입니다. 그러고 나서는 최대의 효과를 내기 위해 손을 컵같이 만들어 케빈의 머리 양쪽에 대지요.

닥터 N 남편은 그게 당신이라는 것을 압니까?

영 (장난스런 미소를 짓는다.) 아, 그래요. 나라는 것을 압니다. 이것을 케빈에게 할 수 있는 사람은 나밖에 없는 데다가 나는 그게 또 아주 쉽거든요.

닥터 N 당신이 영혼의 세계로 돌아가고 나면 남편은 그것을 그리워할까요?

영 선생님은 그런 것쯤은 말 안 해도 아시리라고 생각했는데요. 나는 남편이 비참해할 때나 나를 그리워할 때면 언제든지 돌아올 수 있습니다.

닥터 N 그냥 물어봤습니다. 무례한 질문인지 모르겠으나 만일에 이번 생에서 남편이 다른 여자를 만나게 된다면 어떨까요?

영 남편이 다시 행복을 찾는다면 기쁘겠어요. 그건 우리 두 사람이 얼마나 함께 잘 지냈는지에 대한 증언이 되니까요. 우리가 함께 살았던 인생의 모든 장면들은 없어지지 않아요. 영혼의 세계에서 다시 재현해서 그렇게 지낼 수 있어요.

영혼의 능력과 영혼의 한계성을 완전히 알았다고 생각한 이때쯤에 한 피술자가 찾아와서 나의 생각들을 무너뜨렸다. 슬픔을 참지 못하는 사람들에게는 영혼들이 치유의 에너지를 보낼 수 없는 것 같다고 오랫동안 나는 사람들에게 얘기해왔다. 3단계 수준의 영혼이 슬픔의 절정에 빠져 있는 사람들에게 어떻게 접근했는지를 여기 짧게 인용하겠다.

울고 있는 사람들 때문에 나는 지체하지 않습니다. 나의 진동파를 살아 있는 사람들의 성대 주파수에 맞추고 그것으로 그들의 두뇌를 울립니다. 이 방법으로 나의 정수를 그들의 몸에 더 빨리 합쳐놓을 수 있습니다. 꽤 빠른 시간 안에 그들은 왜 그런지 모르면서 울기를 멈춥니다.

물건으로 하는 접근 방법

다음 케이스의 남성 피술자처럼 익숙한 물건들을 사용해서 남은 이들과 접촉하는 흥미로운 얘기도 여러 번 들었다. 남편들이 아내보다 먼저 죽는 경우가 많기 때문에, 에너지 사용의 테크닉에 대해서는 남편들에게서 많이 듣는 편이다. 그러므로 남성성을 가진 영혼이 여성성의 영혼보다 남은 이들을 위로하는 경우가 많다고 해서 남성성의 영혼이 치유에 더 능한 것은 아니다. 케이스 4의 영혼은 전생에서는 남편보다 먼저 죽은 여자였는데, 이번 생에서는 남편으로서 아내를 남겨두고 먼저 죽었다.

케이스 4

닥터 N 죽고 난 직후 노력을 했는데도 아내의 육체 어느 곳에도 접촉이 불가능하면 어떻게 합니까?

영 나의 아내 헬렌이 나의 접근을 받아들이지 못한다는 것을 알고, 나는 우리 집에 있는 친숙한 물건을 사용하기로 했습니다.

닥터 N 반려 동물을 말하는 겁니까? 고양이나 강아지 같은?

영 전에는 그렇게도 했습니다만, 아뇨… 이번엔 아닙니다. 내가 귀하게 여겼다는 것을 아내만이 아는 어떤 물건을 가지고 하기로 결정을 내렸습니다. 내 반지입니다.

피술자는 지난 생에서 터키석이 가운데 우뚝 박힌 인디언 디자인의 커다란 반지를 항상 끼고 있었다고 내게 말했다. 그와 아내는 벽난로 앞에 앉아 그날 하루 지낸 일들을 얘기하곤 했다. 아내와 얘기하는 동안 그는 반지에 박힌 돌을 만지는 버릇이 있었다. 보석이 다 닳아 없어지고 쇠만 남겠다고 아내는 놀리곤 했다. 아내는 그와 처음 만났던 날 밤에 벌써 그의 이 신경과민적인 버릇을 알아차렸다고 언젠가 말한 일이 있었다.

닥터 N 반지에 대해선 알겠는데, 그 반지를 가지고 영혼인 당신이 무엇을 하였습니까?

영 물건을 통해 에너지를 보내려면 조용한 때를 찾아야 합니다. 내가 죽은 지 3주가 지났을 즈음, 헬렌은 난로에 불을 피우고 눈물 고인 눈으로 불길을 바라보고 있었습니다. 나는 불길 속에 나의 에너지를 밀어넣기 시작했습니다. 따스함과 탄력성의 매개체로 불길을 사용한 거지요.

닥터 N 말씀 도중에 죄송하지만 탄력성이란 무엇을 뜻합니까?

영 탄력성을 배우는 데 나는 여러 세기가 걸렸습니다. 탄력 에너지는 유동적이지요. 영혼 에너지를 유동적으로 만들려면 극도의 집중력과 훈련이 요구됩니다. 얄따랗고 솜같이 포근하게 만들어야 되거든요. 불길은 이 일에 촉매 작용을 합니다.

닥터 N 유동적인 에너지는 가늘지만 강한 빛줄기로 내보내는 에너지와는 반대가 됩니까?

영 그렇습니다. 나는 유동적인 상태에서 고체 상태로, 고체 상태에서 유동적인 상태로 에너지를 아주 효과적으로 빠르게 바꿀 수가 있습니다. 그 변화는 포착하기 어려울 정도로 미미하나 인간의 마음을 깨워줍니다.

에너지 형태를 바꾸는 것은 '인간의 두뇌를 간질이는' 테크닉이라고 다른 사람들도 내게 말한 바 있다.

닥터 N 흥미롭군요. 말씀을 계속하십시오.

영 헬렌은 불길에 연관이 되는 것으로 나와 접촉이 되죠. 잠시 동안 헬렌의 슬픔이 가라앉습니다. 나는 이때 그녀의 머리 꼭대기 위로 올라갑니다. 헬렌은 나의 존재를 느낍니다… 아주 약간. 그것은 충분치가 않아요. 말씀드린 바와 같이 나는 단단한 상태에서 부드럽고 유동적인 상태로 에너지를 바꿉니다. 포크

같이 만들어서요.

닥터 N 포크 에너지는 무엇입니까?

영 에너지를 가르는 겁니다. 부드러운 에너지는 접촉을 유지하기 위해 헬렌의 머리 위에 남겨두고 다른 에너지는 단단한 빛줄기로 만들어 테이블 서랍에 있는 반지 케이스로 보냅니다. 그녀의 마음이 저절로 반지로 향하도록 하려는 것이 나의 의도입니다. 그녀를 반지 쪽으로 가게 하려고 강한 빛을 계속 보내고 있습니다.

닥터 N 헬렌은 이제 무엇을 합니까?

영 나의 안내를 받으며 그녀는 이유도 모르면서 천천히 일어납니다. 그녀는 몽유병자처럼 움직여 테이블로 가서는 망설입니다. 그러다가 서랍을 엽니다. 반지는 반지 케이스에 들어 있으므로 나는 에너지를 바꾸며 그녀의 마음과 반지 케이스 뚜껑 사이를 왔다 갔다 합니다. 그녀가 뚜껑을 열고 반지를 꺼내 왼손으로 듭니다. (깊은 안도의 숨을 내쉬며) 이제 그녀와 완전히 접촉되었다는 것을 나는 압니다.

닥터 N 어떻게 압니까?

영 반지에는 아직도 내 에너지의 일부가 남아 있기 때문이지요. 모르시겠어요? 그녀는 포크의 양 끝 전부에서 나의 에너지를 느낍니다. 이건 양방향 신호예요. 아주 효과적입니다.

닥터 N 아, 알겠어요. 이제 헬렌과 무얼 합니까?

영 나는 그녀 오른편에 서 있는 나와 왼편에 있는 반지 사이에 전력을 다해 다리를 놓고 이동하고 있습니다. 그러자 그녀가 내가 있는 쪽을 향하여 미소 짓습니다. 그녀는 반지에 키스하고 말합니다. "여보, 고마워요. 당신이 나와 함께 여기 있는 것을 알고 있어요. 더 용감해지도록 노력할게요."

사랑하는 이를 잃고 엄청난 슬픔을 주체할 수 없는 사람들에게 나는 훌륭한 영매들이 실종된 인물을 찾을 때 하는 것처럼 한번 해보라고 권하고 싶다. 장신구든 옷가지든 떠난 사람의 것을 들고 두 사람이 함께 있던 장소에서 다른 생각은 다 없애고 마음을 열고 고요히 있어보기를 바란다.

다른 화제로 옮기기 전에, 세상을 떠난 사람이 물건을 가지고 접촉했던, 내가 좋아하는 얘기를 하고 싶다. 나의 아내 페기는 심리학 학위를 가진 종양학 전문 간호사여서 고통스러워하는 암 환자들과 그 가족들을 자주 대한다. 병원에서 항암치료를 맡고 있기 때문에 호스피스 직원들과도 접촉이 있다. 호스피스 일을 하는 몇몇 여자들과 페기는 친한 친구 사이인 데다 정기적인 모임을 가지고 있다. 그 모임 멤버 중 한 사람이 최근에 남편을 암으로 잃고 미망인이 되었다. 그녀의 남편 클레이는 대규모 밴드에 맞춰 춤추는 것을 좋아하여 그들 부부는 좋은 밴드가 있는 곳으로 여행을 간 적이 많았다고 한다.

클레이가 죽고 난 뒤 어느 날 밤 그의 아내와 페기, 모임 멤버들은 그녀의 거실 마루 가운데에 둥그렇게 앉아서 어떻게 영혼들이 사랑하는 사람들을 위로하려고 애쓰는지에 대한 나의 이론을 가지고 얘기하고 있었다. 클레이의 아내는 절망적으로 외쳤다.

"왜 클레이는 내가 알 수 있는 방식으로 나를 위로하지 않는 거지요?"

잠시 침묵이 흘렀는데 갑자기 서가 위에 있던 뮤직 박스에서 글렌 밀러의 노래 〈인 더 무드 (In the Mood)〉가 흘러나오기 시작했다. 내가 들은 바에 의하면 충격적인 침묵이 흐른 후 사람들은 조심스럽게 웃음소리를 냈다고 한다. 클레이의 아내가 겨우 할 수 있었던 말은 "저 뮤직 박스는 2년 동안 한 번도 만져본 일이 없었어요!"였다. 만지고 안 만지고는 상관없었다. 아내에게 남편 클레이의 메시지가 전달된 것이라고 나는 생각한다.

에너지 빔에는 자력이 있기 때문에 물건들과 신비로운 방법으로 접촉이 가능하다. 조앤과 짐은 사이가 굉장히 좋은 부부이자 나의 피술자들이었다. 그들과 면담을 마친 후 우리는 살아 있는 사람들이 에너지 빔을 사용하는 것에 대한 토론으로 들어갔다. 그들은 수줍어하며 캘리포니아 고속도로에서 빨리 가야 될 일이 있으면 그들의 에너지를 합하여 앞에 가는 차를 다른 차선으로 가게 한다고 말했다. 앞차를 바싹 따라가는 거냐는 나의 물음에 "아니오, 우리는 먼저 에너지 빔을 운전자 뒤통수에 보낸 다음 방향을 돌려 다른 차선으로 보냈다가 다시 운전자의 뒤통수로 보내요."라고 했다. 50% 이상의 성공률을 보이고 있다고 그들은 말한다. 반쯤 심각해져서 나는 조앤과 짐에게 차선을 옮기게 하는 것은 능력을 잘못 쓰는 것이니 안 그러는 것이 좋겠다고 말했다. 재능을 좀 더 건설적으로 쓰는 것이 영계에서 훨씬 낮게 받아들여진다는 사실을 그들이 알고 있으나 습관을 깨기는 어려울 것이라 생각한다.

꿈을 통한 방법

육체를 금방 떠난 영혼이 사랑하는 사람에게 접촉을 시도하는 주된 방법 중의 하나는 꿈을 이용하는 것이다. 슬픔에 압도되어 있던 의식의 마음은 잠이 들면 우리의 생각에서 뒤로 밀려난다. 잠깐 든 잠일지라도 무의식의 마음은 깨어 있을 때보다 더욱 크게 열린다. 안타까운 것은 슬픔에 사로잡힌 사람들은 꿈이 메시지를 전할 수 있다는 사실을 모르고 흔히 꿈에서 깬 후 그 내용을 적어놓지 않고 잊어버리는 것이다. 자는 동안에 그들이 본 이미지나 상징들은 그 당시에는 별 뜻이 없어 보이거나 꿈에서 본 장면, 예를 들어 죽은 사람하고 함께 있는 장면 같은 것들은 그저 원하니까 보인 것이라고 대수롭지 않게 여기고 만다.

얘기를 더 계속하기 전에 나는 일반적인 꿈의 성향을 설명하고자 한다. 꿈에 대한 나의 전문적인 지식은, 최면에 든 피술자들에게서 영혼이 살아 있는 사람의 꿈을 어떻게 이용하는지를 듣다가 알게 된 것이다. 영혼들은 꿈 장면을 선택하는 데 신중을 기한다.

나는 우리가 꾸는 꿈들은 대부분 의미가 깊지 않다는 결론에 도달했다. 꿈에 관한 책을 살펴보다가 나는 그 분야의 전문가들조차도 꿈은 하루 동안 했던 생각들의 무게가 밤중에 신경 조직을 자극하여 난장판을 이루는 것 정도로 생각하는 사람이 있다는 것을 발견했다. 수면 중에 정신이 육체에서 빠져나가면 우리 몸에 퍼진 신경세포는 두뇌를 쉬게 하려고 긴장을 푼다.

나는 꿈을 세 가지로 분류한다. 집을 청소하는 상태가 그 하나다. 하루 종일 했던 길 잃은 생각들이 밤에 엉켜서 휩쓸려 나가는 것이다. 이런 꿈이 무슨 뜻인지 알 수 없는 것은 당연하다. 정말로 뜻이 없으니까. 반면 우리 모두는 인지적인 면이 있는 꿈이 무엇인지 알고 있다. 나는 이 꿈의 상태를 문제 해결을 불러오는 꿈과 영적인 꿈으로 나누는데, 이 두 꿈 사이에는 차이가 별로 없다. 앞으로 올 사건들을 예감하는 꿈도 있다. 우리 마음의 상태는 꿈들에 의해 변화된다.

우리 인생에서 가장 괴로운 시기는 사랑하는 사람이 죽어 그에게서 받던 애정이 끊어진 때로, 우리는 끊임없이 생각에 잠기게 된다. 깊은 슬픔에서 놓여나는 때란 잠잘 때뿐이다. 괴로운 마음으로 잠자리에 들었다가 깨고 나면 고통이 그대로 거기에 남아 있는 것을 발견한다. 그럼에도 불구하고 잠드는 것과 깨어나는 것 사이에는 불가해한 수수께끼가 있다. 어떤 날 아침이 되면 좀 괜찮은 생각들이 떠올라 사랑하는 이를 잃은 상실감에서 벗어날 첫발을 떼어놓게 된다. 꿈을 꾸는 중에 문제의 실마리가 이미지로 점차 나타나 문제의 해결을 보는 것은 정신적인 부화 과정이라 할 수 있다. 이러한 예지들은 우리 아닌 저 밖의 어떤 곳에서 오는 것이 아닐까? 꿈이 영적인 형태로 흐르면 꿈을 짜는 이들은 우리의 감정적인 고통을 덜어주려는 격려자로서 우리를 방문한다.

이런 영적인 꿈들에는 우리들의 안내자와 스승 격인 영혼들과 영혼의 동반자들이 메신저로서 함께한다. 우리가 꼭 슬퍼해야만 도움을 주는 것은 아니다. 영적인 꿈에는 다른 인생에서 다른 육체를 가지고 살

왔던 경험과 영계를 포함한 정신세계의 모든 기억들이 들어 있다. 여러분은 날아다니거나 물속을 쉽게 헤엄치는 꿈을 꾸었던 경험이 있을 것이다. 나는 지구 아닌 다른 별에서 지능을 가진 날짐승이거나 물에 사는 생물의 삶을 살았던, 신화적인 기억들을 가지고 있는 피술자들을 만나기도 했다. 꿈에서 본 장면들은 흔히 전생의 삶들과 현재 인생을 비교할 수 있게끔 은유적으로 그 단서를 우리들에게 제공한다. 인생마다 다른 육체를 지니고 살아도 영원불멸한 우리 영혼의 성격은 크게 변하지 않는다. 그러므로 과거와 현재의 삶을 비교하는 것이 괴기스러울 것도 없다. 우리는 꿈의 장면들을 통해 현재의 육체를 지니기 이전에 경험했던 사건과 장소와 행동 양식을 크게 깨달을 수 있다.

1장에서 나는 영혼들이 새 인생으로 태어나기 전에 영계에서 준비 교육을 받는 것에 대해 잠깐 언급했다. 영혼의 훈련에 대해서는 나의 첫 책《영혼들의 여행》에서도 자세히 다루었지만 꿈과도 연관이 있으므로 여기서 다시 언급하겠다. 준비 교육은 우리가 앞으로 만날 사람들과 사건들을 알아보기 위한 것이다. 윤회를 준비하는 동안 스승은 우리가 새 인생에서 이루기로 한 약속의 중요한 면들을 강조한다. 새 삶을 공유할 그룹의 영혼과 다른 그룹에 속하는 영혼들의 만남과 사귐이 교육의 중요한 부분을 차지한다.

우리가 절망의 어둠 속에 있을 때, 특히 영혼의 동반자를 잃고 슬퍼할 때, 이 준비 교실의 기억들은 등불이 되어 어둠을 비추러 우리 꿈에 나타날 수도 있다. 융(C. Jung)은 이렇게 말했다.

"꿈은 억제된 소망이나 두려움의 산물일 수도 있지만, 환영이나 환상이 아닌 불가피한 진실의 표현일 수도 있다."

이러한 진실들은 꿈속에 은유적인 수수께끼로 나타나기도 하고 원형적인 이미지로 표현이 되기도 한다. 꿈의 상징들은 문화마다 다르게 해석되고 있으며 꿈의 어휘 또한 그러하다. 각자 직관을 사용하여 자신에게 의미 있는 꿈의 말을 찾아야 할 것이다.

유유히 이어오는 1만 년의 문화를 지니고 있는 오스트레일리아의 원주민들은 꿈꾸는 시간을 실제의 시간으로 믿고 있다. 꿈에서 보는 것들은 깨어 있을 때의 경험만큼 현실일 때가 많다. 영계에 있는 영혼들에게는 시간은 항상 현재뿐이므로, 오래전에 세상을 떴어도 우리가 사랑하는 영혼들은 '지금'이라는 현실 속에 그들이 있다는 것을 우리가 깨닫기를 바란다. 영혼들은 어떻게 우리가 꿈을 통해 혜지를 얻고 현실을 받아들이도록 돕는 것일까?

케이스 5

이 피술자는 1935년 뉴욕에서 폐렴으로 사망했다. 그녀는 중서부 작은 마을에서 성장한 후 뉴욕으로 온 30대 초반의 젊은 여자였다. 그녀의 죽음은 갑작스런 것이었고, 그녀는 홀로 된 어머니에게 위안을 주고 싶어 했다.

닥터 N 죽은 후 즉시 영혼의 세계로 떠납니까?

영 아니요, 안 그래요. 나는 어머니한테 작별을 고해야 해요. 어머

니가 나의 사망 소식을 들을 때까지는 지상에 머물러 있으려고
해요.

닥터 N 어머니한테 가기 전에 보고 싶은 다른 사람은 없습니까?

영 (좀 망설이다가 낮은 목소리로) 옛 남자 친구가 있어요…. 이름은 필
인데… 그 집부터 가요.

닥터 N (부드럽게) 그렇군요. 필을 사랑했습니까?

영 (사이를 두었다가) 네. 그러나 우린 결혼은 안 했어요…. 나는… 한
번 더 그를 만져보고 싶을 뿐이에요. 그는 깊이 잠들어 있는 것
이지 꿈을 꾸는 게 아니기 때문에 접촉은 하지 않을 거예요. 어
머니가 나의 사망 소식을 듣기 전에 어머니한테 가야 하기 때
문에 필한테는 오래 머물 수가 없어요.

닥터 N 너무 서두르는 것 같지 않습니까? 필이 꿈을 꿀 때를 기다
렸다가 메시지를 남기는 게 어떻겠습니까?

영 (단호히) 필은 오랜 세월 동안 나하고 상관없던 사람이었어요.
우리 둘 다 어렸을 때 나는 그에게 내 모든 걸 주었어요. 필은
이제 내 생각은 거의 안 하지요…. 그리고… 음… 꿈속에서 나
를 보면… 어쨌든 필은 내 메시지를 놓칠 수도 있어요. 지금 이
정도로 에너지를 남겨놓는 것으로 충분해요. 우리는 영혼의 세
계에서 다시 함께할 테니까요.

닥터 N 필을 떠난 후엔 어머니한테 갑니까?

영 네. 어머니가 깨어 있을 때 의사소통을 하고 싶은데 그게 안 되
고 있어요. 어머니는 아주 슬퍼해요. 내가 숨을 거두었을 때 곁

에 없었다고 애통해해요.

닥터 N 이제까지는 어떤 방법으로 시도를 했습니까?

영 나는 주황빛이 도는 노란빛으로 나의 마음을 보내요. 촛불 같은 빛이지요. 그러고는 나의 빛을 어머니 머리 주변에 둘러놓고 사랑의 마음들을 보내요. 나는 능숙하지가 못해요. 어머니는 내가 함께 있다는 걸 느끼지 않아요. 꿈으로 접촉해야겠어요.

닥터 N 자, 그럼 그 과정을 진행하면서 천천히 말씀해주세요. 당신은 어머니의 꿈 중에서 하나를 택하는지, 아니면 당신 스스로가 꿈을 만들어내는지부터 시작해주십시오.

영 난 아직 꿈을 창조하지 않아요. 어머니가 꾸는 꿈 중의 하나를 선택해서 들어가 자연스럽게 접촉하고 나서 꿈에 참여하지요. 나는 어머니가 꿈속에서 나를 분명히 알아보기를 원해요.

닥터 N 좋습니다. 나를 당신과 함께 데려가주십시오.

영 처음 두 개의 꿈은 적당치가 않아요. 하나는 말도 안 되는 것들의 두루뭉수리이고 또 다른 하나는 내가 그 안에 들어 있지 않은, 전생의 기억 조각이에요. 드디어 어머니는 우리 집 주변에 있는 들판을 홀로 걸어가는 꿈을 꿉니다. 이 꿈속에서 어머니는 슬프지 않아요. 내가 아직 죽지 않았거든요.

닥터 N 실비아, 이 꿈이 왜 좋은 거죠? 당신이 그 안에 없다면서요?

영 (나를 보고 웃으며) 보세요. 모르시겠어요? 나는 그 꿈속에다 나를 자연스럽게 놓으려는 거예요.

닥터 N 당신이 꿈속으로 들어가기 위해 꿈 장면을 바꿀 수가 있습니까?

영 물론이지요. 나는 들판의 다른 쪽 끝에서부터 내 에너지를 어머니의 생각에 맞추면서 꿈속으로 들어가요. 어머니가 마지막으로 보았던 나의 모습으로요. 어머니가 내 존재에 익숙해지게끔 천천히 들판을 가로질러 가지요. 나는 손을 흔들고 미소 지으며 어머니에게 갑니다. 우리는 서로 껴안아요. 그러고 나서 나는 어머니의 잠든 몸에 생기로 가득 찬 에너지의 파도를 보냅니다.

닥터 N 그것이 어머니에게 어떤 작용을 합니까?

영 이 장면들은 어머니의 의식을 높입니다. 어머니가 깬 후에도 이 꿈이 머물도록 하고 싶어요.

닥터 N 당신 어머니가 죽은 딸을 그리는 자신의 욕망이 꿈으로 나타난 것뿐이라고 생각지 않는다고 당신은 어떻게 확신할 수 있습니까?

영 이렇게 생생한 꿈의 영향은 지대해요. 어머니는 깨어나면 나와 함께 있었던 들판 풍경을 마음에 생생하게 기억하며 내가 지금 같이 있지 않나 생각하지요. 한동안 꿈의 기억은 너무도 실제 같아서 어머니는 확신하게 돼요.

닥터 N 실비아, 당신이 에너지를 변화시켰기 때문에 꿈의 이미지가 무의식에서 의식적인 현실로 옮겨진 것입니까?

영 그렇지요. 이것은 여과 과정이라고 할 수 있어요. 어머니가 내가 죽었다는 사실을 받아들이기 시작할 때까지, 앞으로 며칠

동안 나는 어머니에게 에너지의 파장을 계속 보낼 거예요. 아직도 내가 어머니와 함께 있으며 앞으로도 항상 그러리란 걸 어머니가 믿었으면 해요.

필의 수면 상태로 얘기를 돌려보면, 실비아는 필의 무의식 속에 그 자신의 감정을 전하려고 오래 머물 의도가 없었음이 명백해진다. 뇌파가 REM(rapid eye movement: 눈동자가 빠르게 움직이는 안구 운동) 없는 깊은 델타(delta) 상태일 때에는 꿈이 나타나지 않는다. '역설적 수면'이라고도 불리는 렘 수면 상태는 델타 상태보다 훨씬 가볍고, 잠이 든 초기나 말기에 활발히 꿈꾸는 상태가 된다. 다음 사례에서는 꿈꾸는 이가 렘 수면 중에 있기 때문에 꿈과 꿈 사이에 접촉하는 것을 보여준다.

내가 만나본 꿈을 짜는 영혼들은 꿈을 심는 일도 한다. 방법은 두 가지인데, 이에는 현저한 차이가 있다.

꿈의 변경: 이것은 육체를 벗어난 숙련된 영혼이 잠든 사람의 마음속으로 들어가서 이미 진행 중인 꿈의 일부분을 변화시키는 것이다. 이 테크닉을 나는 '행간에 써넣기'라고 부르겠다. 공연되고 있는 연극 대사 중에 배우로서 자기를 등장시키므로 꿈꾸는 이가 극본이 변경된 것을 알지 못하도록 하는 것이다. 실비아가 어머니에게 한 것과 같다. 실비아는 알맞은 꿈을 기다렸다가 슬쩍 끼어들었다. 그 방법도 어려워 보이긴 하지만 다음 방법은 이보다 더욱 복합적이고 어렵다.

꿈의 창조: 무에서 창조하는 것이다. 영혼은 전달하고자 하는 목적에 알맞게 이미지들을 모아 의미 있는 꿈을 엮어낸다. 꿈꾸는 이의 의식 속에 장면들을 창조해 넣기도 하고 장면들을 바꾸며 메시지를 전달하기도 한다. 나는 이것을 사랑과 봉사의 행위로 생각한다. 꿈의 의미를 기술적으로 잘 전달하지 못하면 잠든 사람은 아침에 깨어나서 조각난 꿈의 단편만을 기억하거나 전혀 아무것도 기억하지 못하게 된다.

꿈 창조를 이용하여 슬픔을 치유하는 방법을, 전생에 버드라는 이름을 가졌던 4단계 영혼의 사례를 들어 설명하겠다. 버드는 1942년 2차 세계대전 당시 사망했다. 여기에서는 버드의 형인 월트가 꿈꾸는 사람이 된다. 버드는 꿈을 엮는 데 익숙하였으므로, 전쟁터에서 죽자 영계에 있는 본향으로 돌아가서 월트를 위로할 수 있는 좋은 방법을 준비했다. 이것은 꿈을 짜는 영혼들이 잠든 사람들에게 어떻게 다가가는지에 대해 내가 더 폭넓게 알 수 있게 된 사례 중의 하나다. 나의 피술자는 그의 안내자인 액시나에게서 배운 꿈의 테크닉을 설명한다.

케이스 6

닥터 N 영혼의 세상으로 돌아간 후 당신은 형의 슬픔을 완화시키기 위하여 어떤 계획을 세웁니까?

영 안내자 액시나가 효과적인 방법으로 나와 함께 일하고 있습니다. 우리는 복제된 월트를 가지고 하므로 공이 많이 듭니다.

닥터N 월트가 지구로 윤회할 때 영혼 세계에 남겨둔 에너지 부분을 말하는 겁니까?

영 그렇습니다. 월트와 나는 같은 영혼 그룹에 속해 있어요. 지구에 있는 월트의 에너지와 더 긴밀하게 소통하기 위해서 월트의 남아 있는 에너지에다 나 자신을 연결시키는 일부터 합니다.

닥터N 그 과정을 설명해주십시오.

영 나는 월트의 남아 있는 에너지 옆에 떠서 그 에너지와 잠깐 합쳐집니다. 그렇게 하는 것으로 월트의 에너지가 내게 완전히 기록됩니다. 우리 사이에는 이미 텔레파시가 통하고 있긴 하지만, 잠들어 있는 그에게 다가갔을 때 더욱 센 진동파의 공명을 얻기 위한 것입니다.

닥터N 지구로 돌아갈 때 왜 당신은 오차 없이 정확한 월트의 에너지 패턴을 복사해 가려 합니까?

영 내가 창조하는 꿈과 더욱 강하게 연결하기 위해서지요.

닥터N 그렇다면 영계에 남아 있는 월트는 당신 대신에 지구에 있는 자신과 통신을 못 하는 겁니까?

영 (날카롭게) 그게 잘 안 돼요. 그건 자기한테 대고 혼잣말을 하는 것과 다를 게 없습니다. 효과도 없죠. 특히 자는 동안에는요. 유실되고 말아요.

닥터N 그렇군요. 월트의 에너지를 똑같이 복사해서 그에게 가면 어떤 일이 일어납니까?

영 월트는 밤새 침대에서 뒹굴며 내가 죽은 것을 괴로워합니다.

액시나는 꿈과 꿈 사이에 그 작업을 하도록 나를 훈련시켰습니다. 액시나는 에너지를 바꾸는 일에 능숙합니다.

닥터 N 꿈 사이에 한단 말이지요?

영 그래요. 그렇게 함으로써 나는 각각 다른 두 개의 꿈에다 메시지를 남길 수 있습니다. 그러고 나서는 더 잘 받아들여지도록 두 꿈을 잇는 거지요. 나는 월트와 똑같은 형태의 에너지를 갖고 있거든요. 나는 그 에너지를 펼치기 위하여 아주 쉽게 월트의 마음으로 들어갑니다. 나의 방문 후, 처음 두 개의 꿈에 대한 제3의 꿈이 지연된 반응으로 펼쳐지면 월트는 유체이탈의 장치 속에서 우리 둘이 함께 있는 것을 봅니다. 월트는 유체이탈로 영계를 보았다는 것을 모르지요. 그러나 기억만은 선명히 남아서 그를 지탱시켜줄 것입니다.

티베트 신비주의와 같은 일부 문화에서는 영계를 꿈의 자연스런 일부로, 현상계의 천국과 같이 여긴다.

닥터 N 당신이 창조한 꿈은 어떤 것들이었습니까?

영 월트는 나보다 세 살이나 더 나이가 많았지만 어렸을 때 같이 놀았습니다. 그러던 것이, 사이가 나빠져서가 아니라, 월트는 열세 살이 되니까 제 또래의 친구들과 어울려 다니고 나는 자연히 제외되었습니다. 어느 날 월트는 친구들과 우리 농장 근처 연못 위에 있는 커다란 나뭇가지에 매인 줄 그네를 탔습니다. 나는 근처에서 구경했고요. 다른 애들은 먼저 가서 물싸움을 하고 노는데 월트는 너무 높이 그네를 타다가 다른 나뭇가지에 머리를 부딪쳐서 정신을 잃고 물로 떨어졌습니다. 친구들은 월트가 떨어지는 걸 보지 못했어요. 나는 연못으로 뛰어들어 월트의 머리를 잡고 도와달라고 외쳤습니다. 나중에 둑에서 월트는 눈부신 표정으로 나를 올려다보고 말했어요. "날 구해줘서 고마워, 버드." 나는 이 일로 월트의 무리에 낄 수 있을 줄 알았는데, 몇 주 후에 월트와 친구들은 소프트볼 게임에 나를 안 넣어줬습니다. 월트가 나를 껴주지 않으면 자기도 안 하겠다고 하지 않은 것에 대해 나는 배신감을 느꼈습니다. 노는 동안 공이 숲으로 들어갔는데 어디 있는지 찾을 수가 없었습니다. 그날 저녁에 나는 그 공을 찾아서 우리 집 광에 숨겨놨습니다. 우리들은 집이 가난했기 때문에 그중 어떤 애가 생일날에 선물로 공을 받을 때까진 공놀이를 할 수 없었지요.

닥터 N 월트에게 전달하려는 메시지는 무엇입니까?

영 두 가지를 보여주려고 합니다. 첫 번째는 연못가의 둑에서 내가 울며 피가 나는 형의 머리를 내 무릎에 올려놓았을 때 우리 둘이 서로에게 했던 말들을 기억하게 하는 것이고요. 두 번째는 소프트볼 게임이 끝난 장면에다가 꿈을 덧붙이려 합니다. 아직도 공이 숨겨져 있는 광으로 형을 데려가는 겁니다. 나는 우리가 함께한 삶 속에 있었던 어떤 사소한 일들도 다 용서한다고 형에게 말합니다. 내가 언제나 형과 함께 있으며 우리가 서로에게 느꼈던 깊은 애정도 그대로라는 것을 형이 알았으면 합니다. 옛집의 광으로 돌아가서 공을 보게 될 때 형은 이것을 알게 될 것입니다.

닥터 N 당신의 방문 이후, 월트가 이 모든 것을 다시 꿈꾸어야 할 필요가 있을까요?

영 (웃는다.) 형이 깨어나서 공이 어디 있는지를 기억할 수 있는 한 그럴 필요는 없어요. 내가 심어준 것들을 월트는 기억했습니다. 옛날 우리 집 광에 가서 공을 찾는 것으로 메시지는 전부 전달되었습니다. 월트는 이 일로 내 죽음에 대해 덜 아파하고 평온을 얻었습니다.

추상적으로나 감정적으로 꿈의 상징들은 마음속 여러 층에 작용한다. 위의 사례에서는 시간의 조각들에 들어 있는, 형제만이 아는 기억에다가 경험적인 이미지를 합하여 메시지를 전달했다. 미래에 있을 만남은 월트의 세 번째 꿈에 나타나게 된다. 그들 둘의 영혼이 영계에서 다시 한번 만나 행복하게 지내는, 스쳐가는 듯한 꿈이다.

진보된 영혼이 '꿈의 마스터(master)'를 안내자로 모시게 된다는 것을 나는 꽤 오래 걸려서야 알 수 있었다. 케이스 6의 액시나야말로 꿈의 마스터라는 호칭에 어울리는 안내자라고 생각한다. 모든 영적인 기술에 대해 어떤 영혼은 진보된 기술을 습득하는 데 다른 영혼들보다 더 소질을 보이고 있다. 케이스 6의 버드는 월트의 마음에 꿈 장면들을 창조해 넣었을 뿐 아니라 그 창조되는 꿈을 더욱 복합적인 테크닉을 사용하여

형에 대한 사랑과 후원이라는 중요 테마에 연결시키는 작업을 했다. 마지막에 버드는 숨겨놓았던 공을 통하여 물질적인 증거를 제공했다. 버드와 비교해서 케이스 5의 실비아를 낮출 생각은 없다. 실비아는 유효적절하게 어머니의 꿈속에 들어가서 꿈의 진행을 방해함이 없이 어머니에게 평화를 가져다주었다. 케이스 6은 이보다 더욱 영적인 기술을 발휘했을 뿐이다.

어린아이들을 통한 접촉

슬픔에 잠긴 어른들의 마음과 연결하는 것이 힘들 때 영혼들은 어린아이들을 매개체로 하여 자신들의 메시지를 전하기도 한다. 어린아이들은 초자연적인 것을 의심하거나 거부하도록 조건 지워지지 않았기 때문에 영혼들을 더 잘 받아들인다. 매개체로 선택되는 어린아이는 대개 떠난 이의 가족 중에 있다. 같은 집안에 있는 사람들에게 메시지를 전달하려는 영혼에게는 특히 이 방법이 도움이 된다. 다음 케이스의 남자는 42세에 집 뒷마당에서 심장마비로 사망했다.

케이스 7

닥터 N 죽는 순간 아내를 위로하기 위해 당신은 무엇을 합니까?

영 처음에 나는 내 에너지로 아이린을 안아주려 하지만 그게 아직 안 됩니다.(피술자는 2단계 영혼이다.) 아내가 슬퍼하는 마음은 알았지만 무엇을 해도 위로할 수가 없어요. 작별 인사 없이 떠나게 될까 봐 걱정스럽습니다.

닥터 N 긴장을 풀고 천천히 앞으로 갑시다. 어떻게 그 고민을 헤쳐

나가는지 설명해주십시오.

영 나는 곧 우리의 열 살 먹은 딸 세라를 통해 아이린을 조금이나

마 위로할 수 있을지 모르겠다고 깨닫습니다.

닥터 N 왜 세라가 당신을 잘 받아들이리라고 생각합니까?

영 딸아이와 나는 특별히 맺어져 있어요. 세라는 내가 죽어서 대

단히 슬프나 그 슬픔은 갑자기 나에게 일어난 일에 대한 두려

움과 혼합되어 있어요. 세라는 아직 얼떨떨해하고 있어요. 나

의 아내를 위로하러 이웃들이 너무 많이 몰려와서 복잡합니다.

아무도 세라한테는 관심을 안 가집니다. 세라는 우리 침실에

혼자 앉아 있습니다.

닥터 N 세라가 혼자 있는 것을 기회라고 생각합니까?

영 네, 그래요. 사실 세라는 아직도 내가 살아 있음을 느끼고 있어

서 내가 침실로 갈수록 나의 진동파를 더 잘 받아들입니다.

닥터 N 좋아요. 당신과 딸 사이에 그다음엔 무슨 일이 있습니까?

영 (깊이 숨 쉰다.) 됐어요! 세라가 제 엄마의 뜨개질바늘을 집어 들

고 있어요. 나는 뜨개질바늘을 통해 세라의 손으로 따스함을

보내고, 세라는 즉시 이것을 느낍니다. 그다음 나는 뜨개질바

늘을 발판으로 삼아 목 밑에 있는 척추에 도달해서 세라의 턱

근처에서 일합니다.(피술자는 말을 멈추고 웃기 시작한다.)

닥터 N 뭐가 그렇게 즐겁습니까?

영 세라가 웃습니다. 왜냐하면 매일 밤 세라가 잠들기 전에 내가 그랬듯이 그 아이의 턱을 간질이고 있거든요.

닥터 N 이젠 무얼 합니까?

영 사람들이 움직이기 시작합니다. 왜냐하면 내가 거리로 들려 나가 구급차 속에 안치되었거든요. 아이린은 병원으로 운전해준 이웃을 기다리느라고 침실에 혼자 들어옵니다. 아이린은 또 딸아이가 어떤지 알고 싶어 합니다. 세라는 엄마를 쳐다보고 말합니다. "엄마, 병원에 안 가도 돼요. 아빠는 나하고 여기 있어요. 아빠가 내 턱을 간질이는걸요."

닥터 N 그럼 이제 아내는 무얼 합니까?

영 아이린의 눈에 눈물이 가득하나 전처럼 심하게 울지는 않습니다. 아내는 세라를 놀래키고 싶지 않은 거죠. 그래서 세라를 껴안아줍니다.

닥터 N 아이린은 아빠와 있다고 믿는 세라의 환상에 젖어들고 싶어 하지 않는가요?

영 아직은요. 그러나 이제 난 아이린을 위한 준비가 되었어요. 아이린이 딸아이를 껴안는 순간 나는 그들 틈으로 뛰어듭니다. 둘 다에게 에너지를 흘려넣죠. 아이린도 나를 느낍니다. 세라처럼은 아니지만요. 아내와 딸은 눈을 감은 채 꼭 껴안고 침대에 앉습니다. 한동안 우리 셋은 함께 있습니다.

닥터 N 오늘 하려고 마음먹었던 것을 성취했다고 보십니까?

영 그래요. 충분해요. 이젠 떠날 시간입니다. 나는 아내와 딸에게서 떠나 집 밖으로 떠갑니다. 그리고 시골 벌판 너머로 높이 올라가 하늘 속으로 빨려듭니다. 곧 나는 안내자가 나를 만나러 오는 밝은 빛 속으로 옮겨갑니다.

익숙한 환경을 통한 접촉

케이스 7을 보면, 떠나는 영혼은 자기를 사랑하는 사람들과 일단 접촉하고 나면 다시 접촉함이 없이 영계로 가버리는 것 같다. 죽음 바로 직후에는 영혼의 존재를 못 느끼나 후에 느끼는 사람들이 있다. 슬픔에서 헤어나 죽음을 받아들일 수 있는 단계에 이른 사람들은 떠난 이가 아직도 자기들을 돌보고 있다는 것을 알면 위안을 느낀다. 반면에 아무리 시간이 흘러도 슬픔에서 헤어나지 못하는 사람들도 있다.

영혼들은 우리를 쉽사리 포기하지 않는다. 영혼이 사람들과 접촉하는 또 다른 방법은 기억과 연관된 환경적인 장치를 통한 것이다. 모든 방법을 다 동원해도 영적인 소통을 할 수 있는 마음의 문이 닫혀 있을 때 이 방법은 효과적이다. 다음 사례는 이 방법을 설명한다. 지난 생에서 낸시라 불리었던 이 여성은 찰스와 38년간의 결혼 생활 중에 갑작스런 뇌출혈로 사망했다. 찰스는 슬픔의 단계 중에서 거부와 분노 단계에 있었다. 찰스의 마음은 감정으로 꽉 들어차서 친구들의 도움도 받을 수 없었고 전문적인 상담도 받으려 들지 않았다. 엔지니어인 그는 분석적인 태도를 가지고 있었기 때문에 어떠한 정신적인 접근도 비과학적이라며 거부했다.

낸시의 영혼은 장례식 직후부터 몇 달간을 여러 방법으로 남편에게 접촉하려고 노력했다. 남편은 극기적인 성격을 가지고 있어서, 주변에다 완강하게 성을 쌓고 아내가 죽은 이래로 한 번도 마음껏 울지 않았다. 이러한 장애를 극복하기 위해서 낸시는 그들에게 익숙한 환경과 연결된 후각을 통해 남편의 마음과 접촉하기로 했다.

케이스 8

닥터 N 정원을 통해 당신이 있다는 것을 나타내면 찰스가 반응하리라는 것을 어떻게 압니까?

영 내가 정원을 사랑했다는 것을 찰스가 알고 있기 때문이죠. 찰스는 내 화초에 관심이 없었습니다. 내가 정원 가꾸기를 즐긴다는 것은 알았지만, 찰스에게 정원은 그냥 힘든 일거리일 뿐이었어요. 솔직히 찰스는 정원 일은 거의 안 했어요. 엔지니어인 자신의 일만으로도 바빴거든요.

닥터 N 찰스는 당신이 정원에서 하는 일에 관심이 없었군요.

영 내가 어떤 것으로든 그의 관심을 끌지 않으면요. 우리 집 문 옆에 흰 장미 화원이 있는데, 꽃을 자를 때마다 나는 찰스 앞에 꽃을 흔들며 이 달콤한 향기에 무감각하다면 당신 영혼 안에는 로맨스가 들어 있지 않은 거라고 말했어요. 그러면서 함께 웃곤 했지요. 찰스는 밖에서 보는 것과 달리 다정한 연인이었어요. 딴전을 피우며 찰스는 불평하듯 나를 놀리곤 했습니다. "이건 흰 장미잖아. 나는 붉은 장미가 좋아."

닥터 N 그럼 당신은 장미를 가지고 당신이 아직도 살아서 함께 있
다는 것을 어떻게 찰스에게 알리겠습니까?

영 장미 화원은 내가 죽고 난 후 가꾸지 않아서 다 죽어버렸어요.
장미만이 아니고 온 뜰이 엉망이에요. 찰스는 통 움직이지 않
으니까요. 주말에 찰스는 정신없이 정원을 걷다가 우리 이웃집
장미나무들이 있는 곳으로 가요. 찰스에게 향기가 전해지지요.
이게 바로 내가 기다리던 순간이에요. 나는 찰스의 마음속으로
급히 들어갑니다. 찰스는 나를 생각하고 황폐해진 장미 화원을
바라봅니다.

닥터 N 당신은 찰스의 마음속에 장미 화원의 이미지를 창조했습니
까?

영 (한숨을 쉬며) 아니요, 처음부터 그렇게 하면 안 되지요. 찰스는
연장이나 기계를 잘 알아요. 나는 찰스의 마음에 삽 그림과 땅
을 파는 그림을 넣어주는 것으로 시작합니다. 그러고 나서 나
의 장미 화원을 보여주고 시내에 있는 화훼 상점을 보여주죠.
찰스는 자동차 열쇠를 꺼냅니다.

닥터 N 당신은 찰스가 자동차로 걸어가서 상점까지 드라이브하게
합니까?

영 (웃으며) 집요하게 해야 해요. 네, 그렇게 했어요.

닥터 N 그다음에는 무엇을 합니까?

영 상점에서 이리저리 돌아다니는 찰스를 나는 장미가 있는 데로
가게 합니다. 거기는 붉은 장미 종류밖에 없는데, 오히려 잘됐

어요. 내가 찰스 마음에 흰 색상을 보내니 찰스는 점원에게 왜 하얀 장미는 없느냐고 묻습니다. 점원은 다 팔고 저기 있는 것만 남았다고 말합니다. 찰스는 내가 보내는 생각을 무시하고 커다란 붉은 장미 화분을 산 뒤 우리 집으로 배달해달라고 점원에게 말합니다. 찰스는 차가 지저분해지는 게 싫은 거예요.

닥터 N '생각을 무시한다'는 뜻은 뭐죠?

영 스트레스를 받는 사람들은 초조해져서 같은 생각의 틀 속으로 반복해서 빠져들어요. 찰스에게는 장미라면 붉은색이지요. 그것이 그의 마음 형태입니다. 마침 상점에는 흰 장미가 없었고 남편은 그것을 더 이상 문제 삼고 싶지 않은 거예요.

닥터 N 그러니까 찰스는 자기의 의식적인 생각의 이미지와 당신이 그의 무의식에 보내는 이미지가 다르다는 것을 못 느끼는 겁니까?

영 그래요. 남편은 내가 죽어서 정신적으로 아주 지쳐 있어요.

닥터 N 낸시, 당신의 메시지를 전하는 데는 붉은 장미도 괜찮지 않습니까?

영 (단호히) 아니에요. 나는 나의 에너지를 상점 주인인 서빈에게로 옮깁니다. 서빈은 내가 아는 여자예요. 내 장례식에도 왔었고 내가 흰 장미를 사랑한다는 것도 알고 있어요.

닥터 N 어떻게 할 셈인지 난 잘 모르겠군요. 낸시, 상점에는 흰 장미가 없어요. 찰스는 붉은 장미를 샀고, 집으로 갔습니다. 그러면 된 게 아닙니까?

영　(나를 보고 웃는다.) 남자들이란 참! 흰 장미는 '나'란 말이에요. 다음 날 아침에 서빈은 손수 우리 집으로 운전하고 가서 흰 장미 꽃이 핀 커다란 화분을 전달합니다. 그리고 남편에게 이것을 다른 화훼 상점에서 샀으며 돌아가신 부인이 좋아할 거라고 말합니다. 남편은 흰 장미를 나의 옛 장미 화원으로 가지고 가서 그가 이미 파놓은 땅에 놓고는 멈춥니다. 장미꽃들이 그의 얼굴에 닿아요. 남편은 향기를 맡아요. 그러나 더 중요한 것은 흰 색상이 그를 씻어주며 향기와 섞이는 거예요. (피술자는 이 장면을 재현할 때 눈물을 글썽거리며 말을 못 이었다.)

닥터 N　(낮은 음성으로) 당신의 이야기가 아주 명료하게 잘 이해됩니다. 계속 말씀하십시오.

영　찰스는… 드디어 나의 존재를 느끼고… 나는 남편의 상체와 장미 주변에 나의 에너지를 펼칩니다. 흰 장미 향기와 에너지 안에 퍼져 있는 나를 남편이 느끼기를 바라면서요.

닥터 N　효과가 있습니까?

영　(부드럽게) 마침내 남편은 구덩이 옆에 무릎을 꿇고 앉아 장미꽃을 자기 얼굴에 댑니다. 내가 안아주고 있는 동안 찰스는 무너지듯 한참을 흐느낍니다. 울음을 그쳤을 때 찰스는 내가 아직도 그와 함께 있는 것을 압니다.

　남편의 영혼들은 자동차나 운동기구를 통하여 배우자와 연결되기를 시도하고, 아내의 영혼들은 정원을 자주 이용하는 것을 알아냈다. 한 피술자는 아내가 자신에게 참나무를 심게 했다고 나에게 말했다. 이 남편은 나와 면담하기에 앞서 편지를 보내왔다.

비록 그것이 아내가 시킨 일이 아니라고 해도 무슨 상관이 있겠습니까? 중요한 것은 아내가 나와 함께 있다는 감정적인 에너지가 나의 힘을 북돋아주었고, 그 때문에 내가 나무를 심을 수 있었다는 것입니다. 나는 이제 더 이상 빛 하나 없는 심연 속에 있지 않습니다.

혹자는 이런 경험을 신비 체험이라 이름 붙일지도 모르지만, 중요한 것은 그것이 영혼에서 비롯되는 것임을 아는 것이다. 이런 경험을 통해서, 상을 당해 슬픔 중에 있을 때 감정이 격앙된 상태를 치유할 수 있고 우리의 진정한 자아에 대해 더욱 잘 알 수 있게 된다.

영혼들은 생각의 형태를 가지고 우리와 소통을 할 수도 있다. 여기 인용하는 편지는 전에 나와 면담을 가진 일이 있었던 피술자가 세상을 떠난 아내 그웬에 대해 쓴 것이다. 나와 함께했던 최면요법이 그가 아내의 생각을 가장 잘 받아들일 수 있는 방법을 찾는 데 도움이 되었으리라고 나는 믿고 있다.

영혼 차원에서 의사소통을 할 때 나는 우리가 모두 똑같은 능력을 가지고 있지 않다는 것을 알게 되었습니다. 메시지를 보내고 받는 데는 정교한 훈련에 따른 기술이 요구됩니다. 명상을 해도 소용이 없던 어느 날 나는 드디어 그웬의 생각을 깨닫게 되었습니다. 아내는 문학적인 사람이어서 나의 내면에 깃들인 감정을 활성화시키기 위해 그림보다는 단어를 사용했습니다. 나는 아내가 비춰주는 단어들을 내가 말하는 방식으로 바꿔 아내의 메시지를 해독합니다. 아내는 내가 말하는 방식을 알죠. 이제 나는 전보다 어떻게 하면 그웬과 내 마음이 연결되는지 훨씬 분명히 알게 되었습니다.

타인을 메신저로 사용하는 접촉

케이스 9

60대의 데릭이라는 남자는 자신의 인생을 점검하고 가장 큰 슬픔을 풀어보려고 캐나다에서 나를 만나러 왔다. 그는 젊은 나이에 네 살짜리 어여쁜 딸 줄리아를 잃었다. 갑작스럽고 예상치 못했던 줄리아의 죽음이 너무도 괴로운 나머지 그와 아내는 다시 아이를 갖지 않기로 했다.

나는 데릭을 깊은 수면에 들게 한 후 그가 전생을 마치고 영혼의 세계에서 원로들의 회의에 나갔던 장면으로 데려갔다. 거기에서 우리는 그의 이번 인생의 주요 목적이 비극을 견뎌내는 것을 배우는 것임을 알수 있었다. 데릭은 지난 두 과거 생에서 자신에게 의지하고 있는 가족들을 돌보지 않고 그들의 삶을 힘들게 한 적이 있었다. 이번 생에서 그는 훨씬 잘하고 있었다. 데릭의 사례에서 특별히 나의 흥미를 끈 것은 줄리아가 죽은 지 20년 만에 데릭에게 일어났던 하나의 사건이다.

데릭은 근래에 아내를 암으로 잃고 슬퍼하고 있었다. 어느 날 괴로움에 차서 그는 근처에 있는 놀이공원으로 걸어갔다. 회전목마 근처의 벤치에 한동안 앉아서 음악을 들으며 아이들이 색색으로 칠해진 목마 위에 앉아 행복하게 웃는 것을 구경했다. 멀리에서 보니 줄리아같이 생긴 아이가 있어 눈물이 그의 눈에서 쏟아졌다. 바로 그때 스무 살쯤 된 젊은 여자가 나타나 옆자리에 앉아도 좋은지 물었다. 히얀 무명 드레스를 입고 손에는 찬 음료를 들고 있었다. 데릭은 그러라고 고개를 끄덕여주고는, 여자가 음료를 마시며 영국에서 자라난 후 밴쿠버가 특별히 좋아서 캐나다로 왔다고 얘기하는 것을 말없이 들어주었다. 여자는 자신의 이름을 헤더라고 소개했고, 데릭은 그녀 주변에 햇빛이 비추는 것을 보고 여자가 빛나는 천사같이 보인다고 생각했다.

화제가 가족 얘기와 캐나다에서 살고자 하는 헤더의 새 삶으로 옮겨지자 데릭은 시간이 정지된 것같이 느껴졌다. 데릭은 헤더에게 아버지같이 말하는 자신을 발견했고, 얘기를 하면 할수록 더욱 그녀를 아는 것같이 느껴졌다. 마침내 헤더가 일어나서 다정히 자기의 손을 데릭의 어깨 위에 놓았다. 미소 지으며 그녀는 말했다.

"저를 걱정해주신다는 걸 알아요. 그러지 마세요. 나는 다 좋아요. 그리고 앞으로 멋진 삶을 살 거예요. 나중에 우리는 또 만나게 될 거예요. 난 알아요."

헤더가 걸어가며 마지막으로 손을 흔들 때 데릭은 그녀에게서 그의 딸을 보았고 평안을 느꼈다고 한다. 최면 상태에서 데릭은 윤회한 줄리아의 영혼이 찾아와서 아버지는 자기를 아주 잃은 것이 아니라고 전했다는 것을 알 수 있었다. 우리가 사랑하는 사람을 잃고 고통스러워하고 있으면 그들은 우리의 의식이 얕은 알파(alpha) 상태에서 떠나 깊어졌을 때 신비로운 방법으로 우리에게 다가온다. 영계에서 메시지가 오는 이러한 순간들을 놓치지 말고 그 메시지가 주는 도움을 받아들이기를 바란다.

천사, 또는 천상의 다른 존재들

요즘 들어 천사에 대한 인기가 다시 높아지고 있다. 가톨릭에서는 천사를 신의 종이자 메신저이며, 영적이고 지적이며, 육체를 가지지 않은 존재라고 설명한다. 기독교에서는 이러한 존재들은 지구에 한 번도 윤회한 일이 없다고 한다. 우리들은 천사를 기다란 흰옷을 입고 날개가 달렸으며 머리 위에 빛으로 된 둥근 후광을 얹은, 중세기부터 전해 내려온 신학적 이미지로 생각한다.

많은 피술자들이, 특히 종교적인 신념이 강한 사람들은 최면에 들어 영혼의 세계로 가면 천사들을 만나리라고 생각한다. 죽었다가 살아난 경험을 한 사람들 중에도 이와 비슷하게 말하는 사람들이 있다. 그러나 일단 최면에 들면 이전에 어떠한 종교적인 입장에 있었건 그들을 만나러 오는 이 영적인 존재들이 그들의 안내자와 영혼의 친구들임을 깨닫게 된다. 이러한 영적인 존재들은 흰빛에 둘러싸여 있고 긴 옷을 입고 있기도 한다.

나의 연구에 의하면 피술자들은 안내자를 수호천사라고 설명하기도 하는데, 이들은 우리들의 선생이며, 육체를 가지고 오랫동안 윤회를 하여 안내자의 수준으로 올라선 존재다. 죽은 뒤에 우리가 필요하다고 느낄 때 우리를 위안하러 영혼의 동반자가 관문으로 마중 나오기도 한다. 나는 수호천사에 대한 믿음은 개인적인 보호를 원하는 사람들의 내적 욕망이 나타난 것이라고 느낀다. 이런 견해를 펼치는 것은 천사를 믿는 수백만 인구의 신념을 무시해서가 아니다. 오랜 세월 동안 나는 자신의 존재 너머에 있는 것은 무엇이든 믿을 수가 없었다. 나는 자신보다 더욱 큰 그 무엇을 믿는 것의 중요성을 알고 있다. 우리들의 신앙은 인생을 지탱시켜주고 우리를 보살펴주는 우월한 존재들이 있다는 믿음을 준다. 내가 사례를 들어 보이는 것은 천사의 존재 유무가 아니라 우리의 삶 속에 자애로운 영혼이 있다는 개념에 무게를 두려 하기 때문이다.

우리의 영적인 선생들은 지구에 있는 선생들이 그렇듯 각기 다른 스타일과 테크닉을 가지고 있다. 불멸의 존재인 선생들의 성격은 여러 면으로 우리들의 정수와 짝을 이루어왔다. 다음에 간략히 소개하는 사례를 통해, 어떤 이름으로 불리건 우리들의 안내자와 영혼의 동반자들은 우리가 위안을 요구하면 영혼의 세계에서 우리와 접촉하러 온다는 것을 설명하겠다.

케이스 10

다음은 나와 예정된 면담을 하기 석 달 전에 남편 해리를 잃은 40세 미망인 르네의 이야기다. 질문에 들어가기 전에 나는 르네에게 시간을 주었다. 니아스라는 이름의 안내자에 대해 그녀가 품고 있는 의식적 이미지와 초의식적 이미지를 비교해보기 위해서였다.

닥터 N 오늘 면담으로 들어가기 전에 묻겠습니다. 최면 상태에서 본 니아스와 당신은 전에 어떤 접촉이 있었습니까?

영 있었습니다. 해리가 죽고 난 후 내가 절망하고 있을 때 니아스가 나한테 왔어요.

닥터 N 니아스는 최면요법을 받기 전이나 받은 후나 똑같은 모습으로 당신에게 보입니까?

영 아니오. 똑같지 않아요. 나는… 전에는 니아스를 천사라고 생각했는데 지금은 선생으로 보입니다.

닥터 N 당신이 깨어 있을 때와 최면 중에 있을 때를 비교해서 니아스의 얼굴과 태도에 차이점이 있습니까?

영 (웃는다.) 오늘은 날개도 없고 머리 위에 둥근 후광도 얹지 않았어요. 그러나 밝은 빛… 그것만은 똑같아요…. 그리고 얼굴과 부드러운 태도도 같고요. 우리들 영혼 그룹 안에서 니아스는… 단호한 태도로 우리를 가르쳐요.

닥터 N 영계에서는 슬픔을 상담해 주는 존재라기보다는 더욱 선생 같다는 뜻입니까?

영 그래요. 그 말이 맞는 것 같아요. 해리가 죽은 직후에 니아스는 그렇게도 다정하고 이해심 깊게 내게로 왔건만… (서둘러) 그렇다고 니아스가 영혼의 세계에서 친절하지 않다는 뜻은 아니에요. 단지 좀 더… 정확할 뿐이지요.

닥터 N 해리가 죽은 뒤 당신은 니아스를 부르기 위해 무엇을 했습니까?

영 장례식이 끝난 후 나는 도와달라며 울었어요. 나는 혼자 있어야 할 것 같았고 아주 고요해야 할 것 같았어요… 목소리를 듣기 위해서는요.

닥터 N 니아스를 실제로 보기 전에 니아스의 목소리부터 들었다는 뜻입니까?

영 아니요. 처음에는 침실에서 니아스가 내 머리 위에 떠 있는 것을 봤어요. 나는 베개를 껴안고 그것이 해리라고 상상하다가 울기를 멈추었어요. 내가 보자 그녀의 정체는 흐릿해졌고, 나는 그녀의 음성을 주의 깊게 들어야겠다는 생각이 들었어요. 그 후 며칠간 나는 그녀를 보는 것보다 음성을 더 많이 들었어요…. 나는 들어야 했어요.

닥터 N 주의를 집중한다는 뜻인가요?

영 그렇죠…. 음, 아니기도 하고요… 내 몸에서 내 마음을 더욱 자유로이 떠나게 해야 하지요.

닥터 N 니아스의 메시지를 원하는데도 잘 듣지 못하면 어떻게 됩니까?

영 니아스는 나의 감정을 통해 소통을 합니다.

닥터 N 어떤 방법으로요?

영 내가 무슨 일에 대해 할까 말까 망설이며 혼자 드라이브하거나 혼자 걸어갈 때, 니아스는 그 일을 하면 내 기분이 얼마나 좋을지를 느끼게 해줍니다. 그 일이 옳을 경우에 말이지요.

닥터 N 당신이 고려해보고 있는 행동이 당신에게 맞지 않는 경우일 때는요?

영 내게 편치 못한 감정을 느끼게끔 하지요. 창자 속에서부터 그게 잘못된 일이라고 그냥 알게 되는 거예요.

다음 사례는 36세 때인 1942년에 교통사고로 사망한 젊은 남자의 경우다. 지구와 접촉하려는 영혼에게서 천사 신화에 대한 또 다른 견해를 들을 수 있었다.

케이스 11

닥터 N 사고 직후에 아내를 위해 당신은 무엇을 했습니까?

영 베티의 무거운 마음을 덜어주려 3일간 머물러 있었습니다. 진동파를 맞춰 베티를 위로하려고 나는 우리의 에너지가 교차되는 베티의 머리 위에 자리를 잡았습니다.

닥터 N 다른 테크닉은 쓰지 않았습니까?

영 물론 썼습니다. 아내의 얼굴 앞에다 나와 같은 모습을 방사했습니다.

닥터 N 효과가 있었습니까?

영 (장난스럽게) 아내는 처음에 나를 예수님이라고 생각했습니다. 둘째 날에는 혼란스러워하더니, 셋째 날이 되니까 나를 천사라고 확신했습니다. 아내는 매우 종교적이거든요.

닥터 N 종교적인 신앙관 때문에 아내가 당신을 알아보지 못한 것이 서운합니까?

영 전혀 안 그래요. (좀 망설이다가) 하기야 베티가 나인 줄 금방 알았으면 내 기분이 좋긴 했겠지만, 베티가 슬픔에서 헤어나는 것이 먼저니까요. 베티는 나를 천상의 신으로 확신하고 있어요. 그리고 그건 괜찮습니다. 나는 그녀에게 영적인 도움을 주는 존재니까요.

닥터 N 그게 당신인 걸 알면 베티는 더 좋아할까요?

영 베티는 나를 천국에 있는 줄 알고 있고, 나는 그런 그녀의 생각을 바꿀 수가 없습니다. 그녀의 천사가 그녀를 위로할 수 있는데, 그 천사라는 게 바로 또 나인 거지요. 그러니 나는 천사인 것처럼 행동합니다. 아내를 돕겠다는 나의 목적만 성취되면 됐지 무슨 차이가 있겠습니까?

닥터 N 베티는 당신의 정체를 알아차리지 못해서 연결되는 게 어렵겠군요. 아내와 더욱 개인적인 차원에서 소통을 할 수 있는 무슨 방법이 없겠습니까?

영 (미소 지으며) 친한 친구인 테드를 통하는 겁니다. 테드는 아내를 위로하며 매일 세세하게 조언을 줍니다. 나는 그들 위에 떠서… 허락의 메시지를 보냅니다.(피술자는 말하고 나서 웃는다.)

닥터 N 뭐가 우습습니까?

영 테드는 결혼을 안 했거든요. 테드는 오랫동안 베티를 사랑해왔는데 베티는 아직 그걸 모르고 있습니다.

닥터 N 그래도 당신은 괜찮습니까?

영 (명랑하게, 그러면서도 그리움을 품고) 그럼요. 아내를 위해 내가 더 이상 할 수 없는 것을 테드가 해주니까 마음이 놓입니다…. 적어도 아내가 본향으로 돌아와 나한테 올 때까지는요.

본향으로 돌아간 영혼은 정기적으로 지구로 와서 도움이 필요한 사람이 있으면 그 누구건 가리지 않고 돕기도 한다. 피술자는 훈련 중인 치유사일 수도 있는 이런 수호천사 같은 영혼에 대해 다음과 같이 말한다.

나의 안내자와 나는 인도에 사는 한 소년이 물에 빠져 허우적대며 공포에 질려 있는 것을 도와주었습니다. 소년의 부모가 소년을 강에서 건져 숨을 불어넣어 주고 있었으나 위급했습니다. 나는 소년의 머리에 양 손을 대서 공포를 진정시킨 후 심장에 예리한 에너지를 보내 몸에 온기를 돌게 했어요. 그리고 나의 정수에 그의 정수를 일순 합쳐 물을 토하게 한 후 다시 숨을 쉬게 했습니다. 안내자와 나는 이렇게 지구로 가서 총 24명을 도울 수 있었습니다.

영혼들의 감정 회복과 남은 사람들

케이스 11에서 남편의 영혼이 아내 베티에 대해 했던 마지막 말과 케이스 3에서 아내의 영혼이 남편 케빈에 대해서 했던 말은 살아 있는 사람들의 미래에 대한 언급이다. 배우자가 사망한 후 다시 다른 사람을 사랑한다는 일은 때로 죄의식과 배신감을 불러온다. 케이스 11과 케이스 3을 보면 떠나는 영혼은 오로지 그들의 배우자가 행복해지고 사랑

받기만을 원했다. 그러나 영혼이 원한다고 해서 우리가 과거의 사랑을 칸 속에 집어넣고 현재의 사랑으로 쉽게 옮겨갈 수 있다는 것은 아니다.

길고도 행복한 첫 결혼 생활 중에 배우자를 잃은 사람은 훌륭하게 재혼할 수 있는 가능성이 크다. 재혼은 처음에 가졌던 결혼 생활에 대한 선물이다. 다른 사람을 사랑하는 것은 우리들의 첫사랑을 낮추거나 불명예스럽게 하는 것이 아니라 오히려 배우자의 죽음을 받아들였다는 감정적 성숙함을 반영하는 것이다. 죄의식을 밀어낸다는 것은 사실 말하기는 쉬워도 어려운 일이다. 나는 다른 사람과 침실에 있는 것을 죽은 사람이 볼 수 있느냐는 편지를 많은 홀아비와 과부들한테서 받았다.

영혼의 세계를 요약해 말한다면 영혼은 육체를 벗을 때 부정적인 감정 덩어리들도 거의 함께 벗는다. 지난 생에서 겪었던 감정적인 고통의 흔적을 다음 생까지 지니고 갈 수도 있으나, 그것도 새 몸을 가지고 지구로 돌아갈 때까지는 일단 정지 상태인 것이다. 또한 부정적인 에너지의 많은 양이 귀향길 초기 단계에서, 특히 오리엔테이션 기간에 제거된다.

영혼이 영계에서 순수한 에너지로 다시 한번 돌아가면 증오, 분노, 선망, 질투 같은 감정들을 더 이상 느끼지 않는다. 영혼은 이런 감정들을 경험하고 배우기 위하여 지구로 온 것이다. 지구를 떠난 후 영혼들은 그들이 뒤에 두고 온 것들에 대해 슬퍼할까? 영혼은 육체를 가지고 살았던 모든 과거의 생에 있었던 좋은 시간들에 대해 향수를 지니고 있다. 그러나 이러한 슬픔은 영계의 지극한 축복과 기쁨 속에 녹아 없어지고, 영혼은 지구에 있을 때보다 더욱 생생하게 살아 있는 듯이 느낀다.

그러함에도 불구하고 나는 슬픔의 형태로 인해 발생되는 두 종류의 부정적인 감정이 영혼 속에 있음을 발견했다. 그중 하나는 아주 후회스러운 선택을 한 경우—특히 그 선택으로 인해 타인에게 상처를 입힌 경우—의 슬픔으로, 나는 이것을 카르마적인 죄의식이라고 부르겠다. 카르마적 죄의식에 대해서는 이후 카르마를 설명할 때 다시 언급하겠다.

영혼이 느끼는 또 다른 종류의 슬픔은 자신들이 떠난 뒤에도 삶은 계속된다는 우울이나 좌절이나 불행함이 아니다. 그보다는 그들 존재의 원천과 다시 합쳐지고자 하는 열망에서 비롯되는 슬픔이 있는 것이다. 나는 모든 영혼은 그들의 발전 수준과 관계없이 똑같은 이유로 완성되기를 추구하는 열망을 가지고 있다고 믿고 있다. 영혼들은 성장하기 위해 지구에 온다. 내가 영혼 속에서 본 슬픔은 하나의 생을 마쳤음에도 자신의 에너지를 완성시키기 위하여 추구했던 영원불멸성을 아직도 찾지 못한 데서 기인한다. 영혼의 운명은 경험을 통해 얻은 지혜를 가지고 불멸의 진리를 깨닫는 구도의 길을 가게 되어 있다. 남아 있는 사람들은, 영혼의 열망이 슬픔에 잠긴 사람들에 대해 느끼는 동정이나 연민이나 측은한 감정과는 다르며 절대 수그러들 수 없다는 것을 알아야 한다.

영혼이 가지고 있는 불멸의 특성은 지난 인생에서 지녔던 육체의 화학 작용과 개인적인 성격에서 벗어나 있기 때문에 평화롭다. 영혼들은 지구에 있는 사람들을 간섭하고 있을 여유가 없다. 드문 경우이긴 하지만 죽은 후 어떤 영혼은 인생에서 겪은 일이 너무 억울해서 어떤 식으로든 해결하지 않고는 지구를 떠나려고 하지 않는다. 나는 이 현상을 이후 귀신에 대해 설명할 때 언급하겠다. 영혼이 지구를 떠나지 못하는 이 갈등에는, 당신이 다른 누구와 다시 행복을 찾았다고 해서 비롯되는 슬픔은 없다. 떠나는 영혼이 남아 있는 사람보다 크게 유리한 점은 자신이 여전히 살아 있으며 앞으로 사랑하는 사람들을 다시 찾을 것이라는 사실을 안다는 것이다. 영혼의 고결성은 사랑하는 사람들이 자유롭게 원하고 선택한 인생을 살다가 마치기만을 지극히 염원한다. 세상을 떠난 영혼이 다시 찾아오길 바란다면 영혼은 올 것이나, 그러지 않는 한 영혼은 당신의 삶을 존중해준다. 또 영계에 남겨둔 당신 에너지의 일부분은 언제나 그곳에서 그들을 위해 존재하고 있다.

영계로 돌아갈 때 영혼은 부정적인 감정을 대부분 잃어버리므로 감정은 긍정적으로 변화된다. 영혼은 무한히 주어지는 위대한 사랑을 느끼기 때문에, 자신도 타인에게 무조건적인 사랑을 베풀게 된다. 영혼들이 서로에게 보여주는 이 우주적인 사랑의 일관성은 지구에서는 이해가 불가능할 만큼 절대적이다. 이런 이유로 영혼들은 우리들에게 추상적인 것으로도 보이고 동시에 감정이 있는 존재로도 보이는 것이다.

어떤 문화권에서는 영혼들은 더 중요한 할 일이 있으므로 죽은 이는 그냥 가게 하고 접촉할 생각을 말라고 충고한다는 얘기를 들었다. 실제로 영혼들은 당신이 독자적으로 생각해서 결정을 내리지 않고 세상을 떠난 이들에게 의지하는 것을 원하지 않는다. 그럼에도 불구하고 대부분의 사람들은 새로운 인간관계를 맺는 일에 주저하며 죽은 이한테서 위안을 얻으려 할 뿐 아니라 허락도 받으려 한다.

다음 사례는 떠난 사람이 남아 있는 사람의 장래에 관심을 가진다는 것을 보여준다. 당신이 만족해하면 당신이 사랑한 그 영혼은 당신의 생활과 결정을 존중해준다. 그러나 장래 결정에, 특히 다른 사람과 맺어지는 일에 마음을 정하지 못하고 있으면 영혼은 자신의 의견을 당신에게 알리려고 한다. 영혼의 이중성으로 인해 그들은 여러 일을 한꺼번에 할 수가 있다. 영혼들은 남은 사람들에게 자신의 에너지를 집중하기 위해 홀로 고요한 시간을 갖는다. 도움을 요청하며 그들을 부르지 않아도 그들은 더욱 큰 평화를 우리들에게 주고 싶어 한다.

케이스 12

조지는 새로운 사랑을 찾은 것에 대한 죄의식으로 좀 우울해져서 나를 찾아왔다. 그는 프랜시스와 길고도 행복한 결혼 생활 후에 프랜시스가 죽고 나서 2년째 홀로 지내고 있었다. 그리고 도로시와 점점 깊이 사귀어가고 있는 것을 프랜시스가 내려다보고 기분 나빠하지나 않을까 염려하고 있었다. 도로시와 도로시의 죽은 남편 프랭크는 조지와 프랜시스의 친한 친구들이었다. 어쨌건 조지는 도로시에게 점점 끌리는 마음이 배반 행위처럼 느껴졌다. 조지가 지난 인생에서 프랜시스와의 삶을 마친 뒤 영계에서 프랜시스를 만나는 지점에서 이 사례를 시작한다.

닥터 N 이제 당신은 당신의 영혼 그룹으로 들어갔습니다. 누가 제일 먼저 옵니까?

영 (외친다.) 아, 저건, 프랜시스군요. 그래요. 여보, 정말 보고 싶었어! 프랜시스는 참 아름답습니다…. 우리는 쭉 함께해왔어요… 시작 때부터.

닥터 N 그거 보십시오. 당신은 프랜시스를 잃은 일이 없었잖습니까? 그리고 당신이 본향으로 돌아가면 그녀는 당신을 마중할 것 아닙니까?

영 그렇지요…. 난 언제나 느끼긴 했으나… 이젠 아는 거지요….

조지가 눈물을 터뜨려 한동안 면담을 계속할 수가 없었다. 그동안 나는 조지에게 초의식적인 마음을 통해 아내를 껴안고 얘기하도록 했다. 조지는 자신의 안내자와 나의 안내자가 힘을 합쳐 프랜시스를 만나는 장소로 오게 했다고 강하게 믿고 있었다. 나는 프랜시스와 살며 얻은 지혜는 도로시와의 새 삶으로 옮겨가는 데 도움이 될 것이라고 조지에게 설명했다. 조지는 영혼 그룹의 다른 멤버들을 알아보기 시작했고 나의 말이 옳았음이 증명되었다.

닥터 N 프랜시스 근처에 서 있는 이가 누구인지 말해주십시오.

영 (밝아지며) 아, 정말… 믿을 수가 없군요…. 하지만 물론… 얘기는 성립돼요.

닥터 N 얘기가 성립되다니요?

영 도로시예요. 그리고… (대단히 감정적이 되어) 그리고 프랭크군요. 둘이 프랜시스 옆에 서서 나를 보고 미소 짓습니다…. 모르시겠습니까?

닥터 N 내가 뭘 알아야 합니까?

영　프랜시스와 프랭크가 우리를 가깝게 만들어준 겁니다… 도로시와 나를요.

닥터 N　왜 그렇게 생각하는지 말해주십시오.

영　(나를 답답히 여기며) 도로시와 내가 가까운 것이… 친밀한 관계인 것이 그들은 기쁜 것입니다. 도로시는 남편이 죽은 뒤 오랫동안 슬픔 속에 있었습니다. 우리 둘이 같이 있으면 배우자를 잃은 슬픔을 서로 잊게 됩니다.

닥터 N　그럼 당신들 네 사람은 모두 같은 영혼 그룹입니까?

영　그렇습니다…. 정말 이럴 줄은….

닥터 N　영혼으로서 프랜시스와 도로시는 어떻게 다릅니까?

영　프랜시스가 대단히 강한 교사 타입의 영혼이라면, 도로시는 좀 더 예술적이고 창조적이고… 다정합니다. 도로시는 평화로운 영혼이고 우리 영혼 그룹에서 가장 현실 조건에 잘 적응합니다.

닥터 N　당신들의 결합을 프랜시스와 프랭크가 지지합니다. 도로시는 이 생에서 당신의 두 번째 아내로서 무엇을 얻게 됩니까?

영　위안과 이해, 사랑… 나는 성취욕이 강한 사람이니까 도로시는 안정된 생활을 하겠지요. 도로시가 그러려니 하는 일에도 나는 도전합니다. 도로시는 아주 포용력이 큰 사람입니다. 우리는 균형이 잘 맞습니다.

닥터 N　도로시는 당신의 주된 영혼의 동반자입니까?

영　(열광적으로) 아닙니다. 프랜시스입니다. 도로시는 인생을 겪을 때마다 대개 프랭크와 짝을 이뤄요. 우리들은 모두 아주 가깝습니다.

닥터 N 다른 인생 중에서 당신과 도로시가 함께했던 적은 있습니까?

영 있습니다. 그러나 경우가 달랐습니다. 도로시는 나의 누이니 조카, 친구 역할을 자주 맡습니다.

닥터 N 당신은 왜 자주 프랜시스와 부부의 연을 맺습니까?

영 프랜시스와 나는 영혼의 시초부터 함께했습니다. 우리는 함께 고투해왔고 서로 도와왔기에 아주 가깝습니다. 그녀 덕분에 나는 심각한 나의 성격, 나의 어리석음을 보고 웃을 수가 있습니다.

세션의 이 부분을 마쳤을 때 조지는 많은 지혜를 얻은 것 같았다. 도로시와 그가 서로 이끌린 것이 우연한 일이 아니었음을 알게 되자 그는 미칠 듯이 기뻐했다. 그들 네 영혼은 모두 일이 이렇게 되리라는 것을 처음부터 알고 있었다.

같은 영혼 그룹은 아니나 가까운 영혼 그룹에서 멤버로 맞아들인 영혼과 새로운 연인 관계를 맺은 피술자들한테서도 이와 비슷한 정보를 얻을 수 있었다. 나는 함께 살고 있는 사람이 영혼의 동반자인지 아닌지를 사람들이 대부분 알고 있다는 것을 알 수 있었다. 그렇다고 해서 자신의 그룹이 아닌 다른 그룹의 영혼과 좋은 관계를 가질 수 없다는 뜻은 아니다. 둘이 함께했던 전생에서 아내가 먼저 죽었던 피술자의 이야기를 들어보자.

죽고 나서 나는 친구로서, 또 동료로서 아내를 위로합니다. 우리는 진실로 사랑하지 않았습니다. 그녀는 친밀한 영혼의 동반자가 아니었고 나 또한 그녀에게 그러했죠. 나는 그녀에 대해 크게 존경심을 품고 있습니다. 우리들은 각자 개인적인 강함과 약함을 가지고 결혼 생활을 잘해 나갔습니다. 그렇기 때문에 나는 그녀 마음에 "사랑해." 라고 말하지 않습니다. 아내는 그 말이 진실이 아닌 것을 알 테니까요. 그렇게 되면 그녀는 그녀 영혼의 동반자로 나의 영혼을 혼동할 수가 있습니다. 우리의 인생 계약은 완수되었습니다. 만일 그녀가 원한다면 나는 그녀가 다른 사람을 마음 안에 받아들이기를 원합니다.

사랑한 영혼과의 재결합

나는 이 장을 접으며 죽은 뒤 영계에서 영혼의 동반자들이 만나는 장면을 설명하겠다. 오랫동안 헤어졌던 남편을 영계의 관문에서 만나는 여성의 사례다.

케이스 13

닥터 N 죽은 직후 당신은 누구를 만납니까?

영 저이는 에릭이에요…. 오… 마침내… 마침내… 내 사랑….

닥터 N (피술자를 진정시킨 후) 당신 남편입니까?

영 내가 저쪽으로 건너자마자 우리는 함께하게 됩니다. 우리들의 안내자를 만나기 전에.

닥터 N 일어나는 일들을 설명해주십시오. 사랑의 감정이 어떻게 당신과 에릭 사이에 전달되는지, 그 방법이 무엇인지요.

영 우리는 눈을 가지고 시작해요…. 좀 떨어진 데서부터… 서로 깊이 눈 속을 봅니다…. 우리 마음에 흐르는 모든 것을 알 수 있어요…. 우리가 서로에게 품고 있는 모든 의미들, 우리의 에너지는 한데 뒤섞이며 형언할 길 없는 기쁨의 자력 속으로 빨려듭니다.

닥터 N 이 순간 당신들은 지난 생에서 가졌던 육체의 형태를 하고 있습니까?

영 (웃는다.) 그래요. 아주 빠르게 우리는 처음 우리가 만났던 때로, 서로에게 보였던 그 모습으로, 그 후 오랜 결혼 생활을 지내면서 변화해 갔던 육체로 옮겨갑니다. 확실하게 한 가지 모습으로 규정짓지 않아요. 우리는 함께했던 세월에서 어느 한때에만 머물고 싶지 않습니다. 이건 좀 더… 소용돌이치는 에너지 형태네요, 지금은. 우리는 우리가 함께했던 다른 전생들 중에 가졌던 육체가 되어보기도 해요.

닥터 N 에릭과 함께했던 인생들에서 당신은 대체로 여성이었습니까?

영 네, 대개는요. 나중에 우리는 성을 바꿔볼 생각인데, 그건 그가 여자였고 내가 남자였던 과거 생들이 즐거운 인생이었기 때문이에요. (사이를 두고) 그러나 지금은 우리들의 마지막 전생 때 모습인 것이 그냥 재미나지요.

피술자는 잠시 동안 질문을 하지 말아달라고 내게 요청했다. 그녀와 에릭은 포옹을 하였고, 그녀는 다시 설명을 할 때 어떻게 그들의 에너지가 서로에게 흘러들어 갔는지를 말했다.

영   이건 황홀한 결합이에요.

닥터 N   영적인 정열이 내게는 거의 에로틱하게 들립니다.

영   물론이죠. 그러나 이건 그보다 더 대단해요. 나는 표현을 할 수가 없어요. 우리가 서로에게서 느끼는 환희는 함께했던 수백 번의 인생에서 맺어진 인연과 죽은 뒤 영혼의 세계에서 가졌던 재결합 기간의 축복감, 이 모든 기억들이 합쳐진 데서 오는 것이지요.

닥터 N   남편과 에너지를 섞고 난 후 당신은 어떻게 느낍니까?

영   (웃음을 터뜨리며) 정말로 훌륭한 섹스와 같아요. 단지 그보다 더 나을 뿐이지요. (그러고서 좀 더 심각하게) 내가 여든세 살에 병이 들어 죽은 여자였다는 것을 아셔야 해요. 나는 고단했어요. 그건 긴 인생이었고 나는 온기가 필요한 차가운 난로였어요.

닥터 N   차가운 난로요?

영   그래요. 나는 새로운 기운이 필요해요. 사랑하는 사람이나 안내자와 만나면 우리에게 긍정적인 에너지가 전달됩니다. 에릭은 나의 고달픈 에너지를 충전시켜줍니다. 내 안에 불을 지펴 나를 다시 온전하게 만들어줍니다.

닥터 N   만남이 끝난 뒤에 당신들은 무엇을 합니까?

영 우리들의 선생이 환영하러 오고 나는 안개를 뚫고 중앙 기관으로 안내되어 갑니다.

피술자는 영계에 재진입함으로써 다시 자신이 온전해진다고 말하지만 여기에는 조건이 있다. 우리는 영혼의 동반자와 안내자한테서 새로운 에너지를 얻는다. 안내자는 뒤에 남겨두고 간 우리의 에너지를 전해주기도 한다. 그럼에도 불구하고 앞에서도 설명했듯 영혼은 영적인 열망을 지니고 있어서 영혼의 완성은 우리가 임무를 완수하기 전까지는 이루어지지 않는다. 그렇긴 해도 윤회하기 이전의 상태로 회복될 때 우리는 다시 한번 온전해진 듯한 느낌을 받는다. 한 피술자는 이렇게 말했다.

"죽음은 흐리멍덩한 긴 꿈에서 깨어나는 것 같습니다. 실컷 울고 난 뒤의 후련한 느낌 같은 것인데, 한 가지 다른 것은 울지 않고도 그렇다는 것이지요."

나는 뒤에 남은 사람들의 고통을 덜어주기 위하여, 죽음을 영혼의 관점에서 보여주려고 노력했다. 플라톤은 이렇게 말했다.

"육체를 떠나면 영혼은 진실을 명확히 볼 수가 있다. 전보다 더욱 순수해져서 전에 알았던 순수한 생각들을 기억할 수가 있다."

남은 이들은 죽은 사람이 아직도 우리들과 함께하고 있음을 믿고, 사랑하는 사람의 육체가 없어도 살아갈 수 있어야 한다. 사랑하는 사람을 잃었다는 사실을 매일 조금씩 받아들여야 한다. 당신이 진실로 혼자가 아니라는 믿음을 가지고 정신적인 걸음마를 떼어놓기 시작하는 것이 슬픔의 치유법이다.

떠난 이들과 이전에 맺었던 인생 계약을 성취하기 위하여서는 인류 사회에 적극 참여하는 것이 필요하다. 당신은 곧 사랑하는 사람을 다시 볼 것이다. 영혼들의 삶에 대한 나의 연구를 통해 남아 있는 사람들에게 죽음은 영원불멸한 삶 속에서 하나의 현실이 변화된 것일 뿐이라는 사실을 전할 수 있기를 희망한다.

3

지상에 머무는 영혼들

아스트랄 차원

최면에 든 피술자들이 영혼의 세계로 올라가는 것을 "반투명한 빛의 안개층을 올라간다."라고 표현하면 나는 동양 서적에서 볼 수 있는 아스트랄 차원(Astral Planes)을 생각한다. 낮은 곳에서부터 높은 곳까지를 동양의 영적인 철학에서 말하는 일곱 계단으로 나누어 규정짓는 것이 마음에 내키지 않음을 나는 고백해야겠다. 그것은 나의 피술자들이 이런 일곱 계단의 증거를 모두 볼 수 없었기 때문이다. 체계화를 위해 개념에 라벨을 붙이는 것은 인간들의 실수다. 영혼의 세계를 설명하는 나도 이 같은 실수를 남들처럼 저지르고 있기에 죄스럽다. 어떤 사상에 대해서도 오래전부터 전수되어 왔다든가 그것을 누가 말했다는 것에 사로잡히지 말고, 우리에게 영적으로 이해되는 부분만 받아들이고 나머지는 거부하는 것이 아마도 최선책이 아닐까 싶다.

지구에서부터 신이 있는 장소까지 층으로 규격화하는 것을 반대하는 이유는 그것이 불필요한 장애를 일으키기 때문이다. 내 연구에 참여하여 초의식 상태에 드는 피술자들은 전부 죽은 뒤 지구 근처의 아스트랄 플레인에서부터 곧바로 영계 관문까지 가는 과정을 보여준다. 어린 영혼이건 고도로 진보된 영혼이건, 죽은 뒤면 모두가 다 농밀한 빛으로 둘러싸인 아스트랄 차원을 지난다고 말한다. 거무스레한 회색 영역들이 있기는 하지만 영혼이 뚫고 가지 못할 검은 영역은 없다. 많은 사람이 터널을 지나는 것 같다고 말한다. 모든 영혼은 지구에서 영계의 밝은 빛 속으로 빠르게 이동한다. 가는 길은 단 하나의 천상의 공간이며, 구역으로 나누어져 있지도 않고 장벽도 없다.

공간이나 장소로 이름 지어 부르는 것은 영혼 세계에 들어선 후에나 적합하다. 예를 들면, 나의 피술자들은 동양에서 말하는 아카식 레코드(Akashic record)는 듣던 것처럼 아스트랄 차원 4단계에 있지 않다고 말한다. 피술자들은 아카식 레코드를 '삶의 책'이라고 불렀다. 이 삶의 책들은 영계의 공간들과 이어져 있는 상징적인 도서관 안에 소장되어 있다.

나는 인류가 윤회를 하며 얻어낸 영적 경험 모두를 능가하는 아카식 레코드의 지식이 있다는 것을 알기 때문에 거기에 대해서는 피술자들에게 질문조차 던질 수가 없다. 아스트랄 차원의 단계들은 공연히 장벽을 만들어 스스로 자유롭지 못한 영체 의식의 수준 차이를 개념화해보려는 생각에서 나온 것이 아닌가 한다. 역사적으로 '지하 세계'라고 하는 특별히 분리된 장소가 있었다. 가치 없는 영혼들을 위한 이 지하 세계는 사람의 생각이 만들어낸 것이다. 나는 이것을 6장에서 더 자세히 설명하겠다.

피술자들이 여러 영역을 넘나들며 여행한다고 말하면 나는 이것을 영혼이 여러 차원(plane)을 옮겨간다는 뜻으로 해석한다. 차원이라는 용어는 지구를 칭할 때가 아니면 단계, 가장자리, 경계, 구역 같은 단어보다 드물게 사용된다. 최면에 든 사람들은 지구를 둘러싸고 있는 아스트랄 차원을 우리의 물질세계와 공존하거나 교류하는 부분이라고 말하고 있다. 공존하고 있는 여러 현실 중에 비물질적인 존재가 물질적인 현실 속에 있는 어떤 사람에게 보일 수가 있을 것이다. 피술자들은 영계를 구분 짓는 여러 차원의 구역들은 영혼들의 훈련과 오락을 위한 것이라고 말했다

영혼 그룹들은 '유리같이' 알따란 사이를 두고 갈라져 있기도 하고 또는 우주와 우주 사이처럼 멀리 떨어져 있기도 하다. 모든 공간적인 영역에는 고유의 진동파가 있어서 자신들과 에너지 파장이 맞는 영혼들만 허용한다고 들었다. 좀 더 발달된 영혼들은 우리가 아는 절대적인 시간이 이들 지역에는 존재하지 않는다고 말한다. 우리 대부분에게는 보이지 않는 영계와 지구의 물질세계는 비슷한 성격을 가지고 있는 것이 아닐까? 사색적인 한 피술자는 면담 후에 나에게 다음과 같은 편지를 보내왔다.

당신과 면담 후에 우리의 현실은 영사기가 하늘과 산과 바다라는 3차원의 스크린에 비춰주는 이미지들임을 깨닫게 되었습니다. 만일 또 다른 빛의 파장과 또 다른 공간·시간의 질서를 가진 제2의 영사기가 있어

제1의 영사기와 함께 돌아간다면, 물질세계와 비물질세계의 존재들은 같은 지역 안에서 두 개의 현실로 존재할 수가 있다고 하겠습니다.

무의식 상태에 든 사람들이 하는 말을 들으면 피술자의 말이 옳다는 것을 알 수 있다. 영체들은 지구를 둘러싸고 있으며, 또한 지구 자체이기도 한 아스트랄 차원 속에 다른 현실로서 공존할 수가 있다. 지구 주변의 진동 에너지 파장은 항상 유동적이다. 자기장이 그 농도를 바꾸면 변화된 자기장은 수 세기에 걸쳐 지속되어온 인간들의 시간대에 새로운 진동 사이클을 제공할 것이다. 그렇게 되면 미래 어느 세기에 우리들은 지구에서 영혼들을 얼마쯤 감지해낼 수 있을 것이다. 어쩌면 고대의 사람들은 현대의 우리보다 영혼들을 좀 더 쉽게 볼 수 있었는지도 모르겠다.

자연의 정령들

TV 방송에서 한 여자가 자신의 포도원에서 요정들을 본 적이 있다고 말했다. 처음에는 요정의 소리만 듣고 자신이 미친 것이 아닌가 좀 염려스러웠으나, 시간이 흐르면서 그녀는 요정들과 얘기를 나누게 되었고 요정 중의 몇은 육안으로 볼 수 있게도 되었다. 그녀는 요정들은 귀가 뾰족하고 풍성한 바지를 입고 있으며 키는 60cm 가량이라고 설명했다. 이 얘기를 듣고 인근 지역의 많은 사람들이 그녀를 미쳤다고 생각했다. 요정들은 그녀에게 포도의 수확량을 양적·질적으로 증가시키려면 흙에 무엇을 사용해야 하는지 가르쳐주었고, 이로써 이웃 농장들보다 좋은 결과를 얻자 이웃 사람들이 전보다는 그녀의 말을 믿게 되었다고 한다. 얘기가 퍼져나가자 그녀에게 뇌파 검사를 하자는 제의가 들어왔다. 검사 결과, 그녀의 감각이 자극을 받으면 뇌의 일부분이 정상 때보다 아주 높은 에너지를 낸다는 사실이 밝혀졌다.

나의 피술자 중의 하나도 그러한 능력을 가지고 있다고 말했다. 그녀는 오래된 영혼인데, 깊은 최면 상태에서 이렇게 말했다.

"요정들은 우리 인류 문화가 있기 오래전부터 있었으며, 한 번도 지구를 떠난 일이 없습니다. 오늘날 우리 대부분은 고대와는 달리 요정들을 보지 못합니다. 요정들은 너무나 늙어서 그 농도가 아주 가벼워진 반면에, 지구에 있는 우리의 몸은 아직도 무거운 에너지를 지니고 있기 때문입니다."

나는 무슨 뜻인지 더 질문을 했고 그녀는 이렇게 대답했다.

"바위는 밀도 1이고 나무는 밀도 2일 것이고 우리의 몸은 밀도 3단계입니다. 그래서 밀도 4와 밀도 6 사이에 투명하게 존재하고 있는 그들의 모습이 보이지 않는 것입니다."

포도원에서 요정을 보았다는 여성에 대해 생각하며 나는 머릿속에 하나의 그림을 떠올린다. 만일 우리가 지구를 엑스레이로 볼 수 있다면 투명한 플라스틱 엑스레이 사진들이 겹겹이 놓인 것 같을지도 모르겠다. 그 농도에 있어서 진동파가 다른 에너지의 층들은 한 층 한 층이 각각 다른 현실들로 내게 느껴진다. 천부적 재능을 지닌 몇 사람은 이러한 여러 층의 현실을 볼 수 있겠으나 우리 대부분은 그렇지 못하다.

또한 나는 옛날이야기의 대부분은 다른 육체적, 정신적 세계의 경험에서 나온 영혼들의 기억이라고 믿는다. 최면 상태에서 피술자들이 다른 육체적, 정신적 세계에 대해 하는 이야기들을 통해 지구에 관한 신화와 전설들을 확인할 수 있다. 영혼은 나무와 식물은 물론이고 공기, 물, 불의 정령들과도 연결되어 있다.

귀신들

과학적으로 인식할 수 없는 것들을 연구하는 사람들은 귀신을 이야기한다. 이 분야의 전문가는 아니나 나는 귀신이 된 영혼들을 더러 접할 수 있었다. 강연 때면 자애로운 영혼의 안내자들이 영혼이 길을 잃고 홀로 불행하게 떠도는 것을 어떻게 내버려둘 수 있느냐는 질문을 자주 받는다. 귀신 연구에 내가 공헌한 것이 있다면, 일반인들이 귀신에 대해 갖는 오해를 살펴보고 귀신 현상을 지구에 있는 사람들의 관점에서가 아니라 귀신의 입장에서 설명했다는 것이다.

최면요법으로 삶과 삶 사이에 있는 영계 연구에 헌신하기 시작하고 나서, 나는 전생을 마친 후 꽤 오랫동안 귀신으로 지냈던 피술자를 만날 수 있었다. 전통적인 의미 안에서 잠깐 귀신이었던 사람을 나는 귀신으로 간주하지 않는다. 예를 들면 학교에서 불이 났을 때 아이들을 구하다가 젊은 나이에 죽은 피술자가 있었다. 이 선생은 죽은 뒤에 갑자기 죽어버린 자신 때문에 슬픔에 잠겨 있는 아이들과 사람들을 살펴보려고 몇 달 동안 마을을 배회하며 머물러 있었다. 그러다가 어떻게 지구를 떠났느냐는 나의 질문에 그녀는 이렇게 말했다.

"아, 결국에는 지루해져서요."

나는 영혼 중의 아주 일부만이 지구를 떠나는 평균 시간을 넘기고 귀신이 된 일이 있었다는 결론에 도달하게 되었다. 이 세상에 귀신은 그리 많지 않다는 것이 나의 견해다.

다음 사례는 우리가 마치지 못한 일이 마음에 걸려 지구의 아스트랄 플레인을 떠나고 싶어 하지 않으면, 우리의 안내자는 억지로 우리를 영혼의 세계로 보내지 않는다는 것을 보여준다. 영혼의 안내자가 너그러운 경우에는 더욱 그러하다. 어떤 안내자들은 방관자적인 태도로 지켜본다. 또 안내자들은 대개 죽는 바로 그 순간에는 우리 옆에 나타나지 않으므로 영혼은 자기 생각대로 혼자 떠돌 수가 있다.

대부분의 영혼은 죽은 직후 부드럽게 잡아당겨지는 느낌을 받는데, 지구의 아스트랄 차원에서 멀어질수록 잡아당겨지는 느낌은 더욱 분명해진다. 천상의 존재들이 우리의 죽음을 즉시 안다는 것에는 의심의 여지가 없다. 그러나 그들은 죽은 사람의 소망을 존중해준다. 시간이란 것이 영혼의 세계에서는 아무런 의미도 못 지닌다는 것을 염두에 두기를 바란다. 죽은 사람은 머릿속에 시간 관념이 없으므로, 살아 있는 사람들이 말하는 며칠, 몇 달, 몇 해를 지상에 머무르는 것이다. 영국 성곽에 400여 년을 머물다가 마침내 영혼의 세계로 돌아간 귀신은 그동안을 40여 일, 심지어는 40시간으로 느낄지도 모른다.

귀신은 자신이 죽은 것을 모르거나 자신의 환경에서 어떻게 탈출해야 하는지 그 방법을 모르고 있다는 잘못된 견해를 가진 사람들이 있다. 그렇다. 어떤 의미에서 보면 귀신들은 갇혀 있는 것이다. 그러나 그 갇힘은 물질적인 장벽 때문이라기보다는 스스로 자유롭지 못한 정신적인 장벽 때문인 것이다. 영혼들은 한정된 아스트랄 차원 안에서 길을 잃는 법이 없으며, 자신이 지구에서 삶을 마쳤다는 것을 안다. 귀신들의 혼란은 어떤 장소, 어떤 사람, 어떤 사건을 놔주지 못하고 집착하는 데 있다. 갈 데로 못 가고 있는 것은 자발적으로 결정한 바다. 그러나 '구제 마스터(Redeemer Masters)'라고 불리는 특별한 안내자들은 이런 혼란스런 영혼들의 때를 살펴보며 기다려준다. 우리에게는 자유 결정권이 있다. 죽음의 경험에서도 그것은 마찬가지다. 영혼의 안내자들은 우리의 명석하지 못한 결정도 존중해준다.

내가 살펴본 바에 의하면, 귀신들이란 지구적인 것에 오염되어 떠나는 데 곤란을 겪는 덜 성숙한 영혼들이다. 지구의 햇수로 오랜 기간 떠나지 못하는 경우는 특히 영혼의 성숙도와 관련지어 볼 수가 있다. 영혼이 얼른 떠나지 않고 남는 이유는 다양하다. 인생이 예기치 못한 방법으로 끝났을 때 영혼은 행로에서 이탈할 수가 있다. 이 경우의 영혼은 자신의 자유의지가 훼방당했다고 느낀다. 귀신들의 죽음은 지독한 고통을 수반한 경우가 많다. 또 영혼들은 위험에 처해 있는 사람들을 보호해주려고 남아서 노력하고 있을 수도 있다.

1994년, 한 젊은 여성이 밤중에 우리 집에서 그리 멀지 않은 시에라네바다 산속을 운전하고 가다가 가파른 절벽 아래로 떨어져 죽었다. 이 사고를 목격한 사람은 아무도 없었고 15미터 언덕 아래로 떨어져 쭈그러진 자동차도 5일간 그대로 방치되어 있었다. 차 속에는 생명이 위독한 그녀의 세 살 된 아들이 있었다. 이 사건은 전국적인 관심을 불러일으켰는데, 그것은 한 운전자가 나체로 누워 있는 젊은 여자의 귀신을 보았기 때문이었다. 장소는 쭈그러진 자동차가 있는 곳 바로 위쪽에 있는 길이었다. 이것은 귀신이 극적인 방법으로 사고를 알린 것이며, 아이는 생명이 경각에 달린 그 순간에 발견되어 살아날 수가 있었다. 그녀의 방법은 효과적이었다.

　내정된 카르마의 방향이 자신의 생각과 달리 갑작스레 변한 것에 대해 예상치 못했다는 느낌뿐 아니라 부당하다는 느낌이 들어 혼란을 일으켰을 때 영혼은 귀신이 된다. 살해당했거나 다른 사람에게 억울한 일을 당한 영혼이 귀신이 되는 경우가 가장 많다. 다음 사례는 전형적인 귀신 이야기이나, 이러한 부정적인 일들이 귀신을 위하여 어떻게 건설적으로 해결되고 있는지를 보여준다.

버려진 영혼

　벨린다는 그녀로서는 이해할 수 없을 만큼 현재 생활이 슬퍼서 나를 찾아왔다. 첫 세션에서 나는 그녀가 47세이며 결혼한 일이 없다는 것을 알았다. 그녀는 20년 전에 스튜어트라는 이름의 남자와 괴롭게 헤어진 후 동부에서 캘리포니아로 이사했다. 벨린다는 스튜어트에게 애정을 품고 있었으나, 자신의 인생을 바꾸겠다고 결정을 내린 후 약혼을 깨고 새 일을 추구하기 위하여 서부로 왔다. 그녀는 스튜어트에게 함께 가고 했으나 스튜어트는 직장과 가족을 떠나고 싶어 하지 않았다. 스튜어트는 벨린다에게 결혼해서 그들 모두가 성장한 그곳에서 살자고 했으나 벨린다는 거절했다. 벨린다는 스튜어트가 자기가 떠나는 것을 고통스러워했음에도 따라오려 하지 않았다고 말했다. 마침내 스튜어트는 다른 여자와 결혼했다.

수년이 흐른 후, 벨린다는 버트를 만났고 한동안 지독히 정열적인 관계를 가졌다. 그러나 그 후 버트는 다른 여자에게로 가버렸다. 나는 그녀에게 버트 때문에 설명할 수 없는 슬픔을 느끼는지 물었다. 벨린다는 아니라고 대답했다. 그녀는 상처받았으나 버트와 결혼을 하지 않은 것은 잘된 일이라고 했다. 버트가 바람둥이기도 했지만 벨린다는 버트와 자기가 체질적으로 안 맞는 부분이 있다는 것을 후에 깨달았다. 그녀는 어떤 이유에선지 남자들과 사귀기 시작하기 오래전부터 버림받고 길을 잃은 듯한 이상한 감정을 느꼈다고 덧붙였다.

케이스 14

나는 대체로 영혼의 세계로 들어가기 전에 바로 전의 인생으로 피술자를 데려간다. 이 최면 방법은 임종 장면까지 자연스럽게 정신적인 통로를 열어준다. 나는 벨린다에게 그녀의 전생을 논의하기 위하여 그 인생에서 있었던 중요한 장면 하나를 뽑아보라고 말했다. 그녀는 한동안 고심하던 끝에 하나를 선택했다. 벨린다는 자기가 1897년 영국의 배스 근처에 있는 커다란 농장에서 살았던 엘리자베스라는 이름의 젊은 여성이라고 말했다. 엘리자베스는 무릎을 꿇은 채 남편인 스탠리의 코트 자락을 붙들고 있고, 스탠리는 그들이 사는 저택의 문간으로 그녀를 질질 끌며 걸음을 떼고 있었다. 5년간의 결혼 생활 후 스탠리는 그녀를 떠나려고 했다.

닥터 N 이 순간에 스탠리가 당신에게 하는 말은 무엇입니까?

영 (흐느끼기 시작한다.) 스탠리는 말해요. "미안하지만 나는 이 농장을 떠나 세상을 두루 보아야겠어."

닥터 N 엘리자베스, 당신은 어떤 반응을 보입니까?

영 나는 애원합니다. 스탠리에게 당신을 너무도 사랑한다고, 여기서 당신이 행복할 수 있도록 더욱 노력할 테니 제발 떠나지 말라고 빌어요. 스탠리의 코트 자락을 잡은 채 질질 끌려 홀을 지나 층계까지 가느라고 팔이 아파요.

닥터 N 남편은 뭐라고 말합니까?

영 (아직도 울며) 스탠리는 이렇게 말해요. "당신 때문이 아니야. 정말이야. 나는 그냥 이 장소가 미치게 싫은 거야. 나는 다시 돌아올 거야."

닥터 N 남편이 진심으로 그렇게 말한다고 생각합니까?

영 오… 남편은 마음 한편으로는 어떤 식으로든 나를 사랑하고 있지만, 그는 지금의 삶과 아이 때부터 알아온 여기의 모든 것에 질식할 것 같아서 도망치고 싶어 해요. (말을 마친 피술자의 몸은 참을 수 없이 떨리기 시작한다.)

닥터 N (그녀를 조금 안정시킨 뒤에) 엘리자베스, 이제 무슨 일이 일어납니까?

영 거의 끝장나려고 해요. 나는 스탠리를 더 이상 붙잡을 수가 없어요…. 내 팔은 강하지가 못하고 아파요. (피술자는 자신의 팔을 문지른다.) 나는 하인들 앞에서 층계를 구르지만, 그게 대수겠어요? 스탠리는 말을 타고 떠나가고 나는 그냥 보고 있어요.

닥터 N 남편을 다시 보게 됩니까?

영 아니요. 스탠리가 아프리카로 갔다는 것만 알 뿐이지요.

닥터 N 어떻게 자신을 지탱해가고 있습니까, 엘리자베스?

영 남편은 영지를 남겼으나 나는 잘 관리하지 못해요. 나는 집안 일을 돌보던 사람들을 거의 다 내보내요. 그러는 새에 가축도 얼마 남지 않았고, 나는 간신히 견디고 있으나 농장을 떠날 수가 없어요. 남편이 내게로 돌아올 마음을 먹을 때까지 기다려야 해요.

닥터 N 엘리자베스, 나는 당신이 그 인생의 마지막 날로 갈 것을 원합니다. 이게 몇 년인지, 그리고 이날에 이르기까지의 일들을 얘기해주십시오.

영 1919년이고요. (피술자는 52세다.) 나는 유행성 독감으로 죽어가고 있어요. 지난 몇 주 동안 나는 병을 이겨내겠다 마음먹지도, 애쓰지도 않았어요. 왜냐하면 나는 마지못해 사는 목숨 그 자체였거든요. 나의 외로움과 슬픔… 농장을 유지하려는 투쟁… 나의 마음은 크게 상처를 받았어요.

나는 엘리자베스를 임종 장면을 거쳐 빛으로 데려가려고 시도했다. 그러나 그녀가 농장에 머물러 있으므로 나의 시도가 소용이 없었다. 나는 그녀가 귀신이 되려고 하는 좀 어린 영혼임을 알아챘다.

닥터 N 왜 당신은 영계로 가는 것을 거부합니까?

영 난 안 갈 거예요. 아직 떠날 수 없어요.

닥터 N 왜 그렇습니까?

영 스탠리가 돌아오기를 농장에서 좀 더 기다려야 해요.

닥터 N 하지만 당신은 벌써 22년간을 기다려왔고 스탠리는 돌아오지 않았습니다.

영 그래요. 알고 있어요. 그럼에도 불구하고 떠날 수가 없어요.

닥터 N 당신은 이제 무엇을 합니까?

영 나는 영혼인 채로 떠다닙니다.

나는 엘리자베스에게 그녀가 귀신의 모습과 행동으로 농장 주변을 돌아다니는 것에 대해 얘기했다. 그녀는 세상 어디에 스탠리가 있는지 스탠리의 에너지 파동을 잡아내지 않았다. 경험이 있는 영혼들은 이 일을 할 수가 있다. 좀 더 질문을 해본 결과, 엘리자베스가 귀신이 되어 농장을 사려는 사람들을 무섭게 해서 쫓아 보내면 농장이 가족들에게 그냥 남아 있으리라고 생각하고 있다는 것을 알 수 있었다. 그 지역 사람이면 누구나 그 농장에서 귀신이 나온다는 사실을 알고 있기 때문이었다. 엘리자베스는 버림받았다고 울며 집 주변을 날아다니고 있다고 나에게 말했다.

닥터 N 지구의 햇수로 얼마나 오래 당신은 스탠리를 기다리고 있습니까?

영 어, 4년이에요.

닥터 N 너무 긴 세월 아닙니까? 당신은 무엇을 합니까?

영 몇 주쯤은… 아무것도 아니에요. 나는 울고… 그리고 슬퍼서 신음하지요. 어떻게 할 수가 없어요. 내가 사람들을 무섭게 한다는 걸 알지요. 특히 무얼 넘어뜨릴 때는요.

닥터 N 당신한테 해롭게 군 사람도 아닌데 왜 그들을 무섭게 합니까?

영 내게 일어난 일들이 섭섭했다고 표현하려고요.

닥터 N 이 모든 것이 어떻게 끝나게 되었는지를 설명해주십시오.

영 누가 나를… 불렀어요.

닥터 N 오, 당신이 이 슬픈 상태로부터 놓여나게 해달라고 요청을 했군요.

영 (오랜 사이를 두고) 음… 그렇지도 않아요…. 하지만 그는 내가 준비되었다는 것을 알아요. 그는 내게로 와서 말해요. "이만하면 충분하지 않을까요?"

닥터 N 이 말을 누가 당신에게 합니까? 그리고 무슨 일이 일어납니까?

영 길 잃은 영혼을 구제하는 마스터가 나를 불러서 나는 그와 함께 지구에서 옮겨갑니다. 우리는 기다리는 동안에 이야기를 나눕니다.

닥터 N 잠깐, 그는 당신의 안내자입니까?

영 (처음으로 미소 지으며) 아니요. 우리는 나의 안내자를 기다리고 있어요. 나와 함께 있는 영은 도니입니다. 도니는 나 같은 영혼들을 구제합니다. 그것이 그의 임무입니다.

닥터 N 도니는 어떻게 생겼습니까? 그리고 도니는 당신에게 무슨 말을 합니까?

영 (웃으며) 도니는 작은 난쟁이 요정 같아 보입니다. 주름진 얼굴에 낡아빠진 모자를 쓰고… 도니가 나한테 말할 때면 그의 수염이 흔들립니다. 도니는 내가 더 머물고 싶으면 그럴 수도 있겠지만 본향으로 돌아가서 스탠리를 만나는 것이 더 재미나지 않겠느냐고 말합니다. 도니는 아주 희극적이고 나를 웃기지만 사실은 아주 다정하고 현명합니다. 도니는 내 손을 잡고 더 얘기를 하기 위해 아름다운 장소로 옮깁니다.

닥터 N 그 장소에 대해서 말해주십시오. 그리고 그다음에 무슨 일이 있습니까?

영 음, 여기는 나같이 슬퍼하는 영혼들을 위한 장소예요. 꽃이 핀 아름다운 목장 같아요. 도니는 나에게 명랑해지라고 말하고, 사랑과 행복으로 나의 에너지를 채워주고 내 마음을 정화시켜줍니다. 꽃들 사이에서 나를 아이들같이 놀게 해주며 자기는 햇볕 속에서 쉴 테니 나더러 나비들을 쫓아다니라고 말합니다.

닥터 N 멋진 데 같군요. 이게 얼마나 오래갑니까?

영 (내 질문에 언짢아하며) 내가 원하는 만큼이죠.

닥터 N 이때 도니가 당신에게 스탠리에 관한 얘기와 당신이 귀신으로 했던 행동들을 얘기합니까?

영 (싫어하며) 도니는 절대 그러지 않아요! 도니는 구제자이지 티신 (피술자의 안내자)이 아니에요. 그런 질문은 나중에 하세요. 지금은 내가 쉬는 때예요. 도니의 늙은 얼굴은 친절과 사랑으로 가득하고, 도니는 야단치는 법이 없어요. 나더러 그냥 놀라고만 해요. 도니의 임무는 내가 마음을 깨끗이 하도록 도와서 내 영혼이 다시 건강해지도록 하는 거예요.

엘리자베스의 에너지가 생기를 되찾자 도니는 그녀를 티신에게 데리고 가서 작별 키스를 했다. 그러고 나면 영계로 돌아오는 이들을 위한 정상적인 오리엔테이션 준비 과정이 시작된다. 내가 엘리자베스-벨린다와 가졌던 면담은 유익한 것이었다. 세션 초기에 그녀는 버림받은 아내로서의 인생은 낭비였다고 말했다. 확실히 엘리자베스는 변화를 받아들이거나 적응하려는 노력 없이 괴로워하며 인생의 대부분을 흘려보냈던 것이다. 티신의 인도로 그녀는 엘리자베스로 살았던 그 인생의 교훈이 헛된 것이 아님을 알게 되었다. 오늘의 벨린다는 많은 감정적인 폭풍을 견뎌낸 대단히 독립적이고 생산적인 여성이다.

이쯤 되면 독자들은 스탠리가 현재의 스튜어트라는 것을 짐작했으리라고 믿는다. 사람들에게 이 얘기를 하면 어떤 사람은 이렇게 말한다.

"거, 잘됐군요. 벨린다가 전에 받았던 대로 그에게 앙갚음을 할 수가 있었군요."

이 생각은 우리가 카르마의 교훈을 얼마나 잘못 알고 있는지를 보여준다. 엘리자베스와 스탠리의 영혼은 오늘날의 벨린다와 스튜어트 역할을 자청하고 세상에 태어난 것이다. 스튜어트는 엘리자베스에게 자기가 주었던 감정적인 고통을 느끼고자 하는 욕구가 있었다. 그는 스탠리일 때에 여자들이 남편에게 의지하던 문화와 시대 속에서 결혼을 했다. 이러한 시대 아내를 떠나는 스탠리의 행동은 급작스럽고도 가차 없었기에 더욱 잔인했다. 물론 스탠리의 행동이 엘리자베스의 변명이 될 수는 없다. 엘리자베스는 자신의 인생을 책임지려 들지 않고 변화하지 않았다. 주어진 환경을 전혀 받아들이지 못하고 극도의 고통 속에서 인생을 보낸 그녀는 나중에 귀신이 되었다.

현재의 생에서 스탠리의 역할은 싫은 곳에 묶인 듯 살아야 했던 스탠리의 감정상의 동기가 어떤 것이었는지를 벨린다의 영혼이 배우도록 하려는 것이었다. 동부를 떠날 때 벨린다는 스튜어트의 아내가 아니었으므로 그들 관계는 전생에서 스탠리가 떠나는 것 같지는 않았다. 그러나 이 생에서 그들은 다시 연인이 되었고, 벨린다가 그들의 고장과 친구와 가족을 떠나 다른 곳에서 모험과 기회를 찾겠다고 했을 때 스튜어트는 버림받는 것같이 느꼈다. 자신의 인생을 찾아 혼자 떠날 용기를 가졌다는 것은 전생에서 스탠리가 자신에게 고통을 안겨주려는 악의에서 떠난 것이 아니라는 지혜를 벨린다의 영혼이 이제 얻었다는 것을 의미한다. 스탠리는 자유를 원했고 벨린다 또한 자유를 원했다.

엘리자베스로 살았던 전생의 기억을 벨린다는 오늘의 삶 속에 지니고 있었다. 카르마적인 입장에서 보면 벨린다는 엘리자베스 때 느꼈던 슬픔의 잔재를 지니고 있어서 나와의 면담 전에는 자신의 감정을 이해할 수가 없었다. 벨린다는 아직도 스튜어트가 생각나는데, 어쩌면 스튜어트도 첫사랑인 자신을 잊지 못하는지 모른다고 나에게 말했다. 그들은 같은 영혼 그룹에 있는 영혼의 동반자들이며, 나는 그들이 지난 두 번의 생에서 얻은 교훈에 균형을 맞추러 새로운 역할을 맡아 또다시 함께 태어날 것이라고 생각한다.

왜 벨린다는 버트와 보람 없는 짧은 사랑을 치러냈을까 궁금해하는 독자들이 있을 것이다. 그 사랑은 시험이었다. 버트는 같은 영혼 그룹에 속한 다른 멤버로서, 상처받은 마음의 고통을 이겨내는 교훈을 벨린다가 얻었는지 시험하려고 엘리자베스로 살았던 영혼의 기억을 촉발시키는 역할을 자청하여 태어났다. 버트의 행동은 또한 벨린다로 하여금 이 삶에서 스튜어트를 떠날 때 스튜어트가 어떻게 느꼈는가를 깨닫게 하려는 자명종 역할도 맡았다. 카르마의 칼날은 양면으로 작용한다.

영혼의 이중성

몇 년 전 한 잡지에 영국 시골 지방을 여행하던 미국 여성의 이야기가 실렸다. 그녀는 가야 할 길에서 벗어난 조그만 샛길에 자신도 모르게 마음이 끌림을 느꼈다. 곧 그녀는 황폐해진 오래된 저택(스탠리의 저택이 아님)에 도달하게 되었다. 저택의 관리인은 그 집에는 귀신이 나오는데 그 귀신의 모습이 그녀를 닮았다고 말했다. 뜰을 걸어 다니며 그녀는 무언가와 자신이 연결되어 있다는 오싹한 느낌을 받았다. 그녀는 거기에 자기 자신을 풀어주려 간 것이다. 그녀 영혼의 두 부분이 똑같이 신비스런 방법으로 서로를 불렀다. 하나의 영혼이 둘로 나뉘어 각각의 삶을 사는 데에는 어쩔 수 없는 목적이 있다.

1장에서 나는 영혼의 이중성을 설명하며 어떻게 영혼들이 그들의 에너지를 나누어 한 번에 하나 이상의 생을 살 수 있는지에 대해 말했다. 영혼에게 있어서 그들 에너지의 일부는 세상에 태어나 윤회의 삶을 살고 있을 때일지라도 영혼의 세상을 떠나지 않는다. 다음 장에서 영혼의 분리를 더 설명하겠으나, 나누어진 영혼 에너지는 특히 귀신 연구에 도움이 된다. 지난번 사례에서 본 엘리자베스가 귀신이 되어 집 주위를 배회할 때, 영계에 남아 있는 그녀의 다른 에너지는 교훈을 얻고 다른 영혼들과 교류한다. 그리고 그 에너지는 다시 윤회하여 새 삶을 살아나갈 수도 있다. 나는 귀신이 나오는 집을 찾아간 미국 여성이 이러한 경우에 속한다고 생각한다.

귀신들의 형체는 지구에서 살던 모습의 껍데기일 뿐이며 그 안에는 영혼의 의식이 없다고 말하는 일부 귀신 연구 권위자의 의견에 나는 동의할 수 없다. 영혼들은 어떤 인생에서는 육체의 에너지를 좀 적게 넣기를 선택한다. 그렇지만 비록 귀신일지라도 영혼 에너지가 없는 텅 빈 껍데기는 아니다. 영계에 남아 있는 영혼의 에너지를 좀 더 가져와 지구를 떠도는 불안한 분신을 도와주어야 하지 않느냐고 생각할 수도 있을 것이다. 내가 피술자들에게 들은 바에 의하면, 미성숙한 대부분의 영혼들은 죽은 뒤에 에너지를 전하거나 합치는 일을 스스로 하지 못한다.

다음은 귀신이 된 영혼의 영혼 동반자한테서 들은 것이다. 이 귀신은 1단계의 어린 영혼이며 피술자의 첫 남편이었다.

케이스 15

닥터 N 당신은 첫 남편인 밥이 지난번 생을 마치고 귀신이 되었다
고 말했습니다. 어떤 경우인지 설명해주십시오.

영 지난번 생에서 밥은 우리 결혼 초기에 살해당한 후 귀신이 되
었습니다. 밥은 절망에 찼고, 나를 염려해서 떠나려 하지 않았
어요.

닥터 N 그렇군요. 그 인생에서 밥은 대강 얼마만큼의 에너지를 지
녔는지 말할 수 있습니까?

영 (고개를 끄덕이며) 그의 에너지의 4분의 1 가량만 지녔는데, 그것
은 이 같은 정신적인 위기를 대처하기엔 충분치 못해요. 밥이
잘못 판단한 거지요….

닥터 N 만일 밥이 우발적인 사건에 대처할 수 있게 자신의 에너지
를 더 많이 가졌더라면 귀신이 안 되었을까요?

영 그건 대답할 수가 없지만 에너지가 더 있었더라면 더 강했을
것이고… 슬픔을 더 잘 견뎠겠지요.

닥터 N 그렇다면 그는 지구로 왜 그렇게 적은 에너지를 가지고 왔
습니까?

영 음, 영혼의 세상에서 하는 일에 더 참여하기 위해서예요.

닥터 N 밥의 안내자가 왜 그에게 더 많은 에너지를 가지고 지구로
가라고 하지 않았는지 혼란스럽습니다.

영 (고개를 젓는다.) 아니요, 아니에요! 우리는 그런 식으로 강요받지

않아요. 우리는 자유롭게 선택해요. 밥은 귀신이 될 필요도 없었어요. 밥은 에너지를 더 가져가라는 충고를 받았으나 고집이 센 데다가 다른 삶(두 개의 평행적인 삶)을 사는 것도 고려해보고 있었어요.

닥터N 내가 바로 이해했나 보겠습니다. 밥은 자기 에너지 용량의 25%만 가지고 위기를 정상적으로 대처해나갈 수 있다고 잘못 판단한 것입니까?

영 (슬프게) 그런 것 같아요.

닥터N 죽어서 그 육신이 사라졌는데도요?

영 상관없어요. 그 효과는 아직도 그에게 남아 있고 그는 환경과 싸울 충분한 에너지가 없는 거예요.

닥터N 밥은 영계에 있는 자신의 에너지에 합쳐져서 회복되기까지 얼마나 오랫동안 귀신으로 머물렀습니까?

영 오랫동안은 아니에요. 한 30년쯤. 그는 어떻게 해야 할지 모르는 것 같아요…. 경험 부족에다가… 그가 얻어야 할 교훈도 있고… 그러자 우리의 선생이 부름을 받지요. 아시잖아요… 방황하는 영혼들을 지켜보는 지구를 순찰하는 존재들이 귀신으로 떠도는 밥의 에너지를 본향으로 데려오라고 선생에게….

닥터N 그런 존재들을 잃어버린 영혼의 구제자라고 어떤 피술자들은 부릅니다.

영 그거 잘 붙인 이름이네요. 밥의 영혼은 정확히 말해 잃어버린 영혼은 아니에요. 단지 고통스러울 뿐이지요.

은둔하는 영혼들

다음 사례는 좀 더 진보된 영혼에 관한 것으로, 귀신은 아닌데 죽은 뒤 본향으로 가려 하지 않은 영혼들에 대해 자세히 말하고 있다. 우리는 여기서 은둔하는 영혼들에게 두 가지의 동기가 있음을 알게 된다.

케이스 16

닥터 N 영계로 돌아갈 준비가 안 된 죽은 사람은 없습니까?

영 있어요. 어떤 영혼들은 육체를 벗어났는데도 지구를 떠나고 싶어 하지 않아요.

닥터 N 그들은 전부 귀신이겠군요.

영 아니에요. 그러나 그들이 원하면 귀신이 될 수도 있어요. 대개는 귀신이 아니죠. 그들은 단순히 다른 누구와의 접촉도 원하지 않을 뿐이에요.

닥터 N 그러면 그들의 영적 에너지는 죽은 뒤 본향으로 가지 않습니까?

영 그래요. 영계에 남아 있는 그들 에너지는 그대로지만.

닥터 N 그렇다고 나도 들었습니다. 그런데 이렇게 은둔하고 있는 영혼들은 잠시 그러는 것입니까, 아니면 지구의 햇수로 오랫동안을 지구에 머무릅니까?

영 다양해요. 어떤 영혼은 새로운 육체를 가지고 가능한 한 빨리 지구로 다시 오고 싶어 해요. 이러한 영혼들은 자신의 육체적인 형태를 언제까지나 보존하고 싶어 해요. 그들은 대부분의 영혼처럼 본향에 가서 쉬고, 공부하고, 그런 일을 하고 싶어 하지 않아요. 이런 유형의 영혼 중에는 지구에서 앞장서서 싸운 투사들이 많이 있었어요. 그들은 육체적인 삶을 계속 유지하고 싶어 해요.

닥터 N 내가 알기로는 안내자들은 우리가 지상에서 어떤 종류의 패턴 속에 머물다 새로운 인생으로 곧바로 들어가는 것을 허용하지 않는 것으로 압니다. 이런 영혼들은 자기들의 그룹으로 돌아가고, 상담을 받고, 배운 것을 공부하고, 새 육체를 결정하는 데 참여하고, 그런 정상적인 과정을 모릅니까?

영 (웃는다.) 선생님 말씀이 옳아요. 그러나 안내자는 극도로 절망 속에 있는 영혼에게는 강요하지 않아요. 그들은 아직 본향으로 돌아가서 받을 혜택을 확신하지 못하고 있기도 하고요.

닥터 N 그렇군요. 그러나 어떤 종류의 재조정 기간을 지나지 않으면 새로운 육체를 받지 못할 텐데요.

영 (어깨를 들었다 놓으며) 네, 그렇지요.

닥터 N 어떤 영혼들은 지구로 도로 가기도 원치 않고 영혼 세계에 있는 자신들의 자리로도 돌아가고 싶어 하지 않는다는 말은 사실입니까?

영 그래요. 다른 유형이지요….

닥터 N 이 두 유형의 영혼이 육체 없이 지구를 떠돌며 귀신으로서 사람들을 놀라게 하지 않는다면 그런 영혼들을 혼란스런 영혼이라 불러야 할까요? 그들이 원하는 것은 그냥 가만히 내버려 두는 것뿐이니 말입니다.

영 그들은 귀신과는 다릅니다. 그들의 행동은 미처 완성하지 못한 그 무엇… 고통… 참을 수 없는 것… 그런 데서 오는 거지요. 그들은 그런 것들을 놓지 못해요. 흔한 일은 아니에요. 그들은 몹시 불행해서 선생하고도 얘기하려 들지 않아요.

닥터 N 그들이 저항할지라도 그들의 안내자가 책임지고 그들을 영계로 더 깊이 끌어올리면 되지 않습니까?

영 이렇게 하는 것이 옳다고 강요당하면, 영혼들은 겁쟁이가 되어 다른 사람으로부터 자신을 차단하고 결국 아무것도 못 배울 것입니다.

닥터 N 좋아요. 그런데 난 아직도 모르겠습니다. 영계에 들르는 일이 없이 곧바로 태어나고 싶어 하는 영혼들에게 새로운 육체를 즉시 줄 수는 없는 것입니까?

영 혼란스런 영혼들을 새 육체에 넣어준다는 것이 인생을 시작하는 아기들에게 완전히 불공평한 일임을 모르시겠어요? 영혼들은 은둔하고 싶으면 은둔할 권리가 있어요. 그러다가 결국에는 결정을 내리고 도움을 청해요. 혼자서는 발전이 없다는 결론에 도달해야 해요. 새 육체를 받는다고 해결되는 건 아니지요.

닥터 N 귀신으로 지구를 떠돌고 싶지도 않고 그렇다고 본향으로 가고 싶지도 않은 영혼들은 어디로 갑니까?

영 (슬퍼하며) 그들이 자신들을 위해 창조해낸 공간이에요. 그들은 육체 생활의 기억들을 가지고 그들 자신의 현실을 만들었어요. 어떤 영혼들은 정원같이 아름다운 데 살고요. 어떤 영혼들은, 예를 들어 다른 사람을 해롭게 한 영혼들은 감옥 같거나 창문이 없는 방을 자신들을 위해 만들었어요. 이런 공간 속에 자신을 가두고 빛도 들어오지 않게 하고 아무와도 접촉 없이 지내요. 자기가 자기에게 내리는 형벌이죠.

닥터N 악행과 연관된 영혼들은 영계에 있는 어떤 장소로 인도된다고 들었습니다.

영 맞는 얘기예요. 그러나 그런 영혼이라도 일단 영계로 들어가면 음악도 듣고, 사랑과 보살핌 속에서 에너지를 치유받지요.

닥터N 안내자가 스스로 유배 생활을 하는 이 모든 유형의 영혼들에게 어떻게 대하는지 말해줄 수 있습니까?

영 지칠 때까지 시간을 줍니다. 선생들도 힘든 일이죠. 선생들은 이러한 영혼들이 자기 자신에게 내려질 평가와 자기의 영혼 그룹이 자기에게 보일 반응을 염려한다는 것을 알고 있어요. 영혼들은 부정적인 에너지에 차 있어서 생각을 명확히 하지 못합니다. 스스로를 가둔 장소에서 나오겠다는 동의를 얻어내기까지 몇 번씩 안심시켜 주어야 합니다.

닥터N 안내자마다 설득하는 테크닉이 다르리라고 보는데요.

영 그렇죠… 기술의 정도에 따라 다르지요. 어떤 선생은 영혼 스스로가 고립되어 있는 것에 진저리가 나서 도움을 청할 때까지는 영혼 근처에 가려고도 안 합니다. 이건 좀 시간이 걸리는 방법이죠. (쉬었다가 계속한다.) 다른 선생들은 자주 찾아가서 얘기합니다.

닥터 N 그러다가 결국에는 이 유형의 모든 영혼은 스스로를 해방시킵니까?

영 (쉬었다가) 이렇게 말해두지요. 모든 영혼은 각각 다른 형태의 격려 혹은… (웃는다.) 설득을 통해 드디어 이런저런 방식으로 해방된다고요.

나의 연구를 잘 아는 사람이라면, 내가 영혼의 기억이 인간의 생각에 영향을 미친다는 강한 신념을 가지고 있다는 것을 알 것이다. 케이스 16에 표현된 영혼의 고립과 고독은 속죄의 장소로서 기독교의 연옥이라는 인상을 줄 수도 있겠다. 이 종교적인 개념은 영혼 세계 안에서 고립되어 있던 기억의 단편들이 지구에 와서 변형된 것은 아닐까? 영혼의 은둔에 대한 나의 연구와 교회에서 정의하는 연옥 사이에는 비슷한 점도 있고 큰 차이도 있다.

기독교에서는 연옥을 천국으로 가기 전에 죄의 흔적을 깨끗이 지우는 정화 장소로 정의하고 있다. 나의 피술자들은 어떤 영혼들은 정화를 하고 어떤 영혼들은 에너지 회복을 요구받는다고 말한다. 어쨌건 우리는 이 장소에서 완전무결하게 정화되거나 다시 윤회할 필요가 없도록 충분히 완성되어서 나오지 않는다. 영혼의 이런 고립 상태는 추방도 아니다. 요즘 들어서 덜 보수적인 기독교회에서는 과거처럼 지옥을 강조하지 않는다. 그러나 아직도 보편구제설(Universalism)을 거부하고 누구나 다 천국에 간다는 주장을 거부한다. 그들은 회개하지 못한 채 죄를 짓고 죽은 영혼은 연옥을 거쳐 지옥으로 가며, 영원한 불길 속에서 고통받는 형벌에 처해진다고 한다. 교회에 의하면, 영원히 저주를 받은 자는 축복받은 자의 반대로, 신과 분리되는 것을 의미한다. 기독교는 사후에 '모두 것'이 용서된다는 생각을 쉽게 허용하지 못한다. 나의 연구에 의하면, 영혼은 자기가 스스로 인생을 선택했다는 것을 알기 때문에 모두 회개한다.

영혼 에너지는 파괴될 수도 없고 활동이 정지될 수도 없다. 그러나 지구에서 오염된 것을 정화하거나 에너지 형태를 재구성할 수는 있다고 피술자들에게 들었다. 지구에서 죽고 난 후 고독 속에 남겨지기를 요구하는 영혼 중에는, 그 영혼이 자기 파괴적이어서라기보다는 부정적인 자신의 에너지가 다른 영혼들을 오염시킬지도 모른다는 우려에서 고립을 원하는 경우도 있다. 또 어떤 영혼은 자신이 오염되었다고 생각하지는 않지만 누구에게서 위안을 받을 준비는 아직 안 되었다고 느끼기 때문에 고립을 원한다.

우리가 알아두어야 할 것은, 영혼들은 그들 에너지의 주권을 가지고 있으며 대부분의 영혼은 안내자에게 치유의 장소로 자신을 데려가달라고 요청하고 영혼의 세계에서 원기를 회복한다는 것이다. 영계에는 자신들의 영혼 그룹들과 떨어진 곳에 홀로 묵상의 시간을 가질 수 있는 치유의 장소가 있다. 홀로 묵상한다고 해도 영계 안에서의 이것은 또 다른 형태의 치유다. 케이스 16의 혼란스런 영혼은 아직 도움을 받겠다는 선택을 내리지 않았다. 내가 접한 모든 사례는 죽고 난 뒤 우리에게는 영적인 마스터들의 도움을 얼마 동안이든지 거절할 권리가 있음을 시사한다.

강연 때면 나는 스스로를 가두는 유배의 장소가 '하등 차원' 혹은 '하등 세계'냐는 질문을 받는다. 나는 이런 질문이 두려움에 근거를 둔 믿음에서 나왔다는 느낌을 떨쳐버릴 수가 없다. 어쩌면 이것은 말이 주는 인상 때문에 생긴 오해인지도 모르겠다. 유배지란 영혼 스스로가 만든 장소로, 혼자 남겨지기를 원하는 영혼이 꾸며낸 주관적 현실인 공허한 상태라는 설명이 더 나은 해석이 되지 않을까 한다. 영적인 중심에서 떨어진 공간이란 것은 영혼 자신의 생각일 뿐이다. 나는 이들 영혼이 다른 영혼들이 거주하는 영계와 분리되어 있는 어떤 영역 안에서 길을 잃었다고 보지 않는다. 이것은 정신적인 분리일 뿐이다.

은둔하는 영혼들은 그들이 불멸의 존재임을 알고는 있으나 무력감을 느낄 뿐이다. 도움을 거절하고 고립 속에서 그들이 하고 있는 일을 생각해보라. 지난 생에서 자신이 다른 사람에게 했던 행위와 자기 자신에게 했던 것들을 카르마적인 시선으로 되돌아보고 또 되돌아보기를 수없이 반복한다. 그들은 다른 사람을 해쳤을 수도 있고 다른 사람들에게서 피해를 받았을 수도 있다. 주변 환경에 무력한 희생자였다고 느낀다는 얘기도 나는 꽤 자주 듣는다. 그들은 슬픈 동시에 노여운 상태다. 그들은 자신의 영혼 그룹과 교류하지 않는다. 자신을 책망하며 한정된 이해 속에서 고통스러워만 한다. 나는 이러한 조건들이 연옥에 대한 정의와 맞아떨어진다는 것을 인정한다.

사르트르는 "우리는 욕망과 성향을 가진 상상의 자아와 진아(眞我)를 가지고 있다."라고 했다. 여기에다가 나는 "진아에 대한 우리들의 자각은 진아와 합치되는 것을 위협하는지도 모른다."라는 윌리엄 블레이크의 말을 덧붙이고 싶다. 스스로 만든 장소 안에 고립된 영혼은 진정한 자신을 포기하고 자신에게 혹된 채찍을 가한다. 홀로 고요함 속에서 자신을 분석해보는 것은 중요하며, 영계에서 영혼들이 하는 정상적인 일들도 그런 것이다. 다른 점이 있다면 혼란 속에 있는 영혼들은 보통의 영혼들같이 도움을 요청하여 고통에서 놓여나고 앞으로 나아가고 변화를 이루려는 준비가 아직 안 되어 있는 것이다. 지상을 떠나는 영혼들 중에 극소수만이 이러한 영혼이라는 것은 다행스러운 일이다.

지구를 방문하는 영혼들

지구에 한 번도 태어난 일이 없으나 여행자로서 지구를 방문하는 영들이 있다. 어떤 영들은 꽤 진보되었고 어떤 영들은 부조화로운 존재들이다. 이런 영들의 성격은 친절하고, 도움을 주고, 평화로운가 하면 또한 무심하고, 화를 돋우고, 심지어는 말썽을 일으키기도 한다. 그들은 수천 년간 옛이야기 속에 등장하여 우리를 두려움에 떨게도 하고 황홀하게 만들기도 했다. 우리들의 신화는 이 영체들을 하나는 공기같이 투명하고 변덕스러우며 가벼운 존재로, 또 다른 하나는 추악한 성질을 가진 무거운 존재로 드러내고 있다. 기독교 이전부터 있던 이런 전설 중의 일부는 죽은 뒤의 삶을 빛과 어둠, 은총과 폭력으로 분리하는 지금의 종교적인 믿음으로 흘러들었다.

피술자 중에서 꽤 여러 사람이 윤회하는 삶 사이에 육체 없이 지구를 들락거린다고 말했다. 여행 중에 자신들과는 다른 영혼이나 영체들을 보았다는 피술자도 있었다. 그럼에도 불구하고 지구에서 다른 영체를 만났다는 피술자들에게서 그들에 관해 아주 가끔씩 적은 양의 정보밖에 얻을 수 없는 것은 이상한 일이다. 피술자들은 윤회하는 삶 사이에 육체 없이 지구를 방문할 때 그런 영체들을 본다. 그들이 전하는 이야기는 흥미롭다. 다음 사례가 그런 경우다.

케이스 17

> **닥터 N** 당신은 윤회하는 삶 사이에 물질계와 정신계를 여행 다니는 것이 얼마나 즐거운지를 말했습니다. 당신이 지구에 왔을 때 본 다른 영체들에 대해 아는 것을 말해주십시오.
>
> **영** 다른 차원에서 내가 그렇듯이 그들도 우리 지구의 현실 속을 떠다닙니다.
>
> **닥터 N** 당신처럼 정기적으로 육체 없이 지구를 방문하는 영혼들이 얼마나 되는지 아십니까?
>
> **영** 모르겠어요. 사실은 그다지 흔한 일은 아닙니다. 그러나 나는 그렇게 오는 게 좋아요. 내 친구 중에도 윤생 사이사이에 변화된 환경을 즐기려고 왔다 가는 친구가 많습니다. 지구에 오면 나는 무언지 정확히 알 수 없는 이상한 영체들을 가끔 봅니다.
>
> **닥터 N** 어떻게 생겼습니까?
>
> **영** 괴상하고 이상한 모양을 하고 있고, 농도가 흐릿하기도 하고

짙기도 하고… 사람 같은 모양은 아니고요.

닥터 N 좀 더 얘기해주세요. 당신은 영계에서 영들이 인간 형상을 영사할 수 있다고 말한 적이 있습니다. 당신과 당신 친구들은 영으로서 지구에 있을 때 어떤 모습을 하고 있습니까?

영 오… 거의 같습니다. 그러나 지구같이 밀도가 높은 세상에서 우리는 육체 쪽에 좀 더 노력을 기울여요…. 한때 우리였던 모습에다가 멋을 가미해서 말입니다.

닥터 N 좀 더 신체적인 상태라는 뜻입니까?

영 음… 그렇지요… 일종의…. 지구와 같은 세상에서 우리들은 가장자리를 더 뚜렷하게 나타냅니다. 부드럽고 은은한 조명같이 투명한 방식으로 인간 육체의 외곽선을 그립니다. 반면에 영혼 세계에서 인간 형태를 취할 때는 있는 힘껏 에너지를 발산해서 온몸이 빛납니다.

닥터 N 육체 없는 존재가 희미하게라도 살아 있는 사람들에게 보일 수 있습니까?

영 (껄껄 웃는다.) 아, 있지요…. 특정한 사람만이 우리를 귀신으로 볼 수 있지만 언제나는 아니지요.

닥터 N 왜 그렇습니까?

영 사람들의 받아들이는 수준―감지력―과 관계가 있습니다. 우리들이 그들 근처에 있는 어떤 순간에 말입니다.

닥터 N 할 수 있다면, 당신이 지구에 있는 투명한 빛의 영체가 되어 여기에서 무엇을 하는지 말해주십시오. 지구에 태어난 일이 없는 인간 아닌 영도 포함시켜서요.

영 (행복하게) 방문자로서 우리는 산과 계곡과 도시와 작은 마을 위를 막 날아다닙니다. 우리들을 대신해서 지구의 투쟁 에너지를 잡아주는 대리자들이 있습니다. 지구를 여행하는 다른 종류의 영체들과 맞닥뜨리는 일은 언제나 재미있습니다. 그들은 대부분 지구 사람들이 두려워하는 것을 알고 두려움을 없애주려고 합니다…. 그러나… 지구에서 온 우리들은 지구 사람들의 삶속에 참견했다가 엉키면 곤란하다는 것을 알지요.

닥터 N 다른 세상에서 온 영체들은 그런 일을 주저하지 않는다는 말입니까?

영 네.

닥터 N '엉킨다'는 말은 어떤 사람의 카르마의 길을 방해한다는 뜻입니까?

영 음… 그래요.

닥터 N 하지만 할 수 있는데도 왜 사람들을 돕지 않습니까?

영 (죄의식을 좀 느끼는 듯이) 우리는 지구에 배속된 안내자들이 아닙니다. 우리는 여기서 우리가 가끔 보는 다른 영체들처럼 방문객일 뿐입니다. 이건 우리 모두를 위한 휴가 여행입니다. 나쁜쪽으로 흐르는 어떤 일을 보게 되면 우리는 잠깐… 사람들의 머리를 좀 더 나은 방향으로 돌려놓기도 합니다. 우리는 사람들을 슬쩍 찔러… 그들을 위해 잘못된 방향에서 돌아서도록 하는 일에… 즐거움을 얻기도 합니다.

닥터 N 당신이 적시에 적절한 곳에 있게 될 경우에 말이지요?

영 맞습니다. 중요한 시기에 좀 더 나은 방향으로 부드럽게 이끌지요. (음성을 높인다.) 중요한 문제들을 해결하는 건 아니에요.

닥터 N 그럼 당신은 선한 영으로 간주되겠군요?

영 (웃는다.) 무엇과 비교해서 선한 것입니까?

닥터 N (화제를 더 끌어내기 위해) 재미로 생명을 해치는 나쁜 영들에 비해서입니다.

영 (불쑥) 누가 그런 말을 당신에게 했습니까? 악한 영은 없습니다. 오로지 어리석은 영들만… 그리고 상관 않는 영, 무관심한 영만 있어요.

닥터 N 슬픈 영혼이나 길 잃은 영혼이나 장난스런 영혼들이나, 그들은 어떻습니까? 해를 끼칠 수 있습니까?

영 네, 그래요. 그러나 그것은 고의적인 악은 아닙니다. (멈추었다가 덧붙인다.) 지구 근처를 종달새처럼 모두 날아다닌다고 해서 우리 모두가 동일한 범주에 속해 있는 것은 아니죠….

닥터 N 내가 그걸 생각하고 있었습니다. 귀신 말입니다.

영 귀신들은 그들 자신의 의지로 여기 있는 영혼이지요.

닥터 N 지구에 낯선 영들은 어떻습니까?

영 (사이를 두고) 우리들이 부조화로운 영이라고 여기는, 여러 차원들을 날아다니는 다른 영체들이 있습니다. 그들은 지구에 대해 아무런 의식이 없어요. 그들은 사람들을 상관하지 않아요.

닥터 N (달래듯) 그런 영들은 사람들에게 문제를 일으키겠군요.

영 (언짢아하며) 네, 때로는…. 하지만 고의가 아닐 거예요. 그들은 나쁘지도 않고 악하지도 않아요. 그냥 서툴죠. 장난치는 아이들처럼. 좀 더 어린 영체들은 차원과 차원 사이에서나 차원 속에서 길을 잃기도 합니다. 재미에 빠져서 한눈을 팔다 길을 잃는 거지요. 우리는 그들을 장난꾸러기 아이들로 간주합니다. 이 짓궂은 장난꾸러기들은 지구를 자기네 놀이터로 생각해서, 못된 행동으로 민감하고 순진한 사람들을 공포에 떨게 합니다. 이들은 추적 임무를 맡은 안내자에게 잡힐 때까지 재미나게 놉니다.

닥터 N 그게 흔한 일입니까?

영 그런 것 같진 않아요. 그들은 부모의 엄중한 시선에서 어쩌다 한 번씩 벗어난 아이들과 같습니다.

닥터 N 어떤 악마적인 힘에 의해 악한 영이 이리로 온 것이 아니라는 건가요? 그런 영을 본 적이 없나요?

영 (즉각적으로) 없어요. 우리는 가끔 지구 영역에서 어리둥절해하는 검고 무거운 존재와 맞닥뜨릴 때가 있습니다. 지구는 밀도가 높은 곳이지만 그들은 지구보다도 더 농밀한 곳에서 옵니다. 어찌 되었건 그들은 자신들이 무엇을 하는지를 모르기 때문에 우리에게 달라붙고 싶어 합니다. 우리는 그들을 '무거운 존재'라고 부릅니다. 율동성이 결여되어 있기 때문이지요.

닥터 N 당신이 말한, 지구에 사는 사람들을 상관하지 않는다는 영들은 어떻습니까?

영 (깊이 한숨을 쉰다.) 네. 그들은 사람을 놀라게 합니다. 그들 중의 일부가 공격적인 성격을 지니고 있기 때문이지요. 그들은 배려할 줄을 모릅니다.

닥터N 그는 상점에 들어온 황소 떼 같습니까?

영 네. 그들은 질서를 따르려 하지 않습니다.

닥터N 다른 유형의 영체들이 여기 사람들을 괴롭히는 경우에 당신은 어떤 식으로든 방해할 수 있습니까?

영 네. 불량배같이 구는 그들을 보면 우리는 멈추어서 그들을 밀어내려 합니다. 이런 일이 자주 있진 않습니다…. 다른 세상에서 온 대부분의 영들은 진지하고 남을 존중할 줄 압니다. (쉬었다가) 우리들이 박애주의자가 아니라는 것을 강조하고 싶어요. 이것은 우리들의 여흥 시간이며, 우리는 책임에서 벗어나고 싶습니다.

닥터N 좋습니다. 그런데 어리석은 영이라 할 그 존재들은 어떤 이유에서 지구로 오는 것입니까? 그리고 비록 고의는 아니라고 해도 왜 여기 사람들에게 문제를 일으키는 일이 허용되는 것입니까? 그들의 안내자는 좋은 부모로서 갖추어야 할 양육 기술이 부족한 것입니까?

영 너무 통제를 받으면 둔한 아이가 되죠. 밧줄로 단단히 묶어두면 어떻게 배우겠습니까? 파괴하거나 크게 해치는 일은 그들에게 허용되지 않습니다.

닥터N 마지막으로 묻겠습니다. 우리들이 얘기한, 그 모든 종류의 영들은 지구 주위에 많습니까?

영 전혀 아닙니다. 지구를 방문했던 나의 경험으로 미루어 보면 지구 인구에 비해 그들은 아주 극소수라 하겠습니다. 어떤 때는 몇몇을 보기도 하지만 어떤 때는 전혀 보지 못합니다. 항상 보는 건 아니에요…. 주기적으로 순환한다 할까요.

눈에 보이지는 않으나 육감으로 그 무엇인가가 있다고 사람들에게 느껴지는 것에는 신비가 있다. 나는 영혼의 여행자들이 우리 안에 과거에 우리가 무엇이었고, 또 무엇이 될 것인지에 대한 기억을 불러일으키는 것이 아닌가 하는 생각이 든다.

악마 또는 천신

이 장을 마치면서 나는 선한 영과 악한 영에 대한 잘못된 생각들과 그것이 지구에 미치는 영적인 영향에 대해 요약하려고 한다. 사람들이 신봉하는 생각을 내가 짓밟는다고 생각하는 독자가 있다면, 나의 말은 사적인 견해가 아니라 최면에 든 피술자들이 전해준 내용이라는 것을 이해하기 바란다.

나의 피술자들은 지구 주위를 떠돌아다니는 악령이나 마귀를 보지 않는다. 영혼으로서 피술자들이 느끼는 것은 극도의 분노와 증오와 두려움을 내뿜는 부정적인 인간 에너지가 있다는 것이다. 이런 혼란스런 생각의 형태는 부정적인 생각을 하는 다른 사람들의 의식에 붙어서 더욱더 큰 부조화를 퍼뜨린다. 공중에 떠 있는 이 모든 어두운 에너지는 지구에 긍정적인 지혜가 자리 잡는 데 장애가 되고 있다.

고대인들은 악마를 하늘과 땅 사이를 날아다니는 존재로 여겼고 특별히 사악하다고는 생각하지 않았다. 기독교는 초창기에 악마를 '악한 어둠의 통치자'로 그 악한 신분을 격상시켰다. 추락한 천사들이 인간을 속이기 위하여 사탄이 아닌 하나님의 메신저라고 자신을 위장하는 것이라고 했다. 오늘날 좀 더 진보적인 종교 단체에서는 악마를 우리 안에 내재되어 있는 잘못된 욕망이 문제를 일으키는 것이라고 보고 있다는 것도 언급하는 것이 공평하겠다.

영계 연구를 오랫동안 해오면서 나는 그것이 선한 영이든 악한 영이든 다른 영에 의해 점령당했다는 피술자를 한 번도 본 일이 없다. 어느 강연에서 이 말을 하자, 한 남자가 손을 들고 이렇게 말했다.

"오, 위대한 교주시여, 그것 참 좋은 말씀이군요. 하지만 세상에 있는 사람을 하나도 남김없이 최면을 걸어보지 않는 한 악마의 힘이 없다고 말하진 못할걸요."

귀신 들림, 악한 마귀, 악마, 지옥, 이런 것들에 대한 나의 연구 방법에 대해 그가 한 말에도 물론 일리가 있다. 그럼에도 불구하고 나의 모든 피술자들이, 심지어는 악마적인 힘을 믿는 피술자들까지도 영혼이 되어 자신을 볼 때는 그러한 존재가 있음을 거부하기에, 나로서는 다른 결론을 내릴 수가 없다.

어쩌다 한 번씩 자신이 외계의 영이나 어떤 악한 영에게 점령당했다고 믿는 피술자들이 내게 온다. 어떤 피술자는 과거 생에 했던 행위 때문에 자신에게 악한 저주가 내렸다고 믿기도 한다. 최면이 초의식 상태로 옮겨지면, 이런 사람들은 세 가지 조언 중 하나에 해당됨을 알게 된다.

1. 전혀 근거 없는 두려움에 항상 시달리는 경우다.
2. 가끔씩 다정한 영, 흔히 죽은 친척이 접촉을 시도하는 경우다. 괴로워하던 이 피술자는 위안과 사랑을 전하고자 하는 영혼의 의도를 잘못 해석한 것이었다. 보내는 자와 받는 자 사이에 소통이 잘못되었던 것이다. 영혼들은 자신들끼리 텔레파시로 소통하는 데 별문제가 없으나, 그렇다고 해서 모든 영혼들이 살아 있는 사람들과 소통에 능하다는 뜻은 아니다.
3. 아주 드물게는 혼란스럽고 어리석은 영이 지구에서 생긴 해결되지 못한 카르마를 가지고 접촉한 경우다. 우리는 이것을 케이스 14에서 보았다.

과학적으로 설명할 수 없는 현상들을 연구하는 전문가들은 특정 사람들이 자신이 악마에게 점령당했다고 믿게 되는 이유 세 가지를 내가 한 분류에 더 첨부해야 된다고 말한다.

4. 어렸을 때 받았던 감정적·육체적인 학대로 인해 자신을 학대하는 어른이 조종권을 완전히 장악한 악의 화신처럼 여겨지는 경우다.
5. 다중인격 장애를 가진 경우다.
6. 지구 주변에 흐르는 자기장이 주기적으로 증가되는 때가 있는데, 증가된 자기장이 두뇌 활동을 혼란시킨 경우다.

사람이 사탄 같은 존재에 의해 귀신 들릴 수가 있다는 생각은 중세의 믿음에서 나온 것이다. 이 믿음은 두려움에 그 근본을 두고 있는 것이며, 지난 1천 년 세월이 넘는 동안 수없는 생명을 망치게 한 신학적 미신의 결과다. 이런 난센스는 대부분 지난 200년간에 많이 없어지긴 했으나 아직도 정통파 기독교 신봉자들은 그 같은 생각에 사로잡혀 있다. 어떤 종교 집단에서는 마귀를 쫓아내는 의식을 아직도 행하고 있다. 귀신 들렸다는 걱정을 품고 나를 찾아온 환자들을 보면, 스스로 자기의 삶을 조종하지 못하고 있고, 여러 사적인 집착과 압박감에 차 있는 경우가 많다. 나쁜 행위를 하라고 명령하는 소리를 듣는다는 사람들은 정신분열증이지 귀신 들린 것이 아니다.

　우리들이 살고 있는 이 물질세계에 불행하거나 장난을 좋아하는 영들이 떠돌아다닌다 할지라도, 그들은 인간의 마음속에 들어와 갇혀 살지는 않는다. 영의 세계는 혼란스런 영혼들의 그런 행동을 허용하기에는 너무도 질서가 잡혀 있다. 어떤 존재에 의해 점령당한다는 것은 우리가 지구에 태어날 때 맺었던 인생 계약을 폐기시킬 뿐만 아니라 우리의 자유의지도 파괴시킨다. 인생 계약이나 자유의지 같은 요소들은 윤회하는 삶의 근본이 되는 것이며 절대 양보할 수 없는 것이다. 사탄 같은 영이 외부 세력으로 존재한다는 생각은 자신들의 이익을 위하여 다른 사람들의 마음을 조종하려는 사람들이 인간을 혼란시키고 멸망시키려고 만들어낸 신화에 불과하다. 악은 혼란스러운 인간의 마음속에만 깃들어 있다. 삶은 잔혹할 수 있으나, 그것은 지구에 사는 우리들이 그렇게 만든 것이다.

우리가 죄인으로 태어났다든가 악인의 마음은 어떤 외부적인 기운에 점령당한 것이라는 생각은, 자기 안에 있는 나쁜 마음을 인정하기 어려운 일부 사람들을 편하게 해준다. 그들은 인간 종족의 일원으로서 인류를 보존하는 일에 개인적으로, 그리고 사회적으로 책임감을 느낀다며, 타인을 고의적으로 잔혹한 행위를 한 사람으로 치부해버린다. 우리는 연쇄살인범이나 한 어린이가 다른 어린이를 살해한 것 같은 사건을 보고 그들을 '타고난 살인자'라고 하거나 혹은 외부적인 악마의 영향 때문에 그런 짓을 저질렀다고 규정짓는다. 그렇게 해버리고 나면 그런 살인자들이 왜 자신의 고통을 못 이기고 잔혹 행위를 즐기는지 그 이유를 찾아내는 수고를 덜 수가 있는 것이다.

괴물 같은 영혼이란 존재하지 않는다. 사람들은 악하게 태어나지 않는다. 사람들은 그들이 살고 있는 사회에 의해서 타락한다고 하는 것이 옳겠다. 우리들의 사회에서 악을 행하는 것으로 타락한 인간의 욕망을 충족시키는 것이다. 이런 감정들은 인간의 두뇌가 일으킨다. 사이코패스를 연구한 보고서에 따르면, 그들은 자기 안에 있는 공허함을 만족시키기 위하여 그런 행동을 한다고 한다. 무엇인가 결여되어 있다고 느끼는 사람들에게 악행은 권력과 힘과 조종의 근원이 된다. 증오는 증오스런 인생이라는 현실을 잊게 해준다. 삐뚤어진 마음으로 그들은 자신에게 말한다.

"내 인생이 살아갈 가치가 없다면, 다른 사람의 인생을 뺏으면 되지 않는가?"

악은 유전되는 것이 아니다. 그러나 어떤 가정이 아이들에게 폭력과 잔혹 행위를 했을 경우, 보고 배운 행동 때문에 다음 세대에도 그 같은 행위가 이어질 수는 있다. 가정의 한 구성원인 어른이 폭력을 휘두르고 삶의 기능에 장애를 보일 때, 그의 내면적인 감정은 집안에 있는 어린 아이들의 마음을 오염시킨다. 이것은 또 그 집안 아이들의 강압적이고 파괴적인 행동으로 이어질 수 있다. 우리 몸에 가해지는 이러한 유전적이고 환경적인 혼란은 우리의 영혼에 어떠한 영향을 미칠까?

내가 연구에서 얻은 결과에 따르면, 양심이 마비되는 이런 어려운 시기에 영혼은 자신을 육체와 분리시킨다. 어떤 영혼들은 그들의 몸에 속하지 않은 듯이 느끼기도 한다. 형편이 극심하게 나빠지면 이런 영혼들은 자살을 생각해보기도 하지만 다른 사람의 생명을 빼앗을 생각은 하지 않는다. 이런 상태에 대해 앞으로 더 얘기하겠다. 영혼이 겪는 이 고통은 잠정적으로 들어가 사는 육체의 유전적 잡동사니가 들어차 있는 두뇌와 영혼의 불멸성이 잘 합쳐지지 못한 데에 일부 원인이 있을 수 있다. 또한 비정상적인 두뇌의 화학 반응과 호르몬의 불균형이 중추신경을 자극하여 영혼을 오염시킬 수도 있다.

내가 발견한 또 하나의 요소는, 미성숙 상태의 영혼들은 혼란에 빠진 인간의 나약한 정신 기관을 조종하는 일에 어려움을 겪는 경우가 많다는 것이다. 영혼인 자신과 인간인 자신이 서로 대립한다. 영혼과 육체가 단 하나의 자아로 뭉치기 위해 밀어주고 당겨주는 과정이 잘 진행되지 못한 것이다. 두 자아의 싸움은 내면적인 갈등이지 외적인 것과의 갈등이 아니다. 혼란스런 마음에 필요한 것은 귀신 쫓는 사람이 아니라 유능한 정신 건강 전문의다.

영혼은 육체에 있을 때 순수하기만 하고 훌륭하기만 한 것이 아니다. 영혼이 만일 그렇다면 개인적인 발전을 위해 지구에 태어나지도 않았을 것이다. 영혼들은 자신의 부족한 점을 완성시키기 위하여 지구로 온다. 자아 발견이란 면에서 설명해보자면, 인간의 몸을 선택할 때 영혼은 협력해서 공부할 만한 몸을 선택하거나, 아니면 어려움을 겪게 할 몸을 선택한다. 예를 들면 어떤 영혼이 이기적인 성향을 없애고 싶다고 할 때, 그 너그러운 영혼의 성격은 자기만족을 위해 적의를 가지고 행동하는 인간의 에고와 잘 융합하지 않을 수 있다.

문제를 일으키는 사람들은 어렸을 때 육체적으로나 감정적으로 학대를 받았다든가 그와 유사한 고통스런 환경으로 인해 괴로움을 당한 경우가 흔하다. 그럴 때 영혼은 고통 뒤에 숨기 위해 고치를 만들고 그 속으로 들어가든가 아니면 정기적으로 자신들의 육체 밖으로 나와 다니든가 한다. 이러한 방어 수법은 우리들의 온전한 정신을 유지하기 위한 것이다. 나를 찾아온 사람이 유체이탈 상태가 자신을 더욱 살아 있는 듯이 느끼게 하므로 유체이탈을 즐긴다고 말하면, 나는 그에게 무슨 문제점이 있는지를 살펴본다. 때로는 순전한 호기심에서 유체이탈을 즐기는 사람도 있긴 하지만, 육체에서 멀어지고자 하는 대부분의 집착은 현재 삶에서 도피하려는 욕망임을 발견하게 된다.

유체이탈에 대해 위와 같은 생각을 가지고 있기 때문에, 나로서는 영혼이 살아 있는 어느 육체 속으로 빙의해서 들어간다는 이론은 또 하나의 회피 수단으로 여겨진다. 나는 영혼이 산 사람의 육체 속으로 들어간다는 생각은 잘못된 개념이라고 믿는다. 그 이론을 지지하는 사람들에 의하면, 수천만의 영혼들이 지구에 아기로 태어나 어린 시절을 거치는 정상적인 과정 없이 산 사람의 육체 속으로 직접 들어가고 있다고 한다. 이런 빙의한 영혼들은 완성된 영혼이어서 인생이 너무 힘들어 일찍 마감하고 싶어 하는 성인의 몸을 점령해도 괜찮다는 것이다. 이 이론을 신봉하는 사람들은 그래서 산 사람에게 들어오는 영혼은 인도주의적인 행동을 하는 것이라고 말한다. 나는 이것을 허락받은 육체 점령이라고 부르겠다.

이 이론이 진실인지 아닌지, 나는 기다란 흰옷을 입고 금빛 메달을 가슴에 단 나의 위대한 영계의 스승에게 자문을 구한다. 최면 상태에 든 피술자들과 일하는 동안 나는 단 한 번도 빙의를 본 일이 없다. 피술자들은 또한 영혼의 세계에서 어떤 영혼이 그런 일을 했다고 말하는 것도 들어본 일이 없다고 말한다. 그들은 오히려 그런 행위가 존재한다는 사실을 부인한다. 영혼이 맺는 인생 계약을 폐기시키는 일이기 때문이다. 자신의 카르마적인 인생 계획을 다른 영혼더러 살아 달라고 허락한다는 것은 처음에 지구로 올 때 세웠던 모든 목적에 실패하는 것이다. 어떤 영혼이 들어와서 육체가 애초에 선택하고 부여받은 카르마의 순환을 완성시켜준다는 것은 잘못된 생각이다. 만일에 고등학교 졸업반인 내가 삼각법 공부 시간에 나의 교실을 떠나 대수 시험을 치르는 1학년 교실로 가서 내가 대신 시험을 쳐줄 테니 너희들은 일찍 집으로 가라고 한다면? 이것은 양쪽 모두에게 실패인 것이며, 그리고 어떤 선생이 이것을 허용하겠는가?

인생 책임을 회피하기 위해 육체를 떠나려는 영혼의 인생에 자살을 막아준다고는 해도 다른 영혼이 산 사람의 육체를 점령한다는 이론은 자살과 다를 것이 없다. 육체를 떠나는 영혼이 자기가 깃들었던 육체의 소유권을 포기하고, 아기 몸부터 시작하는 수고를 덜고자 하는 좀 더 진보된 영혼에게 자기의 육체를 넘겨준다는 생각이야말로 가장 앞뒤가 맞지 않는 이야기다. 육체에게 주어지는 임무들에 대해 내가 알아낸 모든 것에 의하면, 영혼이 자기에게 맡겨진 인간 육체의 두뇌 에너지 진동에 완전히 녹아드는 데에는 수년이 걸린다. 이 과정은 아기가 태아일 때부터 시작된다. 우리가 진정 누구인가 하는 필수적인 요소는 영혼이 육체에 배치되는 그 시초부터 있어왔다. 영혼이 나타내는 처음 세 개의 I를 생각해보라. 그것은 상상력(imagination), 직관력(intuition), 그리고 통찰력(insight)이다. 거기에다가 양심과 창조력을 덧붙여보라. 당신은 어른이 된 인간의 마음이 새로 점령한 어느 존재에 의해 자신의 자아가 상실된 것을 느끼지 못하리라고 생각하는가? 소유권이 바뀐 육체는 치유되기는커녕 오히려 미치고 말 것이다. 나는 사람들에게 영혼을 잃을까 봐 걱정하지 말라고 말한다. 영혼에게는 지금 깃들어 있는 육체를 택한 이유가 충분히 있기 때문에 영혼은 육체가 있는 동안 우리와 함께 있다.

영혼은 자신들의 책임을 아주 진지하게 생각하기 때문에, 심지어는 기능이 마비된 몸속에도 머물며 책임을 진다. 영혼들은 물질적으로 갇혀 있는 것이 아니다. 영혼은 식물인간의 몸에도 오랜 세월 머물며, 죽음에 이르기까지 육체를 버리지 않는다. 이런 영혼들은 자유롭게 땅 위를 떠돌며, 정상적인 수면 상태의 몸에서 일시적으로 빠져나온 다른 영혼들을 방문하기도 한다. 아기들의 육체 속에 있을 때 영혼들은 특히 더 자주 나다닌다. 영혼들은 지루함을 느낄 때일지라도 자기가 깃든 몸을 아주 존중한다. 잠시 육체를 떠날 때도 그들 에너지의 작은 부분을 남겨놓아 필요할 때면 즉시 돌아올 수 있도록 한다. 영혼들의 파장은 인간의 지문처럼 등댓불 같은 표지 역할을 한다.

영혼 에너지가 인간의 몸을 떠난다고 해도 악령이 급히 들어와 비어 있는 마음을 차지하지 않는다. 그런다는 생각은 또 다른 미신이다. 악령이 존재하지 않는다는 사실은 우선 제쳐두고라도 마음은 떠나간 영혼이 남겨둔 에너지로 인해 완전히 비어 있을 수가 없다. 악령이 존재한다고 쳐도 우리의 마음을 비집고 들어올 수는 없는 것이다.

영혼 세계의 거주자들은 우리들이 영혼을 위험에 빠뜨리는 어둡고 사악한 유령의 환상에 사로잡혀 있다는 것을 꽤 잘 알고 있는 것 같다. 이러한 경우를 설명하는, 나의 관심을 끈 사례를 하나 들겠다. 악마론적인 생각에 사로잡힌 케이스 18의 피술자에게 그의 선생은 다소 거칠고 특수한, 그러나 효과적인 방법으로 도움을 주었다. 이 사례는 영혼 세계에서 잔인하게까지 느껴지는 유머를 사용해서 지구에 사는 우리 삶의 부족함을 설명하고 있다.

케이스 18의 남자는 1920년대에 목사로서 죽음을 맞이했다. 그는 자기가 살고 있던 미국 남부 지방 마을 구석구석에서 한평생 마귀를 보며 지냈다고 했다. 이러한 기억을 지닌 피술자는 나와의 면담에서 이렇게 말했다.

"나의 신도들은 악에 대한 형벌로 지옥불이 기다리고 있다고 불을 토하는 듯한 나의 설교를 뼛속 깊이 받아들이고 무서워서 떨었습니다.”

나는 이 사례를 피술자가 영계의 관문에 도착한 바로 직후부터 시작하겠다.

케이스 18

닥터 N 모든 게 명확하지는 않지만 당신은 밝은 빛 속에 떠 있고 누군가가 당신에게 온다고요?

영 그렇습니다. 나는 좀 어리둥절합니다. 주변이 아직 익숙하지가 않습니다.

닥터 N 괜찮습니다. 조금 시간을 보낸 후에 당신도 그리로 떠나면서 어떤 모습이 떠올라 당신에게 다가오는지 보십시오.

영 (긴 사이를 두다가, 갑자기 크게 무서워하며 소리친다.) 오, 하나님, 아니요!

닥터 N (그의 외침에 놀라며) 무슨 일이 있습니까?

영 (피술자의 몸이 참을 수 없이 떨리기 시작한다.) 오… 오… 전지전능하신 하나님! 이건 마귀예요. 난 압니다. 나는 지옥에 왔습니다.

닥터 N (피술자의 양 어깨를 잡고) 자, 깊이 숨을 내쉬고 긴장을 푸세요. 우리 여기를 함께 빠져나갑시다. (그러고 나서 부드럽게) 당신은 지옥에 있는 것이 아닙니다….

영 (날카로운 음성으로) 오, 그렇군요. 그런데 왜 마귀가 바로 눈앞에 나타나는 거죠?

닥터 N (피술자의 얼굴이 이제 땀으로 젖었고, 나는 안심시키려 애쓰며 땀을 닦아준다.) 진정하십시오. 무슨 오해가 있는 것 같은데 곧 알게 되겠지요.

영 (내 말에는 귀도 안 기울이고 피술자는 이제 앞뒤로 몸을 흔들며 신음하기 시작한다.) 오 호 오 오 오… 난 끝장났습니다…. 나는 지옥에 있습니다.

닥터 N (이젠 더 강하게) 무엇을 보는지 나에게 말해주십시오.

영 (처음에는 속삭이다가 커다랗게) 마귀 같은… 존재… 뻘겋고… 초록 빛 도는 얼굴… 뿔들… 사나운 눈… 얼굴 가죽은 불에 탄 나무 같고… 오 인자하신 예수님, 모든 사람 중에서 하필이면 나를, 오로지 당신의 이름으로 쉴 새 없이 복음을 전했던 나를 왜?

닥터 N 당신은 또 무엇을 봅니까?

영 (증오에 차서) 그 밖에 뭐 또 볼 게 있습니까? 모르시겠습니까? 나는 마귀 앞에 있단 말입니다.

닥터 N (빠르게) 마귀의 몸을 보라고 말하는 것입니다. 마귀의 머리 아래를 보고 설명해주십시오.

영 (난폭하게 경련을 일으키며) 없어요… 그냥 구름같이 유령 같은 몸입니다.

닥터 N 내 말을 잘 들으십시오. 좀 이상한 것 같지 않습니까? 마귀가 몸이 없이 나타나다니 말입니다. 앞으로 급히 옮겨가서 이 마귀가 하는 일을 설명해주십시오.

영 (피술자의 몸은 난폭하게 떨다가 큰 안도의 숨과 함께 의자에 쓰러지듯 몸을 기댄다.) 오… 이런… 진작 알았어야 했는데… 이건 스캔런이에 요. 그가 마스크를 벗으며 나에게 심술궂은 미소를 지어요….

닥터 N (이제 안심하며) 스캔런은 누구입니까?

영 나의 안내자입니다. 이것은 그가 생각해낸 짓궂은 장난입니다.

닥터 N 이제 스캔런은 어떤 모습입니까?

영 키가 크고 독수리 같은 몸에 회색 머리… 장난기가 가득 들어 찼어요. 언제나처럼. (허세를 부리며 웃으나 아직 충분히 회복되지는 못 했다.) 진작 알았어야 했습니다. 그는 이번에 감쪽같이 날 속였 습니다.

닥터 N 스캔런은 습관적으로 이렇게 합니까? 좀 어리둥절해져서 영혼의 세계로 오는 당신을 그는 왜 놀라게 합니까?

영 (방어적이 되어) 잘 들어두세요. 스캔런은 훌륭한 선생입니다. 이 런 식으로 가르치는 것이 그의 방법입니다. 그는 우리 그룹 전 체에게 마스크를 사용하게 하는데, 내가 마스크를 별로 좋아하 지 않는 것을 그는 압니다.

닥터 N 이번 인생이 끝난 바로 직후에 왜 스캔런이 마귀의 마스크 로 당신을 무섭게 했는지 말해주십시오.

피술자가 스캔런과 연결되는 동안, 나는 한동안 잠자코 있었다.

영 (침묵의 시간을 보낸 후에) 내가 그렇게 하게 한 것입니다. 오, 난 알 아요. 나는 한평생을 마귀에 대해 설교했고 선한 사람들에게

겁을 주었습니다…. 내 말을 안 들으면 지옥에 갈 거라고요. 스캔런은 나 자신이 만든 약을 내게 준 거예요.

닥터 N 스캔런이 사용한 방법을 이제 어떻게 생각합니까?

영 (냉소적으로) 그의 의도를 내가 알게끔 했습니다.

닥터 N 단도직입적으로 묻겠습니다. 신도들에게 마귀를 도처에서 본다고 말할 때 당신은 정말로 그것을 믿었습니까, 아니면 다른 무슨 동기가 있었습니까?

영 (간곡히) 아니요, 아니지요. 모든 사람, 모든 곳에서 마귀를 본다고 말할 때 나는 진실로 그것을 믿었습니다.

닥터 N 그것이 거짓 신앙심이 아니었다고 당신은 확신할 수 있습니까? 느끼지도 않는 것을 느끼는 척, 있지도 않은 것을 있는 척하며 자신을 속이지 않았습니까?

영 아닙니다! 나는 그것을 믿었습니다. 그런 식으로 강경하게 설교하는 것은 나의 방법이었고, 그렇게 함으로써 다른 사람에게 군림할 수 있었습니다. 네, 내가 실패했음을 나는 인정합니다. 일부 신도들의 삶을 비참하게 만들었습니다. 인간 속에 깃든 근본적인 선량함을 못 보고요. 나는 악에 너무 집착해서 언제나 의심에 차 있었고, 그것이 결국 나를 타락시켰습니다.

닥터 N 그런 인생을 보내게 된 것에는 선택한 육체의 영향도 일부 있다고 느낍니까?

영 (감정 없이) 그렇습니다. 나는 제동을 걸 줄 몰랐습니다. 나는 뽐내는 마음을 가진 육체를 택해서 방자하게 흘러갔습니다. 나는 목사로서 너무 따지고 들었습니다.

닥터 N 당신의 영혼이 왜 사람들을 위협하는 목사의 몸에 들어가기를 선택했는지 알고 있습니까?

영 오, 나는… 주변을 조종하는 입장에 있는 것이 기분 좋아서지요…. 나는 두려웠습니다…. 사람들이 나를 대단하게 여기지 않을까 봐 말입니다.

닥터 N 주변을 조종하지 못하게 될까 봐 염려스러웠습니까?

영 (긴 사이를 두고) 그렇습니다. 그렇게 되면… 난 무력하다 여겼으니까요.

닥터 N 스캔런이 마귀의 마스크를 사용해서 당신이 교회에서 주장하던 것을 무시했다고 생각하지 않습니까?

영 아닙니다. 그것은 스캔런이 나를 가르치는 방법입니다. 나는 목사의 몸을 선택했고 그는 이 모든 것을 도와주었습니다. 나는 잘못된 방향으로 들어섰는데, 그것은 잘못된 길이 아니었습니다. 나의 신앙은 나쁜 것이 아니었으나 나는 잘못 생각했고 그래서 다른 사람들을 잘못 인도했습니다. 스캔런은 사람들에게 스스로 판단하게 하지 않고 무섭게 하는 것이 어떤 것인지를 나로 하여금 보도록 하였습니다. 내가 다른 사람들에게 줬던 것과 같은 공포를 스스로 느끼기를 원하였습니다.

나는 이 피술자를 그룹이 모인 장소로 옮겨 어떤 식으로 스캔런이 마스크를 사용해서 가르치는지 알아보았다.

닥터 N 당신에게로 오는 첫 번째 사람은 누구입니까?

영 (주저한다. 그리고 조심스러워한다.) 이건… 천사예요… 부드럽게 빛나는 흰… 날개…. (그러다가 알아본다.) 좋아요. 여러분이 누구인지 다 알아요. 그만합시다.

닥터 N 천사는 누구입니까?

영 사랑하는 친구 다이앤입니다. 그녀는 천사의 마스크를 벗고 웃으면서 나를 껴안아줍니다.

닥터 N 좀 혼란스럽습니다. 영혼은 자기가 원하는 어떤 형태, 어떤 모습이든지 할 수 있는데 왜 마스크를 씁니까?

영 마스크는 말에 있어서 수사와 같은 것으로, 효과를 높이기 위해 손에 들고 썼다가 벗었다가 할 수 있습니다. 다이앤은 스캔런의 짓궂은 농담을 상쇄하기 위하여 사랑스런 천사로 내게 왔습니다. 다른 이들은 나한테 일어난 일을 웃어 젖히는데 말이죠.

닥터 N 다이앤의 품성은 어떻습니까?

영 아주 다정하고 유머가 넘칩니다. 우리 그룹 대부분이 그런 것처럼 다이앤도 짓궂은 장난을 좋아합니다. 그들은 내가 모든 일에 너무 심각하다는 것을 알고 있습니다. 내가 마스크를 별로 좋아하지 않는 것을 알고 그들은 나를 놀립니다.

닥터 N 교훈을 배우는 동안에 마스크는 옳고 그른 것을 가르치는 일에 쓰입니까?

영 그렇습니다. 좋은 생각인가, 나약한 생각인가, 잘못된 생각인가, 그런 것을 알려주는 수단입니다. 마스크는 우리들 성격의 여러 면을 나타내고 있습니다. 긍정적인 면과 바람직하지 못한 면들, 우리는 서로서로 역할을 바꿔 연극을 해보기도 합니다.

닥터 N 마스크 같은 소도구를 사용해서 그룹의 공부를 돕는 것은 스캔런이 처음 시작한 것입니까?

영 (웃는다.) 그렇습니다. 그가 하는 일은 깊은 인상을 남깁니다.

이것은 이상한 사례였다. 스캔런에 대해 잠깐만 더 알아보고자 한 것인데, 이 피술자는 전의 어떤 피술자도 데려가지 못한 곳으로 나를 데리고 갔다. 이 피술자처럼 영계의 관문에서 마귀의 마스크를 쓴 선생을 만나는 경우는 이례적인 일이다. 희가극 같고 도전적인 행동을 하는 이런 안내자를 나는 일찍이 본 일이 없었다.

영혼 그룹 활동에서 드라마가 얼마나 중요한 부분을 차지하는지를 우리는 앞으로 더 보게 될 것이다. 그러나 사람들이 믿고 있는 신념을 상징적으로 나타내기 위해 마스크를 사용한다는 것은 나의 경험에서 보면 좀 독특하다. 우리의 문화는 마스크에 대해 오랜 전통을 지니고 있다. 마스크는 신성하고 악마적인 힘을 의인화하여 두려운 영을 조롱하기도 하고 숭배하는 영들을 기리기도 했다. 악마의 마스크는 역사적으로 부족 사회에서 해로운 영을 쫓는 일에 사용되었다. 케이스 18은 지구에서 행해지고 있는 영적 의식을 영혼 그룹의 선생이 학생들을 깨우치기 위해 사용한 경우다.

4
영적 에너지의 복원

영혼 에너지

우리는 영혼을 물질적인 방법으로 규정지을 수가 없다. 그렇게 되면 아무런 제약도 없어 보이는 것에 한계를 만들어놓기 때문이다. 나는 영혼을 지적인 빛의 에너지로 본다. 영혼은 자력과 비슷한 진동 파장으로 기능을 하지만, 그 물질 입자의 용량에는 한계가 없다. 영혼 에너지는 한 가지로 나타나지 않는다. 손가락의 지문처럼 각 영혼은 자신만의 형태와 구성과 진동파를 가지고 있다. 나는 영혼의 성숙도를 색상으로 구별해낼 수 있지만, 이것으로 영혼이 어떤 존재인지를 설명하지는 못한다.

영혼이 윤회를 계속하며 다양한 인간의 마음과 어떻게 교류하는지, 그리고 그것은 사후 영혼 세계에 어떤 영향을 미치는지를 수년에 걸쳐 연구하던 중, 나는 영혼이 지닌 갈망 같은 것을 알게 되었다. 그러나 이 지식 역시 영혼이 어떠한 존재라고 내게 명확히 알려주지는 못한다. 영혼 에너지를 충분히 이해하기 위해서는 영혼 창조의 모든 양상과 영혼이 탄생된 그 원천의 의식을 알 필요가 있다. 그런데 이것들이야말로 사후 세계의 미스터리를 벗겨보려는 나의 모든 노력에도 불구하고 나로서는 알 수 없는 미지, 바로 그것의 완성인 것이다.

나로서 할 수 있는 일은 이 심오한 영혼 에너지의 작용과 그 작용이 사람과 사건들에 어떻게 반응하는지, 그리고 육체적인 환경과 정신적인 환경 안에서 영혼이 하려는 것이 무엇인지를 관찰하는 것이다. 영혼의 존재가 애초에 순수한 생각에 의해 생성되었다고 한다면 영혼은 불멸의 존재라는 생각에 의해 지탱되어 나간다. 각 영혼이 지닌 성격은 물질세계에 더욱 큰 조화를 이루게 하고 삶에 균형을 이루게 한다. 영혼은 아름다움의 표현이며 상상력의 표현이며 창조력의 표현이다. 고대 이집트인들은 영혼을 이해하려면 우리 마음의 말을 듣는 연습을 해야 된다고 말했다. 나는 그들의 말이 옳다고 생각한다.

영계의 관문에서 받는 일반 치유

영혼이 영계로 가서 안내자를 만났을 때, 그 안내자들이 사용하는 테크닉을 두 가지로 분류할 수 있다.

감싸기

돌아오는 영혼들은 안내자들의 회오리치는 강력한 에너지에 완전히 감싸인다. 영혼과 안내자는 한데 합쳐지고, 영혼은 마치 둘이 비눗방울 속에 들어 있는 것처럼 느낀다. 이것은 다음에 설명하는 방법보다 더 일상적으로 사용되며, 이 상태를 피술자들은 순수 희열이라고 설명한다.

에너지 침투

이것은 위의 방법과 좀 다르다. 안내자는 다가오면서 자신이 선택한 영혼의 몸의 일정 부위에 에너지를 보낸다. 그렇게 해서 손이나 혹은 어깨 위 같은 데 깊이 침투된 에너지는 바로 그 자리에서부터 다정히 쓸어주는 듯한 형태로 치유를 시작한다.

어느 방법을 사용하는지는 안내자의 기호와 그 당시 우리 영혼 에너지의 상태에 따라 달라진다. 어느 방법을 써도 우리는 즉시 기운을 얻고 생기를 띠게 된다. 이것은 우리가 도달해야 하는 영적 기착지를 향한 여로의 첫 관문이다. 더욱 진보된 영혼들은 (영혼이 손상되지 않은 경우에는 더더욱) 이런 애정 어린 에너지의 도움이 필요하지 않다.

우리는 케이스 1에서 아내 앨리스가 아직 안내자는 되지 못한 진보된 영혼인 남편에게서 감싸기와 에너지 침투로 위로받는 것을 보았다. 이전 장에서 본 사례들을 통해 우리는 안내자의 신분을 얻기 이전에 치유 에너지 사용 훈련을 이런 식으로 받기 시작한다는 것을 알 수 있었다. 영혼과 안내자가 갖는 환희의 첫 접촉 후에 우리의 안내자는 내가 '에너지 침투'라고 이름 붙인 방법을 사용할 수도 있다. 에너지 전달의 이 후속 효과는 커피를 끓이는 방법과 흡사하다. 케이스 8의 영혼은 남편 찰스에게 냄새를 이용해 에너지를 보냈다.

영계 안에서도 또 영계 밖에서도 감정적 혹은 육체적인 상처에 대한 치유는 선함에 그 근본을 두고 있다. 전달되는 긍정적인 에너지는 영혼의 모든 부분에 흐른다. 이때 보내는 쪽의 정수와 지혜도 아울러 전달된다. 피술자들은 이 과정의 아름다움과 섬세함을 표현할 수가 없어서 다만 전기가 흐르는 것과 같다고만 말한다.

영계의 관문에서 받는 응급 치유

손상된 에너지를 가진 영혼이 영혼 세계의 관문에 도달하는 경우, 안내자 중의 일부는 응급 치유를 한다. 영혼이 더 멀리로 옮겨가기 전에 육체와 정신 양쪽을 다 치유한다. 피술자 중에 전생에서 자동차 사고로 한쪽 다리를 잃고 사망한 사람이 있었다.

내가 영계의 관문에 이르렀을 때 나의 안내자는 내 에너지 오라(aura)에 생긴 구멍들을 보고 즉시 손상된 에너지를 제자리에 넣는 치유를 시작했습니다. 안내자는 흙을 가지고 빚듯 에너지를 새로 만들고 거친 모서리와 깨진 부분은 부드럽게 펴서 나를 온전하게 해주었습니다.

우리의 영체 혹은 에너지의 형체는 이전 육체의 윤곽을 하고 있고, 영혼은 그것을 영계로 가지고 간다. 근본적으로 이것은 파충류의 껍질처럼 우리가 아직 떨어내지 못한 인간 형체다. 우리는 후에 오색영롱한 에너지 형태로 인간의 모습을 자연스럽게 창조해낼 수 있게 되므로, 죽음 직후인 이때의 인간 형상은 영원한 조건은 아니다. 적절한 조치가 없으면 어떤 사람의 경우에는 손상된 육체의 흔적이 현생의 육체에도 영향을 미친다는 것을 우리는 알고 있다. 그렇다면 그 반대의 경우도 생각해볼 수 있지 않겠는가? 죽음의 순간에 완전히 육체 형태를 벗어버리는 영혼들도 있다. 그러나 대다수의 영혼은 본향으로 갈 때 육체적, 정신적인 상처를 손상된 에너지의 흔적으로 지니고 간다.

영혼의 치유와 고통에 대해 나는 영계의 선생들과 학생들에게서 많이 배웠다. 다음 사례는 수습 기간에 있는 안내자가 영계의 관문에서 손상된 영혼의 에너지를 치유할 수가 없었던 좀 드문 예다. 이 사례의 피술자는 고달픈 삶을 살다가 제1차 세계대전 전쟁터에서 터지는 폭탄을 맞고 영계에 도달했다.

케이스 19

> **닥터 N** 전쟁터에서 쏟아지는 빗발과 진흙 속에서 죽음을 맞고 당신은 밝은 빛 안으로 들어섰습니다. 당신은 무엇을 봅니까?
>
> **영** 하얀 옷을 입은 형체가 내게로 옵니다.
>
> **닥터 N** 그가 누구입니까?
>
> **영** 케이트입니다. 그녀는 요즘 우리 그룹에 부임한 새로운 선생입니다.
>
> **닥터 N** 케이트의 모습을 설명하십시오. 그리고 케이트는 가까이 오며 어떤 메시지를 발산합니까?
>
> **영** 그녀는 젊고, 널따란 이마에 좀 평범한 얼굴을 하고 있습니다. 케이트는 평화를 발산합니다. 나는 평화를 느낍니다. 그러나

근심도 좀 있어요. (웃는다.) 그녀는 나에게 다가오려 하지 않습니다.

닥터 N 왜 그렇지요?

영 내 에너지가 형편없기 때문입니다. 그녀는 이렇게 말합니다. "제드, 당신 스스로 고쳐보세요."

닥터 N 왜 그녀는 당신을 도우려 하지 않습니까, 제드?

영 (크게 웃는다.) 케이트는 전쟁터의 부정적인 에너지… 살인 에너지 그런 것을 가까이하기 싫어합니다.

닥터 N 이제까지 나는 안내자가 엉망진창이 된 에너지에 대해 책임 회피를 한다는 얘기를 한 번도 들어본 일이 없습니다. 제드, 그녀는 전염될까 두려워합니까?

영 (아직도 웃으며) 그 비슷한 거예요. 케이트가 이런 일에 그다지 경험이 없다는 점을 이해해줘야 합니다. 그녀도 그런 자신을 썩 내켜 하지 않는다는 걸 나는 알 수 있습니다.

닥터 N 당신 에너지는 지금 현재 어떤 모양인지 설명해주십시오.

영 엉망입니다. 덩어리로 뭉쳐 있고… 검게 막혀 있고… 어그러져 있고… 막 쭈그러져 있습니다.

닥터 N 당신 에너지가 그렇게 된 것은 죽는 순간 몸에서 빠르게 빠져나오지 못해서입니까?

영 그렇죠! 우리 소대는 기습을 당했습니다. 다른 생에서는 대개 죽음이 오는 것을 보면 미리 몸에서 떠나곤 했었는데요.

이 사례와 또 다른 많은 사례들에서 나는 영혼들이 폭력적인 죽음을 맞을 경우, 흔히 죽기 몇 초 전에 그들의 육체를 떠난다는 사실을 알게 되었다.

닥터 N 그럼 케이트는 당신이 에너지를 재정비하는 데 어떤 두움도 줄 수 없는 것입니까?

영 그녀는 노력합니다…. 약간… 지금 당장에는 이 일이 그녀에게 너무 과한 것 같습니다.

닥터 N 그럼 당신은 무엇을 합니까?

영 나는 그녀의 제안을 받아들여 스스로 하려고 노력합니다. 나는 아주 잘하지 못합니다. 뒤죽박죽되어 있으니까요. 그런데 소방차의 호스같이 강력한 에너지 줄기가 나를 칩니다. 에너지 줄기는 내가 형체를 재정비하기 시작하는 데 도움을 주고, 전쟁터에서 얻은 부정적인 요소의 일부를 씻어냅니다.

닥터 N 손상된 채 새로 도착한 영혼들을 씻어내는 장소가 영계에 있다고 들었습니다. 당신은 지금 그곳에 있습니까?

영 (웃는다.) 그런 것 같습니다. 나의 안내자인 벨라한테서 그게 오고 있습니다. 나는 이제 그를 볼 수 있습니다. 그는 이런 일에는 진짜 전문가입니다. 그는 케이트 뒤에 서서 케이트를 돕고 있습니다.

닥터 N 그다음에는 무슨 일이 당신에게 일어납니까?

영 벨라는 사라지고 케이트가 가까이 와서 팔을 내 몸을 감쌉니다. 그녀가 나를 인도해 가는 동안 우리는 얘기를 나눕니다.

닥터 N (고의적으로 도발하듯) 당신을 문둥병 환자처럼 취급했는데도 당신은 케이트에 대해 믿음을 가질 수 있습니까?

영 (내게 인상을 찌푸린다.) 아이참, 그건 지나친 표현입니다. 그녀는 곧 이같이 엉망이 된 에너지를 치유하게 될 것입니다. 나는 그녀를 상당히 좋아합니다. 그녀는 재능이 많아요…. 지금 현재로선 숙련공이 아닐 뿐이에요.

덜 손상된 영혼들을 위한 회복 장소

영계의 관문에서 각자에게 맞는 에너지 치료를 받았음에도 불구하고, 돌아오는 영혼들은 자기들의 그룹에 가기 전에 일종의 치유 장소로 가게 된다. 가장 진보된 영혼들을 제외한 모든 영혼은 영계로 돌아오면 긍정적인 에너지를 지닌 자애로운 영들과 만나게 되고, 그들의 인도로 도움이 필요한 영혼들은 조용한 회복 장소로 가게 된다. 지구에서 육체의 삶을 살았음에도 에너지 형태가 아직도 강한 좀 더 높이 진화된 영혼들만이 위와 같은 절차 없이 즉시 정규적인 영계 활동을 재개한다. 인생을 마친 뒤 진화된 영혼들은 다른 영혼들보다 더욱 빠르게 난관을 극복하는 듯이 보인다. 한 피술자는 이렇게 말했다.

"나와 함께 일한 대부분의 사람들은 멈추어 쉬어야 했습니다. 그러나 나는 그럴 필요가 없습니다. 어서 돌아가 빨리 내 프로그램을 계속하고 싶어서 아주 조급합니다."

돌아오는 영혼을 위한 대부분의 회복 장소에서는 일종의 오리엔테이션이 이루어진다. 영혼의 상태에 따라 오리엔테이션은 그 강도가 심하기도 하고 온건하기도 하다. 오리엔테이션에서는 대개 방금 마친 인생을 간단히 되돌아보게 된다. 더욱 깊이 있는 상담은 나중에 영혼 그룹에서 안내자와 갖게 되고 또 원로들의 의회에도 불려 나가게 된다. 이러한 오리엔테이션 과정은 나의 첫 책《영혼들의 여행》에 이미 쓴 바있다. 회복 장소의 배경은 우리 기억에서 끌어낸 지구적인 장소일 수도 있고 영혼의 안내자가 치유에 적합하다고 느끼는 장치일 수도 있다. 오리엔테이션의 환경은 우리의 인생마다 달라진다. 다음은 1944년 독일 나치 수용소에서 죽은 한 여성의 얘기다.

> 살았던 인생에 따라 회복 장소는 달라집니다. 나는 방금 공포와 추위와 삭막함으로 가득 찬 인생에서 돌아왔기 때문에 나의 슬픔이 가벼워질 수 있도록 모든 것이 아주 밝습니다. 거기에다가 벽난로가 옆에서 안락하게 타고 있어 나는 따스함과 즐거움을 느낍니다.

영계로 돌아온 뒤의 풍경을 피술자들은 흔히 정원에 있는 것으로 표현하는가 하면 수정으로 둘러싸인 곳에 있다고도 한다. 정원은 아름다움과 고요함을 나타낸다고 하지만 수정은 무엇을 나타내는 것일까? 수정에 대해서는 오리엔테이션을 하는 방만이 아니라 예를 들어 지난 생을 회고해보는 시간에 수정 동굴 같은 것이 보인다. 수정으로 둘러싸인 회복 센터에 대한 전형적인 사례를 여기 들어본다.

나의 이 회복실은 수정으로 둘러싸여 있어서 내 의식과 연결되는 데 도움을 줍니다. 수정으로 만든 벽은 여러 색으로 되어 있습니다. 빛을 반사하는 프리즘과 같지요. 이런 수정의 기하학적인 면들은 서로 교차하며 움직이는 빛을 내보내고, 내 생각에 명료함을 불러옵니다.

최면 상태에 있는 여러 피술자들과 수정에 대해 지식을 가진 여러 사람들과 얘기해보고 나서 나는 수정이 에너지에 균형을 주어 사고를 돕는다는 것을 알았다. 주술사들도 수정을 부정적인 에너지를 풀어내고 우리의 진동파를 우주 에너지에 맞추는 일을 도와주는 도구로 사용한다. 치유를 통해 확대된 의식에서 지혜를 끌어내는 것이 영적인 회복의 주된 이유다.

다음 사례는 정원이 배경이다. 이 피술자는 수많은 생을 겸손함을 배우려고 보냈다. 초창기의 윤생 때에는 대개 남자로 태어났다. 이 영혼은 오만하고 건방지고 무자비한 사람의 몸에 깃들이게 되었으나 완전히 방향을 바꿔 바로 전의 생에서는 수동적이라고 할 만큼 허용하기만 하는 인생을 보냈다. 그 삶은 피술자 성격과 터무니없이 맞지 않는 것이었으므로, 그 영혼은 회복 지역에 이르렀을 때 실패했다는 생각을 하고 있었다. 그는 이렇게 말했다.

나는 원형으로 된 아름다운 정원에 있습니다. 수양버들이 드리워지고 오리가 노니는 연못이 있습니다. 아주 고요해서 내가 지난 생에서 한 역할에 대한 낭패감을 부드럽게 녹여줍니다. 나의 안내자인 매킬은 꽃과 넝쿨이 드리워진 나무 밑에 있는 대리석 벤치로 나를 데리고 갑니다. 극단에서 극단으로 방향 전환을 했던 지난 인생… 인생을 허송하고 말았다는 것 때문에 우울합니다. 매킬은 미소 지으며 내게 마실 것을 줍니다. 우리는 달콤한 음료를 마시고 과일을 먹고 물오리들을 구경합니다. 우리가 이러고 있는 동안 나의 옛 육체의 오라는 나에게서 저만치 멀어집니다. 나는 매킬의 강력한 에너지를 물에 빠진 사람이 산소를 마시듯이 취합니다. 매킬은 상냥한 안내자이며, 내가 나 자신을 무자비하게 비판하고 있기 때문에 양분을 섭취해야 한다는 것을 압니다. 언제나 나는 그보다도 더 가혹하게 나 자신에게 비판을 가합니다. 우리는 지난 생에 있었던 실수와 내가 하고 싶었으나 하지 못했던 것, 아니면 일부만 완성했던 것들에 대해 얘기합니다. 매킬은 내가 이번 생에서 그래도 교훈을 얻었으며 다음 생에서는 더 잘할 수 있으리라고 용기를 북돋아줍니다. 중요한 것은 내가 변화를 두려워하지 않았다는 것이라고 말합니다. 정원 전체 분위기는 아주 편안합니다. 나는 벌써 훨씬 기분이 나아졌습니다.

나는 우리의 안내자가 우리가 육체로 살며 지니게 된 기억의 감각들을 가지고 회복을 돕는다는 것을 위의 사례에서 알게 되었다. 위의 사례에서 매킬이 미각을 이용해 회복을 도운 것도 마찬가지다. 피술자들은 촉감과 후각에 대해서도 얘기한다. 밝은 흰빛의 '유동적 에너지'를 받고 난 뒤 소리와 복합적인 빛의 감각을 포함하는 치유를 덧붙여 받게 된다고 말하는 피술자들이 있었다.

정화(淨化)의 샤워를 마친 뒤 나는 에너지의 균형을 잡아주는 옆방으로
옮깁니다. 그곳 한가운데 떠 있는 동안에 나는 내 머리 위에서 수많은
스포트라이트가 준비되어 있는 것을 봅니다. 나는 내 이름을 부르는 소
리를 듣습니다.

"배니언, 다 준비되었는가?"

그렇다고 하자 소리굽쇠처럼 공명하는 소리가 내 안에 울려 퍼져 비누
거품처럼 에너지가 솟구쳐 오르게 합니다. 그것은 기분 좋게 느껴집니
다. 그러고 나면 스포트라이트들이 한 번에 하나씩 켜집니다. 처음에는
치유의 초록 빛줄기가 강하게 나를 훑습니다. 스포트라이트는 내가 무
대에 서 있는 것처럼 내 주변을 선회합니다. 이 빛은 내 에너지에 손실
된 부분이나 손상된 부분이 있는지를 살피고 교정하도록 만들어졌습
니다. 나의 에너지가 소리의 파장으로 인해 거품처럼 되었기 때문에 스
포트라이트에서 나오는 빛이 더욱 효과적인 것 같습니다. 그런 뒤 나는
힘을 주는 금빛과 깨우침을 주는 파란빛으로 씻겨집니다. 드디어 나는
스포트라이트 중 하나에 의해서 나 자신의 빛인 분홍빛 도는 흰 색상로
복원됩니다. 감정을 위로하고 사랑이 가득 찬 이 과정이 끝나서 서운합
니다.

심하게 손상된 영혼들의 재생

깃들어 있던 육체에 의해 너무 크게 오염되어 특별한 대우를 받아야
만 하는 영혼들이 있다. 육체의 삶을 살면서 그들은 타인은 물론이고
자기 자신에게도 파괴적이었다. 여기서 맨 먼저 생각해보게 되는 것은

고의적인 악의를 가지고 타인에게 악한 행동을 저지른 육체와 관련된 영혼들이다. 여러 인생을 살면서 계속해서 서서히 심하게 오염되었던 영혼들이 있는가 하면, 단 한 번 육체의 삶으로 완전히 오염된 영혼도 있다. 어느 경우에 속하든지 간에 이런 영혼들은 고립된 장소로 인도되어 가서 본향으로 돌아오는 영혼들이 받는 전형적인 치유와는 다른, 더욱 근본적인 에너지 치유를 받게 된다.

영혼의 오염은 여러 형태로 이루어지며 각각의 삶을 마칠 때마다 오염의 심도 또한 달라진다. 똑같이 힘든 육체의 삶에서라도 미숙한 영혼은 손상된 에너지를 가지고 본향으로 돌아가지만, 진화된 영혼들은 비교적 육체에 물들지 않고 이겨나간다. 두려움과 분노로 일관된 삶을 살아낸 보통 영혼들의 에너지에도 그림자는 서리게 된다. 문제는 얼마만큼 오염되었느냐 하는 것이다.

우리의 생각과 감정, 기분과 태도는 뇌에서 감지해내는 위협과 위험 신호에 의한 육체의 화학 작용에 의해 조정된다. 싸우느냐, 도주하느냐 하는 메커니즘은 뇌에서 나온 것이지 영혼에서 나오는 것이 아니다. 영혼은 우리 인생의 생물학적, 정서적인 반응을 조종할 수 있는 대단한 능력이 있지만, 많은 영혼들은 제 기능을 다하지 못하는 뇌를 정상화시키지 못한다. 오염된 육체를 떠나는 영혼들은 이러한 상처를 드러내고 있다.

나는 광기에 대해 내 나름대로 이론을 가지고 있다. 영혼은 태아에게로 와서 아기가 태어날 때쯤이면 인간의 마음과 융합하기 시작한다. 이 아이가 기질적 뇌증후군, 정신병 또는 주요 정서 장애를 가진 성인으로 성장하면 비정상적인 행동을 보이게 된다. 분투하고 있음에도 영혼은 그런 육체와 충분히 융합되지 못한다. 육체의 탈선 행위를 더 이상 조종할 수 없게 되면, 영혼과 육체는 분리되어 별개의 성격을 이룬다. 한 인간이 자신과 타인에게 위험 인물이 되는 데에는 육체적, 감정적, 환경적 요인이 있을 것이다. 이렇게 해서 결합된 자아는 손상된 인간으로 표출된다.

친밀감을 나타낼 줄 모르는 육체나 잔인한 경향을 보이는 육체 속에서 계속 몇 차례의 삶을 연거푸 살았던 영혼들은 정상이 아닌 인간을 단속할 능력을 잃게 된다. 그런 인생을 극복해보겠다고 다음 생에도 같은 종류의 몸을 가지고 태어나게 되면, 도미노처럼 하나가 스러지면 전체에 영향을 미치는 것과 같은 결과를 부르게 된다. 우리에게는 자유의지가 있으며 우리의 안내자는 우리 마음대로 하게 해준다. 영혼은 혼란된 인간의 마음을 단속해야 하는 의무를 면할 수가 없다. 왜냐하면 영혼이 그 정신의 일부를 이루고 있기 때문이다. 배움의 속도가 더딘 영혼이 연거푸 잘못을 저지르는 육체 속에서 힘든 싸움을 벌이는 경우가 문제다.

혼란스러운 이런 영혼들이 영혼의 세계로 돌아오면 어떤 일이 일어나는가? 심하게 손상된 영혼들이 인도되는 장소에 대해 한 피술자가 외부인의 시선으로 본 것을 여기 인용하겠다. 피술자 중의 일부는 그 장소를 '그림자의 도시'라고 불렀다.

부정적인 에너지가 지워지는 곳은 바로 여기입니다. 이곳은 부정적인 에너지를 지닌 영혼들이 모여 있기 때문에 밖에 있는 우리들에게는 어둡게 보입니다. 끔찍한 일과 관련된 영혼들의 변화를 위한 장소라서 우리는 들어갈 수가 없습니다. 솔직히 거기에 가고 싶지도 않습니다. 그곳은 치유의 장소인데 멀리서 보면 검은 바다와 같습니다. 내가 밝은 모래사장에서 바라보고 있기 때문인지도 모르지요. 그 부근의 빛은 대조적으로 밝아 보입니다. 긍정적인 에너지가 위대한 선함을 나타내는 밝은 빛으로 표출되고 있기 때문입니다.

어둠 속을 주의 깊게 들여다보면 완전히 검은빛이 아니라 짙은 초록빛과 섞여 있다는 것을 알게 됩니다. 그곳에서 일하는 치유사들의 힘과 혼합되어 나타난 현상입니다. 그곳으로 인도된 영혼들이 그들 책임을 면하게 되는 것은 아니라는 것을 우리는 알고 있습니다. 결국 어떤 방식으로든 그들은 타인에게 했던 잘못을 바로잡아야만 합니다. 그러기 위하여 그들은 긍정적인 에너지로 자신을 완전히 회복시켜야 합니다.

손상된 영혼들에 대해서 잘 아는 피술자들은 나쁜 행위에 대한 무서운 기억들이 전부 다 지워지는 것은 아니라고 말한다. 영혼이 악행을 행한 인생의 일부 기억을 가지고 있지 않으면 책임지는 일을 할 수 없게 될 것이다. 영혼이 지닌 이러한 기억은 장차 자신의 결정에 중요한 역할을 한다. 어찌 되었건 영계에서의 영혼의 소생은 참으로 감사한 일이다. 치유된 영혼은 전생에서 다른 사람을 해쳤던 무시무시한 일을 세부적으로 전부 기억하지는 못하게 된다. 만일 전부 기억한다면 그렇게 보낸 인생에 대한 죄의식에 짓눌려 영혼들은 잘못을 번복하지 않기 위해 다시 윤회하려 들지 않을 것이다. 이런 영혼들은 자신감을 잃고 절망의 구렁텅이에 빠진 자신을 끌어내려 들지 않을 것이다. 나는 윤회의 삶에서 생각조차 할 수 없는 나쁜 짓을 저지른 탓에 다시 지구로 돌아오지 못하는 영혼들이 있다는 것도 알게 되었다. 영혼들은 앞으로는 악해질 가능성이 있는 육체는 조심스럽게 살펴야겠다는 기대감 속에서 새로이 힘을 얻는다. 물론 새로운 육체로 태어나게 되면 망각의 장벽이 과거의 인생 기억을 막아 생각만큼 발전하지 못할 수 있다.

보통으로 손상된 영혼과 심하게 손상된 영혼 사이에는 그 재생 과정에 차이가 있다. 에너지 치유에 관해 여러 설명을 듣고 나서 나는 이러한 결론에 도달했다. 에너지 정화에 있어서 극단적인 방법은 에너지를 재구성하는 것이고 그보다 덜한 방법은 에너지 형상을 새로 잡아주는 것이다. 너무 간략한 분류인 듯하지만 그 감추어진 테크닉의 비밀을 알지 못하는 나로서는 어쩔 수 없는 일이다. 에너지를 재건하는 이 훌륭한 기술은 지상에 윤회를 하지 않는 마스터들이 하는 일이기에 윤회를 계속하고 있는 나의 피술자들은 거기에 대해 대답을 못 한다. 나는 완성된 영혼들이 아닌 훈련 과정에 있는 영혼들과 일하고 있는 것이다. 케이스 20에서 우리는 에너지가 새 형태를 취하는 방식을 볼 것이며, 케이스 21에서는 에너지 개조의 방식을 볼 것이다.

케이스 20

이 사례의 피술자는 환자의 불균형한 에너지를 바로잡아 주는 일을 하는 자연요법가이자 척추 지압교정사다. 이 피술자는 지구에서 수천 년간을 치유사로서 일해왔으며, 영혼의 세계에서는 셀림이라는 이름 으로 불리고 있었다.

닥터 N   셀림, 당신은 영혼의 세계에 있는 당신의 진화된 치유 그룹 을 얘기했습니다. 그리고 당신들 다섯이 어떻게 특정한 에너지 훈련을 받고 있는지도 알려주었습니다. 당신들의 일에 대해 나 는 더 알고 싶습니다. 먼저 당신들의 그 진화된 연구 그룹을 무 엇이라 부르는지, 그리고 당신이 하는 일은 무엇인지부터 말해 주겠습니까?

영   우리는 에너지를 재생시키는 일을 훈련하고 있습니다. 형체가 어그러진 에너지를… 다시 모양을 만들기 위해 재정리하고….

닥터 N   혼란에 빠진 영혼들이 가는 그 장소에서 말입니까?

영   그렇습니다. 열악한 조건에 처한 영혼들이지요. 그들이 속한 영혼 그룹으로 금방 돌아가려 하지 않는 영혼들이고요. 그들은 대기 장소에 있을 것입니다.

닥터 N   영혼 세계의 관문에서 영혼들이 어디로 가야 하는지를 당 신들이 결정합니까?

영   아니요. 내가 하지 않습니다. 나는 아직 그 직분에는 미치지 못 했습니다. 그 결정은 그들의 안내자가 합니다. 그들의 안내자 는 나를 훈련시키고 있는 마스터에게 묻습니다.

닥터 N   그렇다면 말입니다, 셀림. 심하게 손상된 영혼들이 영계로 돌아온 후 어느 때쯤에 당신이 참여합니까?

영 에너지 치유 작업에 내가 도움을 줄 수 있다고 생각되면 나의 교사가 나를 부릅니다. 그러면 나는 그들이 있는 대기 장소로 갑니다.

닥터 N 왜 당신은 그곳을 '대기 장소'라고 부릅니까? 그곳은 어떻게 되어 있습니까?

영 손상된 영혼들은 그들의 에너지가 재생되어 건강해질 때까지 거기에 있습니다. 공같이 구형으로 되어 있는데… 벌집 모양으로 된… 구멍들로 덮여 있습니다. 치유되는 동안 영혼들은 각각 그 자신만의 장소에 거주합니다.

닥터 N 새로 창조된 영혼이 영혼 그룹으로 배치되기 전에 가게 된다는 부화 장소에 대해서 들었는데, 그곳과 아주 비슷한 곳 같군요.

영 사실입니다… 에너지가 양육되는 곳입니다.

닥터 N 그렇다면 이 벌집 같은 공간은 모두 한곳에 있습니까? 그리고 에너지 재생과 에너지 창조, 이 두 작업은 여기서 다 함께 이루어지고 있습니까?

영 아닙니다. 그렇지 않습니다. 나는 손상된 영혼들을 위한 장소에서 일합니다. 새로 창조된 영혼들은 손상되지 않았습니다. 나는 창조된 영혼들을 위한 장소에 대해서는 드릴 말씀이 없습니다.

닥터 N 괜찮습니다, 셀림. 나는 당신이 지식과 경험을 가지고 있는 이 분야를 알게 해주어서 고맙습니다. 당신은 왜 이런 종류의 일을 하게 되었습니까?

영 (자랑스러워하며) 수많은 인생을 상처받은 사람들과 일하며 살았던 긴 내력이 있기 때문입니다. 에너지를 재생하는 일만을 전문적으로 할 수 있게 해달라고 내가 요청하자 그 요청이 받아들여졌고, 나는 훈련 교실로 가게 되었습니다.

닥터N 심하게 손상된 영혼들이 대기 장소로 돌아오는 경우, 당신은 치유를 돕도록 부름을 받게 됩니까?

영 (고개를 흔든다.) 그렇진 않습니다. 나는 경미하게 손상된 영혼들이 있는 재생 장소에만 가도록 되어 있습니다. 나는 초보자입니다. 나는 모르는 것이 아주 많습니다.

닥터N 당신이 알고 있는 것에 대해 깊은 존경심을 느낍니다. 당신이 하는 일의 수준을 말해주기 전에, 왜 손상된 영혼이 대기 장소로 가게 되는지 설명해주겠습니까?

영 영혼들은 이전 생의 몸에 정복당했습니다. 또 그중 많은 영혼들은 반복해서 그런 인생을 보냈습니다. 그런 영혼들은 매번 인생을 조금의 진화도 없이 되풀이하며 보냈습니다. 영혼들은 새로운 몸을 받을 때마다 조금씩 더 오염되어 갔습니다. 나는 크게 에너지가 손상된 영혼보다 이런 영혼들과 일합니다. 그들이 한 번의 인생에서 손상되었는지 여러 인생을 거치면서 천천히 손상되었는지는 관계없고요.

닥터N 에너지가 점차적으로 고갈된 영혼의 경우, 영혼 쪽에서 도움을 요청하는 겁니까? 아니면 그런 영혼들은 대기 장소로 강제적으로 가게 되는 것입니까?

영 (즉시) 어떤 영혼도 강요받는 일은 없습니다. 그들이 도와달라고 부르짖는 거지요. 왜냐하면 그들은 같은 잘못을 반복해서 되풀이할 뿐 제대로 활동할 수 없게 되었기 때문입니다. 그들의 선생은 그들이 윤생의 삶 사이에 스스로 충분히 회복하지 못한다는 것을 압니다. 영혼들 자신이 재생을 원합니다.

닥터 N 심하게 손상된 영혼들도 도와달라고 부르짖는 경우가 있습니까?

영 (사이를 두고) 아마도 좀 덜할 것입니다. 인생이 너무도 파괴적이어서… 영혼 자체의 정체성이 손상되었을 가능성도 있거든요.

닥터 N 잔혹한 폭력 행위에 연루된 것과 같습니까?

영 그게 하나의 이유가 되겠지요. 그렇습니다.

닥터 N 셀림, 당신이 대기 장소로 부름을 받고 가서 심하게 손상되었거나 변형된 에너지와 일했을 때 어떤 일들이 있었는지 할 수 있는 한 자세히 설명해주십시오.

영 새로 도착한 영혼을 만나기 전에 에너지 복원 마스터들은 우리가 재생해야 할 에너지의 윤곽을 설명합니다. 우리는 손상된 영혼에 관한 내용을 미리 살펴봅니다.

닥터 N 외과 의사가 수술에 들어가기 전에 엑스레이를 보고 준비하는 것과 비슷한 일을 하는 것 같습니다.

영 (즐거워하며) 그렇습니다. 미리 살펴봄으로써 3차원적으로 이미지를 그려내어 무엇을 어떻게 할 것인지를 알아봅니다. 나는 이 에너지 복구 작업과 관련된 도전을 좋아합니다.

닥터 N   좋습니다. 그럼 이제 그 과정을 설명해주십시오.

영   나의 관점에서 보자면 이 일에는 세 단계가 있습니다. 우리는 손상된 에너지의 모든 입자를 검사하는 것으로 일을 시작합니다. 그다음에는 막혀 있는 어두운 부분들을 제거하고 그다음 남아 있는 빈 공간을 순수하고 새로운 빛 에너지로 짜깁기해서 채워넣습니다. 이것들은 한데 중첩되고 융합되어 복구된 에너지를 더욱 강화시킵니다.

닥터 N   새로 짜깁기를 한 에너지라면 에너지의 형상을 짜깁기로 다시 만들었다는 말입니까? 그보다 더 극단적인 방법, 에너지 재구성은 아니고요?

영   그렇습니다.

닥터 N   당신은 이 작업의 모든 과정에 다 참여합니까?

영   아닙니다. 나는 첫 단계 훈련 과정 중에 있습니다. 두 번째 단계는 약간만 도울 수 있습니다. 손상된 곳이 너무 복합적이지 않은 데를 말이지요.

닥터 N   작업을 시작하기 전에 영혼의 에너지가 심하게 손상되었는지 그렇지 않은지는 어디를 보고 압니까?

영   손상된 에너지는 삶은 달걀같이 보입니다. 흰빛이 고체화되어 굳어 있죠. 우리는 그것을 부드럽게 하고 검게 비어 있는 곳에 에너지를 채워넣습니다.

닥터 N 검게 된 에너지에 대해 우리 잠깐 얘기해봅시다.

영 (나의 말을 다 듣기 전에) 손상된 에너지가 장애를… 만들어낼 수 있다는 것을 첨부해서 말해야겠습니다. 이런 균열은 극심한 정신적, 육체적인 손상으로 말미암아 갈라진 빈 공간입니다.

닥터 N 손상된 영혼이 지구에 윤회할 때 그들의 혼란스런 에너지는 어떤 영향을 미칩니까?

영 (쉬었다가) 에너지가 골고루 펴져 있지 않고 얼룩이 집니다. 그 얼룩은 장기간에 걸친 에너지의 훼손에 의한 것입니다.

닥터 N 당신은 순수하고 새로운 에너지를 가지고 낡은 에너지를 재정리하고 복구한다고 말했습니다. 그 일은 어떻게 하는 겁니까?

영 강도 높은 빛줄기로 합니다. 나 자신의 진동파를 계속 유지하고 있어야 하기 때문에 정신을 집중해야 합니다…. 손상된 영혼이 내는 진동파와 맞추어가면서 말이지요.

닥터 N 아, 그러니까 이 일은 개인 대 개인의 일이 되는군요. 마스터의 에너지를 끌어다 댄다는 것입니까?

영 그렇습니다. 그 밖에 또 나는 경험이 없어서 사용하지도 못하고 사용할 줄도 모르지만 순수한 새 에너지가 있습니다.

닥터 N 셀림, 당신은 잘못된 에너지를 어떻게 부드럽게 만드는지, 그리하여 그 에너지를 마땅한 공간들 속으로 어떻게 흘러들어가게 하는지에 대해서 얘기했습니다. 그런데 그 순수한 새 에너지 얘기가 마음에 걸립니다. 그렇게 전부를 고쳐 넣는다면 이런 영혼들의 영원불멸한 정체성을 당신이 바꾸는 것이 아닙니까?

영 아니지요. 우리는 이미 있는 것을 가지고 강화시키기 위해 변형시키는 겁니다. 그 영혼을 원초적인 형태에 가깝게 만드는 거죠. 우리는 그 영혼에게 다시 이런 치유 과정이 반복되지 않기를 바랍니다. 그들이 다시 여기 오지 않기를 바랍니다.

닥터 N 치유 작업을 완성한 뒤 에너지 복구가 잘 되었는지를 테스트해보는 방법이 있습니까?

영 있습니다. 재생된 영혼 주변에 부정적인 에너지 파장을 보내봅니다. 액체로요. 그 에너지가 우리가 고친 형체 속으로 파고 들어가는지를 보는 거죠. 이미 말씀드린 것처럼 우리는 이들 영혼이 다시 돌아오는 것을 원치 않습니다.

닥터 N 마지막으로 하나 더 묻겠습니다. 셀림, 치유 과정을 마치고 나면 재생된 영혼에게는 어떤 일이 있게 됩니까?

영 여러 가지가 있죠. 재생된 영혼은 모두 한동안 우리들과 같이 있습니다… 치유의 음(音)이 있고요… 진동 파장의 음악이지요…. 빛… 색상…. 그런 후에 영혼들은 풀려납니다. 다음 윤회의 인생과 그 인생의 육체 선택에 대해 아주 신중해지고요. (한숨을 쉰다.) 전생에서 다른 사람에게 피해를 입혔던 육체에 깃들었던 영혼은… 음… 우리는 그런 영혼들이 지구로 돌아가서 다시 시작해볼 수 있도록 강화시켰습니다.

다음은 심도 높은 재구조 과정을 겪은 사례다. 케이스 21은 내가 혼성 영혼이라고 일컫는 특정 유형에 속하는 영혼이다. 8장에 나오는 케이스 61은 이런 영혼 유형의 또 다른 예에 속한다. 나는 혼성 영혼이 특히 더 자기 파괴적이라고 본다. 왜냐하면 그런 영혼들은 외계에 태어나다가 최근 들어 지구로 오기 시작했기 때문이다. 지구 적응에 큰 어려움을 겪고 있는 혼성 영혼들이 있다. 나의 발견이 옳다면 그들은 지난 몇천 년 이내에 지구에서 첫 윤생을 시작했을 것이다. 다른 혼성 영혼들은 지구 적응을 마쳤거나 이미 지구를 영원히 떠났을 것이다. 내가 만난 피술자들의 4분의 1에 못 미친 수가 윤생의 삶 사이사이에 지구 아닌 다른 세상을 방문한 기억을 가지고 있었다. 외계 방문 자체만으로는 혼성 영혼이 되지 않는다. 내가 접한 혼성 영혼의 드문 사례 중에서도 적은 수의 피술자만이 지구에 오기 전에 다른 세상에 실제로 태어났던 기억을 가지고 있었다.

혼성 영혼은 비교적 오래된 영혼들로서, 여러 이유로 우리 지구에서 육체적인 윤생을 완성하기로 결정을 내린 영혼들이다. 그들이 살던 옛 세상들이 더 이상 살 수 없게 되었을 수도 있고, 아니면 그들은 삶이 마냥 편안하기만 한 온화한 세상보다는 지구같이 그 가능성의 한계에 아직 도달하지 못한 세상에서 힘든 도전을 해보고 싶었을 수도 있다. 어떤 환경, 어느 세상에서 지구로 왔든지 간에 그들의 지능은 인간 두뇌의 지적 용량보다 약간 높거나 거의 비등하다. 이것은 그렇게 되도록 설계되었기 때문이다. 지구보다 훨씬 더 높은 과학기술, 예를 들어 우주여행의 능력 같은 것을 가진 문명 세상에 태어났던 혼성 영혼들은 오래된 종족이기 때문에 더욱 두뇌가 명석하다. 또한 텔레파시 세상에 대한 경험이 있는 혼성 영혼을 피술자가 가진 경우, 그들은 보통 이상의 영매적 소질을 갖는다는 것을 알았다.

여러 세상에 태어났으며, 우리 중에 있는 이 영혼들을 혼성 영혼이라고 부르는 것이 적당하다고 나는 생각한다. 그런 영혼들은 인간들과는 유전학적으로 다른 몸에서 발전을 해온 것이다. 나는 다른 세상에서 영혼의 발전을 시작한 천부적 재능을 가진 이 세상 사람들을 보아왔다. 그럼에도 불구하고 혼성 영혼의 경험에는 어두운 면이 있다. 다음은 에너지 복원 마스터가 되기 위해 훈련 과정 중에 있는 5단계 영혼인 피술자가 설명한 것이다.

케이스 21

닥터 N   심하게 손상된 영혼들과 일하고 있다는 말씀인데, 당신 임무에 대해 좀 더 정보를 줄 수 있습니까?

영   나는 악의 구렁텅이에서 길을 잃은 영혼들이 있는 특수한 곳에서 일하고 있습니다.

닥터 N   (이 피술자가 지구에 오기 전에 다른 세상에서 태어났던 혼성 영혼들과만 일한다는 것을 알고 난 뒤) 그럼 그 장소에 있는 영혼들은 내가 전에 들었던 혼성 영혼들입니까?

영   그렇습니다. 포악한 영혼들을 대하는 에너지 복원 장소입니다.

닥터 N   영혼을 그렇게 칭하다니요!

영 내 말이 거슬렸다니 미안하지만, 현재 상태로서는 도저히 구제
할 수 없는 심한 악행에 연관된 영혼을 그럼 또 무엇이라고 부
르겠습니까?

닥터 N 압니다. 하지만 인간의 몸이 행위에 크게 관여했지….

영 (말을 자르며) 우리는 그런 변명을 용납하지 않습니다.

닥터 N 좋습니다. 자, 그럼 당신이 하는 일의 성질을 계속 말씀해주
십시오.

영 나는 제2단계 에너지 복원자입니다.

닥터 N 그건 무슨 뜻입니까?

영 이런 영혼들이 육체를 떠나면 그들은 안내자를 만나고 아마도
가까운 친구를 한 명쯤 만나겠지요. 그 첫 단계는 그리 오래 걸
리지 않습니다. 그다음에 흉악한 행동과 관련된 영혼들이 우리
들에게 인도되어 옵니다.

닥터 N 왜 첫 단계가 다른 영혼들만큼 오래 걸리지 않습니까?

영 우리는 그들이 저지른 행위의 결과를 잊어버리는 것을 원치 않
습니다. 지구에서 남에게 해를 끼치고 고통을 준 그런 행위 말
이지요. 제2단계는 오염되지 않은 영혼들에게서 그들을 분리
시키는 것입니다.

닥터 N 당신이 마치 나병 환자 격리 수용소를 운영하고 있는 듯이
들리는군요.

영 (불쑥) 나는 그 말씀이 별로 좋지 않습니다.

닥터 N (사과한 후) 악행을 저지른 모든 영혼들이 혼성 영혼은 아니

겠지요?

영 물론입니다. 내가 맡은 분야가 혼성 영혼들이라는 거지요. 하지만 지구에 있는 진짜 괴물의 일부는 혼성 영혼이라는 것을 아셔야 합니다.

닥터 N 나는 영계를 우수한 지식을 가진 마스터들이 있는 질서의 장소로 생각하고 있었습니다. 만일 이러한 혼성 영혼들이 인간 형태로 태어나 비정상적으로 오염된다면, 왜 그들을 지구로 보내는 겁니까? 영혼이 인간 육체의 정서적 구성에 적응할 수 없어서 오염되고 마는데 말입니다. 그것을 보면 영혼 세계에도 오류는 있는 것 같습니다.

영 혼성 영혼 대다수는 훌륭합니다. 인간 사회에 위대한 공헌도 하고요. 그중 일부가 나쁘게 된다고 해서 지구에 태어나려는 모든 영혼에게 기회를 주지 말라는 것입니까?

닥터 N 물론 아닙니다. 우리 계속합시다. 당신은 그런 영혼들과 무슨 일을 합니까?

영 우리보다 높은 곳에 있는 다른 분들이 혼성 영혼의 오염도를 빛 속에서 검사합니다. 이전에 다른 세상에서 살았던 경험이 지구에서 지내는 동안 인간의 몸에 어떤 영향을 끼쳤는지를 보는 거지요. 높은 분들은 이것이 독자적인 사례인지 아니면 유독 그 행성의 영혼들이 지구에서 문제가 되고 있는지를 알고 싶어 합니다. 만일 독자적 사례가 아니라면 그 세상의 영혼들은 앞으로 다시 지구에 가는 일이 허락되지 않을 것입니다.

닥터 N 당신의 구역에 대해 더 자세히 얘기해주십시오.

영 나의 구역은 큰 잘못을 한 번 저지른 영혼들에게는 해당되지 않습니다. 우리들은 반복적으로 잔인한 인생을 산 영혼들과 일합니다. 이런 영혼들에게는 선택권이 주어집니다. 우리는 그들 에너지를 복원해서 깨끗이 하는 데 최선을 다합니다. 만일 그들이 구제할 만하다고 생각되면, 자신이 타인에게 끼쳤던 것과 같은 유형의 고통을 받는 역할을 맡아 지구로 다시 올 수 있습니다. 자신이 끼쳤던 고통의 몇 배나 더 되는 고통을 감수하기 위해서요.

닥터 N 포악한 행위를 저지른 영혼인데 크게 후회하고 있다면 그 영혼은 구제할 만한 영혼이 되는 것입니까?

영 그럴 것입니다.

닥터 N 나는 카르마의 정의는 형벌이 아니라고 생각했는데요.

영 형벌이 아닙니다. 안정과 구제의 기회를 제공하는 것이지요. 그렇게 많은 사람들에게 끼쳤던 것과 같은 고통을 견뎌내는 데는 한 번의 인생만으로는 되지 않습니다. 그래서 내가 고통을 몇 배나 더 감수해야 한다고 말한 것입니다.

닥터 N 그렇다 해도 말입니다. 대다수의 영혼은 이 길을 택할 것 같은데요?

영 잘못 생각한 것입니다. 대다수의 영혼은 또다시 같은 형태 속에 떨어지는 것을 두려워합니다. 그들은 또한 앞으로 있을 미래의 여러 인생에서 희생자가 될 용기가 부족합니다.

닥터 N 그들이 지구로 돌아가려고 하지 않는다면 당신은 무엇을 합니까?

영 그들은 우리가 구제 불능이라고 여기는 영혼들이 가는 길을 가게 되지요. 우리는 그들의 에너지를 퍼뜨려버립니다.

닥터 N 그것은 에너지를 재구성하는 것입니까?

영 아… 네… 우리는 그것을 '에너지 부수기'라고 부릅니다. 에너지를 퍼뜨린다는 뜻이지요. 그렇습니다. 에너지는 재구성됩니다. 우리는 그들의 에너지를 입자로 부숩니다.

닥터 N 에너지는 파괴될 수 없는 것이라고 생각했는데요. 당신은 오염된 영혼들의 정체성을 파괴하는 것이 아닙니까?

영 에너지는 파괴되지 않습니다. 에너지는 변화되고 개조됩니다. 우리들은 기존 에너지 중의 한 입자를 우리들이 사용하기 위해 제공한 신선한 새 에너지의 입자 아홉 개와 섞을 수 있습니다. 그렇게 하면 오염된 입자는 희석되지요. 그러나 원초적인 영혼의 정체성은 고스란히 남아 있습니다.

닥터 N 그렇다면 말입니다. 부정적인 나쁜 에너지에, 오염된 영혼을 무해하게 만드는 좋은 에너지를 과다하게 섞는 거군요?

영 (웃는다.) 꼭 좋다고 할 것은 없고 신선함이라 하면 되겠죠.

닥터 N 에너지를 부수는 일을 어떤 영혼이 거부할까 싶군요.

영 자신을 위해 이런 회복 과정을 받아들이고 결국에는 지구나 다른 천체에서 생산적인 삶을 사는 영혼도 있지만… 정체성이 조금이라도 손실되는 것을 참아내지 못하는 영혼도 있습니다.

닥터 N　당신의 도움을 거절하는 영혼들에게는 무슨 일이 있게 됩니까?

영　많은 영혼들이 고립의 장소로 갑니다. 나는 결과적으로 그들에게 어떤 일들이 일어나는지에 대해서는 모릅니다.

　전에도 말했던 것처럼 영혼의 오염은 물리적인 육체에서만 기인하는 것이 아니다. 앞의 두 가지의 사례에서 본 것처럼 에너지의 손상은 영혼 자체가 불순하여 스스로 괴로움을 자초한 것이기도 하다.

　앞으로 더 나아가기 전에 나는 우리 모두가 명심해야 할 카르마의 선택에 대해 얘기하고 싶다. 어떤 사람이 인생에서 대단히 힘든 역경의 희생자가 되었을 경우, 그가 반드시 전생에 잘못을 저질렀거나 악한 짓을 했음을 의미하지 않는다. 그러한 과거 경력이 없는 영혼일지라도 다른 사람에 대한 더욱 큰 연민과 공감을 배우기 위해 어떤 특정한 측면의 정서적인 고통을 경험하기로 선택했을 수도 있다.

　영혼 에너지가 입은 손상이 심하지 않아서, 특별한 관심을 갖기는 해야 하나 에너지 복원 마스터의 도움까지는 필요치 않은 사례들이 있다. 회복 구역에서 일하는, 치유에 천부적인 재능을 지닌 피술자의 말을 아래에 인용하겠다. 나는 그녀가 전쟁터의 야전 병원을 관리하는 간호사라고 생각하는데, 나의 피술자도 내 말에 동의했다.

　오, 누미예요. 나는 참 기쁩니다. 세 번인가 네 번의 인생을 거치는 동안에 그녀를 본 일이 없었습니다. 에너지를 흩어서 복원하는 그녀의 테크닉은 정말 최고로 우수합니다. 누미 말고도 내가 모르는 다섯 존재가 이 장소에 더 있습니다. 누미는 나에게로 와서, 나를 자기에게로 꽉 끌어당깁니다. 그녀는 내 속으로 들어와서 나의 지친 에너지를 그녀 자신의 에너지와 섞습니다. 나는 그녀의 진동 파장을 느끼고, 그녀는 약간의 재구성 작업을 수행합니다. 내 에너지가 재창조된 것 같은 부드러운 확신감을 받았습니다. 곧 나는 떠날 준비를 했고 누미는 다음에 만날 때까지 잘 있으라고 아름다운 미소로 인사합니다.

고립된 영혼들

바로 앞 장에서 나는 육체의 죽음을 맞았으나 어떤 기능 장애로 한동안 고립된 곳으로 가는 영혼에 대해 설명했다. 그들은 귀신은 아니나 죽음을 받아들이지 못하고 본향으로 돌아가려 하지 않는 영혼들이다. 여기에 속하는 영혼은 많지 않으나, 그들은 스스로 막다른 골목에 자신을 집어넣은 영혼들이다. 그들의 주된 증상은 기피한다는 것이다. 결국에 가서 그들은 자애로운 안내자의 권유를 받고 영혼 세계의 중심부로 돌아온다. 나는 그런 영혼들을 '은둔하는 영혼'이라고 부른다.

또한 앞에서 나는 건강한 영혼이 영계에서의 정상적인 활동으로 어느 기간 동안 다른 사람들과 떨어진 곳에서 고요한 시간을 가진다는 것도 언급한 바가 있다. 그 외에도 영혼들은 이 막간의 시간 동안 지구에 두고 온 사람들과 접촉한다든가 자신들의 목표를 점검해보며 격리 생활을 한다.

그러나 은둔하는 영혼들과는 다른 범주에 속하는 고립된 영혼들이 있다. 내 말이 불필요한 구분처럼 들릴지 모르겠으나 거기에는 큰 차이가 있다. 고립을 원하는 건강한 영혼들은 회복 과정을 거치기는 했으나 아직도 부정적인 에너지 오염을 강하게 느낀다. 여기에 그 점을 잘 보여주는 사례가 있다.

인생이 끝날 때마다 나는 고요한 회고의 시간을 갖기 위해 신성한 장소로 갑니다. 지난 육체에서 무엇을 간직하고 무엇을 합성할 것인지, 그리고 또 무엇을 버려야 할 것인지를 살펴봅니다. 현재 나는 그 인생에서 배운 용기는 간직하고, 성심을 다해 무슨 일에 몰두할 수 없었던 무능력함은 버리고 있는 중입니다. 나에게 있어서 이 장소는 이것저것 갈래를 내어보는 곳입니다. 내가 간직하겠다고 결정한 것은 나의 성격이 됩니다. 나머지는 다 내던지는 것이지요.

영혼 중에서 일부 유형만이 오랫동안 이 작업에 참여한다. 흔히 그들은 좀 더 진화된 영혼들로, 혼자 있으면서 생각하고 싶어 한다. 이 유형의 영혼은 타고난 지도자로서 타인을 위해 싸우다가 자신의 에너지를 고갈시켰을 수도 있다. 여기 속하는 아쳄이라는 영혼은 자신을 버리고 타인의 발전을 위해 헌신했다.

케이스 22

이 피술자는 이전 생에서 프랑스 군대가 모로코를 최종 정복하는 것에 반대하여 싸우다가 1934년에 포로가 되었다. 레지스탕스 투사였던 나의 피술자는 아틀라스산맥에서 사하라사막으로 끌려갔고, 알고 있는 정보를 대지 않아서 고문을 당했다. 그는 열사의 태양 아래 방치되어 서서히 죽어갔다.

닥터 N　아쳄, 모로코에서의 인생을 마친 뒤 당신은 왜 그렇게 오랫동안 고립 속에 있어야 했는지 설명해주십시오.

영　나는 보호하는 영혼이며 나의 에너지는 이 인생에서 받은 영향에서 아직도 회복되지 못했습니다.

닥터 N　보호하는 영혼은 무엇입니까?

영　우리는 지구상의 수많은 사람들이 더 나은 삶을 살도록 선천적인 선함과 강렬한 욕구를 가지고 애쓰는 이들을 보호합니다.

닥터 N　모로코에서는 누구를 보호했습니까?

영　프랑스의 모로코 식민지화에 대해 항거하는 레지스탕스 운동의 지도자입니다. 그는 수년에 걸친 나의 희생으로 인해 자유를 위해 싸우는 모로코 사람들을 더 훌륭하게 도울 수 있었습니다.

닥터 N　무척 힘든 일인 것 같군요. 당신은 지구에 윤회할 때마다 정치적인 운동이나 사회적인 운동에 참여했습니까?

영　그렇습니다. 그리고 전쟁에도 참전했습니다. 우리들은 선한 의도를 가진 투사들입니다.

닥터 N　보호하는 영혼들은 대체로 그룹으로서 어떤 성격을 띠고 있습니까?

영 우리들은 도울 가치가 있는 타인을 돕는 일을 하며, 지속적인 인내심과 불길 위에서도 평정을 유지하는 침착함으로 유명합니다.

닥터 N 해치려는 사람들한테서 타인을 보호해주고 싶은 일이 있을 때, 그것이 도울 만한 가치가 있는지 없는지는 누가 결정합니까? 내게는 그런 판단이 주관적인 것으로 보이는데요.

영 맞습니다. 우리들은 사람들을 돕는 일을 잘하기 위하여 미리 분석해보는 시간을 갖습니다. 우리들이 하는 일은 성격상 공격적일 수도 있고 방어적일 수도 있습니다만, 원칙이 결여된 공격적인 행동에는 관여하지 않습니다.

닥터 N 좋습니다. 그럼 이제 이런 노력으로 당신 에너지가 고갈되는 것에 대해 얘기해봅시다. 치유의 샤워나 다른 복원 센터의 도움이 당신을 정상으로 돌아가게 하지 않았습니까?

영 (웃는다.) 당신은 그것을 샤워라고 하는군요. 나는 그것을 세척이라고 합니다. 솔이 자동차를 세척하듯 긍정적인 에너지 물줄기를 막 퍼부어 씻어대는 거죠. 나는 지금 나의 젊은 학생들 몇이 세척장을 통과하는 것을 보는데 그들은 기분이 무척 좋습니다.

닥터 N 그런데 왜 당신에게는 그 세척장이 도움이 되지 않습니까?

영 (좀 더 심각해진다.) 이걸로 충분하지 않아요. 부정적이고 불순한 에너지들은 근본적으로 없어지긴 하지만, 내 존재의 핵심은 그 삶의 잔인함과 내가 견뎌낸 고문에 영향을 받았습니다.

닥터 N 당신은 무엇을 합니까?

영 학생들을 보내고 나면 나는 혼자서 나 자신을 살펴볼 성스러운 장소로 갈 것입니다.

닥터 N 그 장소에 대해서, 그리고 그곳에서 당신이 하는 일을 가능한 한 많이 말해주십시오.

영 어두운 공간입니다. 어떤 이들은 이곳을 '잠자는 방'이라고 부르죠. 이곳에 다른 사람들도 쉬고 있으나 우리는 서로를 보지 않습니다. 지금 이곳에는 20명쯤 있어요. 우리는 너무 지쳐서 한동안은 서로 아는 척할 마음도 없습니다. 지키는 존재들이 우리 시중을 들어줍니다.

닥터 N 지키는 존재들이라고요? 그들은 누구입니까?

영 중립적인 이 존재들은 불간섭 원칙에 능숙합니다. 그들의 재능은 우리의 생각을 조금도 방해하지 않으면서 우리를 돌보는 데 있습니다. 그들은 잠자는 방의 보호자들입니다.

중립적인 이런 존재들은 에너지 복원 마스터 하위 분야에 속하는 전문 기술자 같다. 그들에게는 다른 명칭도 있으나, 중립적이라고 칭하는 것은 어떠한 의사 교환도 없이 간접적으로 치유 에너지를 보낼 수 있는 능력이 있음을 의미한다. 이런 존재들은 그들의 보호 안에 있는 영혼들을 절대적인 고요 속에서 헌신적으로 보살핀다고 나의 피술자들은 말한다.

닥터 N 이 수동적인 보호자들의 모습은 어떻습니까?

영 (야무지게) 그들은 수동적이 아닙니다. 성직자 한 분이 성소를 지나는 것을 떠올려보시겠습니까? 그들은 망토를 두르고 얼굴에는 두건을 드리워 누가 누구인지 모르게 합니다. 그들의 생각은 밖으로 새어 나가지 않습니다. 그들은 방심하지 않고 주의 깊게 영혼들을 지킵니다.

닥터 N 그들은 쉬고 있는 당신들을 단순히 지켜보기만 합니까?

영 아니지요. 아직도 잘 모르시는군요. 그들은 우리를 돌보는 일에 대단한 기술을 가지고 있습니다. 우리가 다시 지구로 가기 전에 영혼 세계에서 저축한 에너지를 적당히 투입하고 유지하는 일에 관심을 쏟고 있습니다.

닥터 N 나는 영혼들이 스스로를 둘로 분리시킬 수 있다는 얘기를 자주 들었습니다. 왜 당신은 당신 자신의 장소로 곧바로 가서 거기 남겨둔 당신 에너지에 당신을 합치지 않습니까? 왜 복원 마스터는 당신의 오염된 에너지를 재생시키지 않습니까?

영 (깊은 숨을 쉰다.) 거기에 대해서 설명하도록 노력해보겠습니다. 우리에게는 그 모든 일들이 필요하지 않습니다. 우리들이 치유받고 싶은 것은 오염이 아니라 오염이 불러온 영향입니다. 우리는 그것을 천천히 고치고 싶은 것입니다. 영계에 남겨둔 우리 자신의 정화된 에너지를 가져오는 한이 있더라도 말이죠. 우리를 지켜주는 존재들은 우리가 스스로의 에너지를 복구하는 것을 도와줍니다.

닥터 N 자기 자신의 피를 자기가 수혈받는 것과 같군요?

영 네, 바로 그것입니다. 이제 좀 이해하기 시작하는 것 같군요. 우리들은 정화 과정을 급하게 치르고 싶지 않습니다. 에너지 복구도 별로 필요하지가 않습니다. 우리들은 우리 자신의 에너지를 오랜 기간에 걸쳐 천천히 받습니다…. 더욱 대단한… 탄력성을 얻기 위해서죠. 우리들은 이 거친 삶 이전에 지녔던 힘을 원하고, 거기에다 이번 인생에서 육체적인 경험을 통해 얻은 더 많은 것을 더하고 싶은 것입니다.

닥터 N 이 신성한 장소에 회복을 위하여 머물고 있는 기간을 지구의 시간으로 말한다면 얼마나 됩니까?

영 아, 그건 좀 어렵군요…. 25년에서 30년쯤 될까요…. 우리들은 더 있었으면 합니다. 중립적인 존재들의 에너지 파장은… 우리들의 에너지를 마사지하는데… 참 좋습니다. 중립적인 존재들은 매우 비밀스러워서 우리 앞에 나타나지 않으려 하고 말을 걸지도 않지만, 그들은 우리가 자신들의 보호를 고마워한다는 것을 알고 있습니다. 그들은 또한 우리가 친구들에게로 돌아가 우리의 일을 해야 할 때를 알고 있습니다. (웃는다.) 그때가 되면 우리는 떠밀려 나가는 거지요.

위와 같은 사례에서 내가 알게 된 것은 손상된 에너지를 고치는 가장 좋은 방법은 에너지를 서서히 도로 찾는 거라는 것이다. 고립된 장소에 있는 많은 영혼들은 상당히 진화된 영혼들이며, 그들은 정상적인 회복 장소에서 받는 에너지 복원을 요구하지 않는다. 아쳄은 모로코에서의 인생에 자신의 에너지 50%만 투여했을 뿐이라는 것을 인정하며 그 인생을 시작하러 가기 전에 더 에너지를 충전했어야 한다고 말했다.

다음은 물리적 환경에서 행성을 치유하는 일을 하는 영혼들이다. 이런 일을 하는 영혼들은 일반적으로 아직도 윤회의 고리 속에 있으므로 나의 피술자들은 그들을 마스터로 간주하지 않는다. 에너지를 변화시키는 일을 하는 다음의 영혼들도 이에 포함될 것이다. 여러 전문적인 일 중에서도 지구 같은 행성을 돕는 일은 영혼들의 훈련에 기본이 되고 있다.

지구에서의 에너지 치유

인간 몸을 치유하는 이들

영계에서 손상된 에너지 복원을 전문적으로 하는 영혼들이 있다는 것을 알게 되었을 때, 나는 이 영혼들이 육체 형태로 살 때 그들의 무의식 속에 있는 영적 지식이 어떻게 나타나는지가 궁금했다. 그중 일부 영혼들은 인간을 돕는 기술적인 면에 크게 비중을 둔 삶을 산다. 다음 사례는 기(氣)를 포함한 다양한 에너지 사용 방법을 가지고 일하는 여성이다. 그러나 세션 전까지 그녀는 자신의 영적 치유 기술이 어디에서 비롯되었는지를 알지 못했다. 그녀의 영적인 이름은 푸루이언이다. 그녀는 육체로 살 때나 육체가 없는 영혼 상태나 에너지 조정이 필요한 이유와 방법을 얘기했다.

케이스 23

닥터 N　푸루이언, 영혼 세계에서 받은 영혼의 복원 훈련이 당신의 지구 인생에 사용되고 있는지를 알고 싶습니다.

영　(피술자는 나의 질문을 받고 나서 그녀 마음에 떠오르기 시작하는 정보들을 보고 놀라워한다.) 아… 그래요… 지금까진 그걸 깨닫지 못했습니다…. 지구에서도 계속해서 일을 하는 우리들 같은 존재를 '변화시키는 자'라고 하지요.

닥터 N　지금까지 깨닫지 못했으면 어떻습니까? 당신은 변화시키는 존재를 어떻게 정의하겠습니까?

영　(깨닫게 된 것에 대하여 웃으며) 변화시키는 존재로서 우리는 지구에서 에너지를 고치는 작업을 합니다. 우리들은 청소부입니다. 육체를 건강하게 변화시키지요. 지구에 있는 사람의 에너지에 회색 점들이 보인다는 것은 그들이 옴짝달싹도 못 한다는 것을 뜻합니다. 회색 반점은 그들이 같은 잘못을 삶 속에서 연거푸 할 때 생깁니다. 나의 임무는 세상에 태어나서 그런 사람들을 찾아내어 그 장애들을 제거하는 것입니다. 그들이 더 나은 결정을 내리고 더 자신감을 얻고 자신의 가치를 알도록 해주는 것입니다. 우리들은 그들을 더욱 생산적인 사람들로 변화시킵니다.

닥터 N　푸루이언, 영적인 훈련 과정 속에 있는 차이점들을 명확히 알려주십시오. 영계에서 영혼 에너지를 복원시키는 훈련과 지구에서 에너지를 변화시키는 훈련 사이에 차이점이 있는지요?

영 (오랜 사이를 두고) 훈련 과정의 일부분은 동일하지만… 변화시키는 존재들은 윤생의 삶 사이사이에 공부하라고 다른 세상으로 보내집니다. 육체적인 형태로 치유의 일을 하고 싶어 하는 우리 같은 영혼들 말이지요.

닥터 N 변화시키는 존재로서 지구에 돌아오기 전에 당신이 받은 최종 훈련을 설명해주십시오.

영 (나의 질문에 놀란 듯, 꿈꾸는 듯한 반응을 보인다.) 오… 두 빛의 존재가 우리들 여섯과 일하려고 다른 차원에서 왔습니다. (푸루이언의 학습 그룹은 여섯 명으로 이루어져 있다.) 빛의 존재들은… 우리의 에너지 파장이 흐트러지지 않고 압축시킨 빛줄기 형태로 어떻게 유지될 수 있는지를 보여줍니다. 나의 에너지를 더 효과적으로 초점에 맞추어 쓰는 법을 배웠습니다.

닥터 N 당신을 가르치는 빛의 존재는 물리적인 세계에서 옵니까?

영 (부드러운 어조로) 물리적이라기보다는 그들의 인식이 존재하는 기체 같은 지역… 비눗방울들 같은… 하지만 그들의 기술은 아주 훌륭해요. 우리는 배웠지요…. 오… 우리는 배웠어요.

닥터 N (부드럽게) 그랬겠지요…. 이제 당신이 배운 기술을 실제로 사용하는 일로 돌아갑시다. 이제 당신은 자신이 가진 치유 기술의 근원을 더 잘 알게 되었으니까요. 변화시키는 존재로서의 영적인 지식을 오늘날 지구에서 어떤 식으로 응용하고 있는지 얘기해주십시오.

영 (경이로운 표정으로) 이건⋯ 여기 지금⋯ 내 마음속에⋯ 왜 그게 효과가 있는지 알겠어요⋯. (멈춘다.)⋯ 초점을 맞춘 빛줄기⋯.

닥터 N (강요하듯) 초점을 맞춘 빛줄기라고요?

영 우리는 그것을 레이저로 사용합니다. 치과 의사가 상한 이를 기계로 파내는 것과 같은 겁니다. 회색 반점을 겨냥해서 깨끗하게 해놓지요. 그것이 빠른 방법입니다. 서서히 치료하는 방법은 오래 지속되고 더 효과적이지만 나한테는 더 힘이 듭니다.

닥터 N 좋습니다. 푸루이언, 당신은 지금 당신의 영적인 훈련과 지구적인 훈련을 합하여 어떻게 지구에서 에너지 치유를 하는지를 나에게 설명하고 있다는 것을 기억하십시오. 당신은 지금 양쪽의 기억을 가지고 있습니다. 서서히 치료하는 방법에 대해 얘기해주십시오.

영 (깊은 숨을 쉰다.) 나는 눈을 감고 반쯤 최면 상태에 들어가서 나의 손을 컵같이 만들어 환자의 머리 가까이에 댑니다. 영계에서 배운 것이 여기 지구의 교실에서 배운 것보다 더 도움이 된다는 것을 이제 나는 알겠습니다. 영계에서 배웠든 지구에서 배웠든 사실 그런 건 상관없지요.

닥터 N 우리들은 수많은 곳에서 타인을 도울 수 있는 힘을 얻습니다. 지구에서 환자에게 사용하는, 서서히 한다는 치유 방법에 대해서 계속 얘기해주십시오.

영 나는 기하학적인 형태를 가지고 일합니다. 환자의 환부에 맞추어 나선형의 에너지 같은 형태를 내 마음에 만들지요. 그리고 나서 이 에너지 형태로 근육이 뻐근하게 아플 때 뜨거운 찜질을 하듯 회색 반점에 느린 파장의 치유 에너지를 넣어주는 거죠. (사이를 두고) 이런 영혼들은요, 육체로 들어오는 동안에 에너지가 손상되어… 허약한 상태입니다…. 지구에서 육체가 성장함에 따라 더욱 악화되는 거예요.

닥터N (놀라서) 들어오는 도중이라고요? 나는 당신이 지구에서 치유하는 것은 오직 그 인생만의 시련에서 생겨난 오염인 줄 알았습니다.

영 그건 문제의 일부분일 뿐입니다. 영혼이 지구의 인간 육체로 들어올 때 그들은 농밀한 물질 속으로 들어오는 것입니다. 그들이 들어가는 육체란 결국은 빡빡한 원시 동물의 에너지를 포함하고 있는 것입니다. 영혼은 천성적으로 순수하고 맑은 에너지이므로 어떤 인간의 몸과는 쉽게 섞이지를 못합니다. 인간의 몸에 적응하는 데는 경험이 필요합니다. 어린 영혼들은 특히 손상되기 쉽습니다. 그들은 일찍이 그 인생행로에서 강타당하고, 그러고는… 에너지가 뒤틀리게 됩니다.

닥터N 그럼 당신은 환자에 따라 각각 다른 에너지 형태를 투여하겠군요.

영 그 역시 에너지를 변화시키는 존재들의 일인걸요. 그들의 손상된 에너지 선들은 대단히… 비틀려서… 그 유해한 에너지를 제거하기 위하여 다시 바로잡아야만 합니다. 혼란에 빠진 영혼들은 크게 균형을 잃고 있기 때문에, 부정적 에너지로 인해 긍정적인 에너지가 자유롭게 흐르지 못하고 있는 육체를 세포 하나 하나마다 치유해야 합니다. 치유 작업이 잘 이루어지면 영혼은 인간의 뇌와 더욱 완전히 결합됩니다.

닥터 N 보람 있는 일같이 들리는군요.

영 나는 아직 배울 게 많지만 이 일을 하게 된 것을 고맙게 여기고 있습니다. 우리는 스스로를 정제된 에너지를 전달하는 영매적 스펀지라고 부릅니다.

케이스 25의 여성이 지구에서 기를 사용하는 것은 이상스러울 것이 없다. 기는 손을 가지고 하는 옛날부터 있어온 치유 기술이다. 손상된 에너지를 살피고 치유하는 기 치유사들은 에너지가 구멍 난 데를 메워 균형을 이루게 한다. 정신적이거나 육체적이거나 손상된 에너지는 오라에 구멍을 내어 그리로 악마적인 부정적 에너지 기운이 들어올 수 있다는 이론이 있다. 이것 또한 두려움에 근거를 둔 일고의 가치도 없는 신화일 뿐이다. 에너지 복원 전문가들은 인간의 몸을 점령하려 드는 외부의 악한 기운 따위는 없기 때문에 이런 일은 일어날 수 없다고 말한다. 그렇기는 하지만 우리의 에너지를 막는 부정적인 장애는 에너지 활동 능력을 저해한다.

나는 또한 손으로 하는 에너지 치유를 비방하는 과학적인 논문들에 동의할 수가 없다. 왜냐하면 나는 이런 치유에 병자를 낫게 하는 힘이 있는 것을 보았기 때문이다. 어떤 간호사들은 병원에서 진심으로 보살피고 낫게 해주고 싶은 마음으로 환자들에게 무상으로 치유의 기운을 제공한다. 우리들의 몸은 고체로 보이지만 입자로 가득 찬 에너지로 되어 있어 사실은 유동적이며 또한 진동 파장의 전도체 역할을 한다. 변화시키는 일을 하는 영혼 중 하나는 손으로 하는 치유에 대해 다음과 같이 말했다.

> 치유의 비밀은 환자와 나 사이에 흐르는 에너지의 흐름에 방해가 되지 않도록 나의 의식을 없애는 것입니다. 나의 객관성은 환자의 에너지의 흐름과 합쳐져 몸에 최선의 치유를 가져옵니다. 이 일은 테크닉도 중요하지만 사랑으로 해야 합니다.

에너지를 받는 사람이 자유롭게 흐르는 기 혹은 생명력을 자신의 부정적인 관념으로 항거한다거나 억제한다면 치유사가 보내는 에너지를 완전히 막아버릴 수 있다. 다시 새천년을 시작하면서 전보다 더 많은 사람들이 명상이나 또는 어떤 이미지를 떠올려 내면의 에너지를 키우는 것 같은 치유 방법을 알게 되었다. 좀 더 높은 에너지의 원천을 열어서 우리들 안에 내재하고 있는 지혜에 도달하는 길은 많이 있다. 마사지나 요가, 침술, 자력을 사용한 치유는 에너지의 균형을 잡아주는 테크닉의 몇 가지 사례다.

육체의 에너지와 영혼 에너지의 파장이 조화로운 공명을 이루지 못하면 좋지 않은 영향을 미친다. 사람마다 자기 고유의 타고난 리듬의 문양이 있다. 육체와 영혼이 무리 없이 공존해야 그 인간은 생산적이 된다. 육체 건강에 대하여 총체적으로 접근한다면 우리의 창조적인 자아는 인간의 뇌와 일을 더 잘할 수 있을 것이다. 우리의 외적인 자아와 내적인 자아가 조화를 이루면, 우리는 육체적으로도, 영적으로도, 주변 환경과의 관계에서도 더욱 왕성한 에너지로 살아갈 수 있을 것이다.

환경을 치유하는 이들

나는 영혼의 세계를 연구하기 전에는 우리 지구에 있는 환경 치유사들의 특수한 재능에 대해 전혀 몰랐다. 지구 자체는 그 고유의 진동 파장이 있으며, 생태학적인 이 에너지에 파장을 맞출 수 있는 사람들이 있다. 나의 눈을 뜨게 해준 사례 중의 하나는 태평양 서북 지역 산림청에서 일하는 한 여성이었다.

지난 몇 년간 나는 식물이 많은 곳에 가면 내 양손에 전기가 오는 듯 찌릿찌릿한 느낌을 받았습니다. 고통스럽지는 않았지만 산림 속에서 일하는 동안 그 무엇을 방출해야만 할 것 같은 급박함을 느꼈습니다. 근래 들어 나는 내 손에서 번개가 일어나고 그것을 간직하기 위해 병에 끌어다 넣으려고 하는 꿈들을 꿉니다. 이 꿈들은 내 안에 있는 욕구를 충족시키는 것 같아서 깨어나며 기쁨을 느끼기도 합니다. 나는 미쳐가는 것일까요?

나는 설명할 길 없는 현상이 그들 인생에서 일어나 자신이 미치는 것이 아닌가 하는 사람들에게 이끌린다. 나는 이런 느낌이 어떤 것인지를 개인적으로 알고 있다. 주류에 있는 나의 옛 동료 중 많은 사람들이 나를 이상하다고 확신한 적이 있었다. 그랬기 때문에 나는 이 여성을 나의 피술자로 맞이하게 되었을 때 기뻤다. 이 여성은 자신의 손에 신경이상이 없다는 것을 확인하고 오라는 나의 부탁을 들어주었다. 영혼 세계에서 진화된 독립적인 학습 그룹에 그녀가 참여하는 장면부터 이 사례를 시작하겠다.

케이스 24

닥터 N 왜 당신들 다섯 명은 이 학습 그룹에 모였습니까?

영 우리들이 같은 방법으로 에너지를 가지고 일을 하기 때문이지요. 함께 있으면 우리들의 의식과 능력이 높아집니다.

닥터 N 자세히 설명해주십시오.

영 지금 우리는 개별적으로는 필요한 효과를 얻을 만큼 지속적으로 충분한 품질의 에너지 흐름을 유지하지 못합니다.

닥터 N 그래서 당신들은 힘을 합쳐서 하고자 하는 일을 성취하는 겁니까?

영 그래요, 어느 정도까지는. 우리들이 모여서 일하면 동시에 함께 에너지를 보낼 수도 있고 또 에너지를 압축시켜 모아둘 수도 있습니다. 혼자 일하면 우리 에너지는 강력하지도 않고 섬세하지도 않습니다. 에너지가 사방으로 흩어집니다.

닥터 N 그래서 당신은 현재 꾸고 있는 그런 꿈들을 꾸며 손에 찌릿찌릿한 느낌을 받는 것입니까?

영 (생각에 잠겨) 그렇습니다. 그런 느낌이 나에게 주는 메시지라는 것을 알겠습니다. 앞으로 더 많은 에너지 작업을 하도록 내 삶의 형태를 바꿔야겠어요.

닥터N 에너지를 축적했다가 사람들을 치유하는 데 쓰겠다는 뜻입니까?

영 (나의 잘못된 추측에 재빨리 반응한다.) 아니에요. 나의 학습 그룹은 에너지를 다르게 사용합니다. 우리는 식물과 나무와 땅의 치유사들입니다. 그래서 우리들은 환경을 돌보는 삶을 선택하는 것입니다.

닥터N 당신은 현재의 직업을 당신의 기술 때문에 선택한 것입니까?

영 그래요.

닥터N 영계에서 같이 공부한 다른 멤버들은 어떻습니까?

영 (큰 웃음을 지으며) 두 명은 나와 함께 산림청에서 일을 하고 있습니다.

닥터N 지금 지구는 환경 파괴가 심해서 행성 치유사인 당신과 당신 친구들에게는 안성맞춤의 장소가 되겠군요.

영 (슬퍼하며) 엉망이지요. 우리들이 그래서 여기 온 것입니다.

닥터N 당신과 당신 학습 그룹의 멤버들은 지구 윤회의 수많은 과거 생에서도 환경을 치료하는 일에 에너지를 썼습니까?

영 오, 그래요… 오랫동안 그래 왔습니다.

닥터N 예를 들어 말해주십시오.

영   바로 전의 인생에 나는 '노래하는 나무'라는 이름을 가진 알곤
      킨족 인디언이었습니다. 나의 임무는 계속해서 우리들에게 양
      식을 제공할 수 있도록 땅을 돌보는 것이었습니다. 나는 숲에
      가서 손을 내밀고 몇 시간씩 서 있고는 했습니다. 부족 사람들
      은 내가 나무와 흙과 얘기한다고 생각했으나, 나는 실제로 땅과
      에너지를 주고받고 있었습니다. 안내자에게서 약간의 도움을
      받아가며 마음과 몸을 땅에 연결시키는 것입니다.

닥터 N   그럼 오늘날은 어떻습니까?

영   (사이를 두고) 땅이 길러내고 창조하는 것들의 아름다움을 유지
      한다는 것은 거기 살고 있는 사람들에게 힘을 주는 것입니다.
      손으로 더 나은 세상을 만들어내는 것으로 사람들에게 주변에
      있는 삶의 아름다움을 보며 살고 싶다는 생각을 하게 합니다.
      동시에 우리는 더 나은 환경에서 양식을 얻는 거지요.

    가끔 나는 수년 전의 내담자들한테서 그들이 인생의 목적에 마침내
도달했다는 것을 알려주는 편지들을 받는다. 환경 치유에 재능을 가진
사람이 조경사가 되었다든가, 식물원을 열었다든가, 오래된 삼나무 숲
벌목을 반대하는 시위 단체에 가입했다는 얘기를 듣는다. 나의 연구에
"나는 왜 여기 있는가?" 하는 질문에서 비롯된 이와 같은 직업 상담적
인 면이 있다는 것이 즐겁다. 내가 처음 영계의 신비들을 연구하기 시
작했을 때, 나는 사람들이 알고 싶어 하는 것은 주로 영혼의 안내자나
영혼의 동반자일 거라고 생각했다. 그러나 이제는 그들의 가장 큰 관심

사가 이 인생에 태어난 목적이라는 것을 알게 되었다.

지구 환경 치유라는 이 화제를 끝내기 전에, 그리고 지구 에너지 파장에 주파수를 맞추는 사람들의 애기를 끝내기 전에, 나는 성스런 장소에 대해 조금 얘기하고 싶다. 여러 연구자들이 이 세상에는 강도 높은 자력 에너지가 고동치는 곳이 있다고 말한다. 앞 장에서 나는 지구 주변의 에너지 진동 파장은 그 밀도가 다양하다고 얘기한 바 있다. 지구에 있는 성스러운 장소 중 몇 곳은 세상에 널리 알려져 있다. 애리조나주 세도나의 바위라든가 페루의 마추픽추, 그리고 오스트레일리아 울루루 같은 곳들이다. 사람들은 그런 장소에 서 있으면 의식이 고조되고 육체적인 충만감을 느낀다.

행성의 자기장은 우리의 육체적, 정신적인 의식에 영향을 미치게 되는데, 이 비슷한 설명이 영계에도 있는 것을 발견하고 나는 호기심을 느꼈다. 피술자들은 그들 그룹의 본향을 '공간 안의 공간'이라고 하는데, 그 그룹만의 특별히 압축된 진동 에너지가 보이지 않는 울타리를 만들고 있다고 말한다. 지구에도 사람이 거주하는 어떤 지역은 고대부터 성스러운 지역으로 여겨왔다. 이런 지역에는 천연적 '레이라인(ley lines)'이라는 것이 흘러 에너지가 소용돌이치고 있다. 이렇게 자력의 그물망이 덮여 있는 장소들은 무의식의 사고를 강화시켜 영적 세상으로 향한 정신적 통로를 여는 일을 쉽게 해준다고 한다. 에너지가 소용돌이치는 장소에 대한 지식은 지구를 치유하는 사람들에게 유익한 정보가 된다. 8장에서 지구 아닌 다른 세계를 영혼들이 탐험하는 부분을 설명할 때, 지구 아닌 다른 행성의 진동 파장 그물망의 형태가 어떻게 지적 생명체에 영향을 미치는지를 언급하겠다.

영혼의 분리와 재합일

영혼이 자신의 에너지 정수를 분리시킬 수 있는 능력은 영혼의 삶에 여러 면으로 영향을 미친다. 영혼의 분리라고 하는 것보다는 어쩌면 영혼의 확장이라고 말하는 것이 더 적절한 표현일는지도 모르겠다. 나는 귀신에 대해 설명할 때 모든 영혼은 영계에 그들의 일부 에너지를 남겨 두고 온다고 말했다. 그것은 육체를 가지고 동시적인 삶을 사는 경우에도 똑같이 해당된다. 영혼이 영계에 남겨두는 에너지의 비율은 제각각이지만, 모든 빛의 입자가 다른 모든 자아의 복사본이며 전체적인 정체성의 복사본이다. 이것은 빛의 이미지가 갈라져서 홀로그램 안에서 두 개로 보이는 것과 유사한 현상이다. 그러면서도 거기에는 홀로그램과 다른 것이 있다. 적은 양의 영혼 에너지가 영계에 남겨졌을 경우에 그 에너지는 덜 응집되고, 자아의 입자는 휴면 상태와 다름없다. 그렇다고는 해도 영계에 남아 있는 에너지는 순수하고 오염되지 않은 상태이므로 여전히 강력하다.

우리들의 에너지가 영혼 세계에 남아 있다는 것을 발견하게 되었을 때, 나로서는 모든 것이 명확해지는 느낌이었다. 영혼 시스템의 위대성은 우리 삶의 영적인 면에 큰 영향을 미친다. 예를 들어 사랑하는 이가 30년 전에 죽었고 그 뒤 다시 지구에 새 몸으로 환생을 하였어도 자신이 영계로 돌아갔을 때 그를 만날 수가 있는 것이다.

자신의 에너지와 합칠 수 있는 영혼의 능력은 육체의 죽음 뒤에 오는 자연스런 에너지의 재생 과정이다. 한 피술자는 이렇게 강조한다.

"만일 우리가 우리 에너지의 100%를 육체의 삶으로 가지고 온다면, 우리의 두뇌 회로가 폭파되고 말 것입니다."

영혼의 모든 에너지가 하나의 육체 속에 들어간다면 인간의 두뇌는 영혼에 의해 완전히 종속될 것이다. 이런 일들은 덜 진화하고 덜 능률적인 영혼의 경우에 일어날 수 있다. 영혼이 인간의 몸을 완전히 정복하는 것에 대해서는 인류 진화 초창기에 지구를 배움의 학교로 선택한 영적인 대(大)마스터들에 의해 이미 평가된 바가 있을 것이라고 나는 추측한다.

또 모든 영혼 에너지를 단 하나의 육체에 지닌다면, 지구에서 이루고자 하는 영혼의 성장 과정 전부가 막힐 것이다. 왜냐하면 그런 영혼은 두뇌를 다루는 데 어려움이 없기 때문이다. 여러 윤회의 삶 속에서 영혼 에너지의 여러 면을 강화시키는 편이 영혼 전체가 하나의 몸에 들어가는 것보다 효과적이다. 100%의 완전한 의식은 또 다른 반대 효과를 낳을 수 있다. 우리가 영혼 에너지를 분리시키지 않는다면, 모든 인간 육체 속에는 고도의 영적 경험의 기억이 고스란히 들어 있게 된다. 이전 생을 망각함으로써 우리는 주어진 임무에 대한 해답을 모르는 채 지구라는 실험실로 가게 된다. 망각이 과거의 실패 보따리에서 우리를 해방시켜주기 때문에 우리는 더 자신감을 가지고 인생에 새롭게 접근할 수 있다.

케이스 15의 귀신은 영혼이 인생 속으로 가져오는 영혼 에너지의 양을 잘못 계산할 가능성이 있음을 보여준다. 한 피술자는 지구로 가지고 오는 에너지를 '빛의 양'이라고 불렀다. 이상하게도 4단계 영혼과 5단계 영혼인 나의 피술자들이 자신보다 진화가 덜 된 영혼보다 에너지를 덜 가져온다는 것을 나는 알았다. 케이스 22의 모로코 투사도 그러한 예에 속한다. 고도로 진화된 영혼들은 전체 에너지 용량의 25% 이내로만 지구로 가져오는 데 반해 보통이거나 좀 더 자신감이 적은 영혼들은 50~70%의 에너지를 가지고 온다. 진화된 영혼들은 더 적은 양을 가지고도 정련되고 신축성 있고 원기 왕성한 에너지 작용을 한다. 에너지 사용에 서툴기 때문에 어린 영혼들은 윤회 초창기에 좀 더 많은 에너지를 가지고 지구로 오는 것이다. 따라서 영혼에 힘을 주는 것은 에너지의 양이 아니라 영혼의 경험과 지혜를 나타내는 진동 파장의 질에 있다.

영혼의 힘이 인간 에너지와 합친다는 이러한 정보는 우리에게 어떠한 도움을 주는가? 몇으로 나누어지든 상관없이 모든 영혼은 그 고유한 불멸의 정체성을 나타내는 특별한 에너지 형태를 지니고 있다. 영적 에고가 좀 더 조직적인 인간 두뇌와 합치면 더욱 밀도 높은 에너지를 창출하게 된다. 영적 에고와 인간 두뇌의 공생은 아주 복잡하여, 나는 그 표면만을 살짝 긁어보았을 뿐이다. 바깥세상에 하나로 드러내기 위하여 영혼 에너지와 인간 에너지는 무한한 방법으로 서로 작용한다. 우리들 육체의 안녕, 육체의 감각과 감정이 영적 마음과 한 묶음이 되어 있는 것은 이 때문이다. 생각이란 것은 이러한 에너지 형태가 어떻게 이루어져 있고 서로 융합되어 우리 몸에서 서로를 돕는지와 긴밀히 연결되어 있다.

영혼의 분리를 설명하기 위하여 나는 자주 홀로그램과의 유사성을 예로 든다. 홀로그램은 똑같은 두 개의 이미지로 되어 있다. 그러나 이러한 비유는 이해에 도움이 되기는 하지만 전체를 설명하지는 못한다. 영혼 분리의 과정을 설명할 때, 나는 나누어진 부분마다 농축된 에너지가 들어 있다고 했다. 에너지의 요소는 영혼의 경험과 관련이 있다. 다른 식으로 말한다면 모든 인간의 몸에는 물질적인 에너지와 몸을 움직이게 하는 감정적인 에너지가 있다. 한 영혼이 동시에 두 개의 몸에 자신의 에너지 용량의 40%를 가지고 들어가는 경우, 두 개의 몸은 각각 다른 형태를 나타낸다.

같은 풍경이라도 아침에 사진을 찍는 것과 점심에 찍는 것과 저녁에 찍는 것이 다르다는 것을 생각해보라. 빛의 변화는 필름에 각각 다른 효과를 나타낸다. 영혼의 에너지는 특정 형태로 시작하지만 일단 지구에 오면 주변 환경에 의해 변화된다. 영계에서 미래의 삶을 미리 볼 때, 우리는 들어가 살 육체가 요구하는 에너지 용량에 대해 조언을 받는다. 그러나 얼마만큼의 에너지를 가지고 가느냐 하는 결정은 각자가 한다. 영혼들은 가능한 한 많은 에너지를 뒤에 남기고 싶어 한다. 왜냐하면 그들은 본향을 사랑하며 본향에서 진행되고 있는 활동들을 사랑하기 때문이다.

감정적이고 육체적인 고통은 에너지를 고갈시킨다. 우리는 긍정적인 에너지를 자발적으로 남에게 줌으로써 에너지를 잃기도 하고 남의 부정적인 면이 우리한테서 에너지를 끌어가기도 한다. 우리 자신을 방어하고 보호하기 위해서는 에너지가 필요하다. 한 피술자는 이렇게 말했다.

"나의 빛을 함께 나누어도 좋겠다고 생각하는 사람에게 빛을 주고 나면, 나는 좀 더 빨리 에너지를 재충전하게 됩니다. 왜냐하면 보상을 생각하지 않고 줬기 때문이죠."

우리의 에너지를 재생시키는 최상의 방법은 잠을 통한 것이다. 잠이 들면 우리는 가지고 온 에너지를 다시 한번 더 나누어서 소량을 육체에 남겨두고 자유롭게 떠돌아다닌다. 몸에 남은 에너지는 무슨 일이 생기면 떠도는 에너지에게 긴급히 연락하여 곧 돌아오도록 한다. 전에도 말했듯이 영혼의 이러한 능력은 육체가 병들었을 때나 의식을 잃었을 때, 또는 식물인간의 상태에 있을 때 특히 도움이 된다. 영혼에게는 시간의 제약이란 것이 없으므로 몇 시간, 며칠 혹은 몇 주 동안 육체를 떠나면 원기가 회복된다. 위기에 처했을 때 사랑이 가득한 정령들에 의해 영혼이 재충전된다는 것도 나는 덧붙여 말하고 싶다. 영혼이 에너지를 충전받는 이런 체험은 우리를 심오한 신비감에 젖게 한다. 육체를 떠나 불과 몇 시간 동안만 휴식을 취하게 되어도 영혼에게는 경이로운 결과가 나타난다. 뒤에 남겨둔 에너지가 잠든 육체의 복잡한 꿈을 해석하느라고 지치지 않는 한! 이러한 상황은 우리를 지친 상태로 깨어나게 할 수도 있다.

영혼이 나뉘어 평행적인 삶을 산다고 한다면, 그 삶의 동기는 무엇이며 그러한 결정은 어떠한 결과를 불러오게 되는 것일까? 사람들은 영혼이 평행한 삶을 사는 사례가 흔한 일이라고 하지만 내가 본 바에 의하면 전혀 그렇지가 않았다. 영혼들이 지구상에서 같은 기간에 둘 혹은 그 이상의 몸속에 나뉘어 살기로 작정하는 이유는 그들의 학습을 촉

진시키고 싶어서다. 우리에게는 자유의지가 있으므로 우리의 안내자는 이러한 실험을 허용하기는 하지만 그렇게 하지 않는 것이 어떠냐고 충고한다. 전체적으로 조감해볼 때, 평행적인 삶을 사는 경우에 에너지 사용량이 어마어마하므로 대부분의 영혼은 한 번이나 두 번쯤 시도해보고는 대부분 포기한다. 유별난 포부가 없는 한 영혼들은 평행한 삶을 살기를 원치 않는다. 영혼들은 또한 쌍둥이로 태어나기 위해 그들의 에너지를 나누지도 않는다. 자신의 에너지를 나누어 같은 유전자, 같은 부모한테서 받게 되는 같은 영향, 같은 환경, 같은 국가, 같은 하나의 가정 안에서 태어난다는 것은 역효과를 초래할 것이다. 경험의 다양성이 부족하게 될 그런 선택은 평행한 삶을 살고자 하는 동기에 부합되지 않는다.

　사람들은 일란성 쌍둥이의 몸에 깃든 두 영혼의 근원에 대해 알고 싶어 한다. 나는 20대 후반의 쌍둥이 자매를 피술자로 대한 일이 있었다. 그들은 1분 간격으로 세상에 태어났다. 자매의 영혼은 같은 영혼 그룹에 속해 있었으며, 친밀하게 연결되어 있기는 하였으나 주된 영혼의 동반자는 아니었다. 그들은 각자 자신의 영혼의 동반자를 만나 깊이 사랑하며 살고 있었다. 자매의 영혼은 수천 년에 걸쳐 친한 친구, 형제자매, 부모와 자식 등으로 살았으나 배우자가 된 일은 없었다. 또 그들은 한 번도 쌍둥이로 태어난 적이 없었다. 그들이 현재 쌍둥이로 태어난 데에는 이중의 목적이 있었다. 이전 생에서 신뢰에 대해 해결되지 않은 문제가 있기도 했지만 그보다 더 중요한 이유를 그들 자매는 이렇게 말했다.

함께하면 우리의 결합된 에너지장이 두 배로 증가해 다른 사람의 마음
에 더 효과적으로 도달할 수 있어요.

영혼들이 그들의 분리된 에너지와 재결합하는 과정은 전생의 죽음
장면을 통해 피술자들을 퇴행시킬 때 가장 명확해진다. 전생에 별 무리
가 없다면 대부분의 영혼들은 그들 에너지의 균형을 다시 얻게 된다.
에너지 재결합은 영계의 관문에 도착했을 때, 오리엔테이션 때, 아니면
그들 자신의 영혼 그룹으로 돌아간 후, 중요한 이 세 개의 영적 지점 중
하나에서 이루어지게 된다. 진화된 영혼들은 본향으로 가는 여정의 맨
마지막 종착지에서 에너지 결합이 이루어지게 된다.

세 개의 지점

우리 자신의 에너지를 영계의 관문에서 받게 되는 것은 그다지 흔한
일이 아니다. 관문 근처에 있는 치유의 샤워에 의해서 우선적으로 에너
지의 복원이 이루어지기 때문일 것이다. 관문에서 에너지를 받는다는
얘기는 드물게 듣게 된다. 다음의 인용은 죽은 남편이 그녀가 남긴 소
량의 에너지를 첫 관문으로 가지고 왔다는 영혼의 이야기다.

남편은 내가 비축한 소량의 에너지를 쉽게 다룰 수 있었습니다. 그는
그 에너지를 나에게 가져와 우리들이 포옹할 때 모포와 같이 그의 두
손으로 다정하게 내 몸에다가 둘러주었습니다. 남편은 내가 얼마나 늙
고 또 얼마나 지쳤는지를 알고 있었으며 나더러 오라고 요청했습니다.

한번 접촉이 이루어지자 내 에너지의 나머지 분량이 마치 자석처럼 내게 끌려왔습니다. 나는 에너지로 인해 아주 확대되어진 듯 느꼈습니다. 처음 느낀 변화는 내가 남편의 마음을 텔레파시로 훨씬 더 잘 읽게 되었다는 것과 내 주변을 훨씬 더 잘 알게 되었다는 것입니다.

두 번째 역인 오리엔테이션 장소에서 에너지를 재결합하는 것이 이롭다고 우리의 안내자들이 결론을 내리는 두 가지 경우가 있다. 영혼이 힘든 인생에서 더 배우게 된다는 근본적인 믿음에 기반을 두는 경우와, 또 하나는 오리엔테이션을 받고 난 직후 어떤 이유로 인해서든 자신들의 영혼 그룹으로 돌아가고 싶어지지 않은 경우다.

나는 우유처럼 희고 매끈한 벽으로 둘러싸인, 미래적인 공간으로 보이는 단순한 방 안에 있습니다. 하나의 테이블과 두 개의 의자가 있는데, 이것들에는 날카로운 모서리가 없습니다. 나의 안내자인 에버랜드는 내가 반응이 없는 것에 대해 마음을 쓰고 있습니다. 에버랜드는 우리들이 소위 말하는 '육체적인 형태의 녹임'이라고 부르는 일을 하려고 합니다. 그녀는 빛을 발하는 아름답고도 투명한 용기에다가 내 나머지 에너지를 담아 들고 있습니다. 에버랜드는 앞으로 나와서 그것을 내 손에 놓습니다. 감전되는 것처럼 나의 에너지가 차오르는 것을 나는 느낍니다. 그러자 에버랜드는 내게 바싹 다가옵니다. 영혼 세계에 남겨놓고 간 에너지를 내가 더 쉽게 받아들일 수 있도록 내 본연의 진동 주파수에 자극을 주려는 것이지요. 나의 중심부가 나 자신의 정수로 채워짐에 따라 내 육체 형태를 이루고 있는 바깥 껍질은 녹아버립니다. 마치 강아지가 젖은 털의 물방울을 흔들어 털어버리는 것과 같이 원치 않는 지구의 입자들은 떨려나가서 녹아버리지요. 침침했던 나의 에너지는 이제 다시 깨끗하게 반짝이기 시작합니다.

대부분의 영혼은 자신들의 영혼 그룹으로 돌아온 후에 자신의 에너지와 재결합하여 에너지의 균형을 이룬다. 한 피술자는 그것을 다음과 같이 말했다.

"친구들이 있는 본향으로 돌아온 후에 에너지 재결합을 하는 것이 더 자연스럽습니다. 이곳에서는 내 자신의 속도로 남겨둔 나의 에너지와 합칠 수가 있습니다. 내가 준비되면 그때 재결합하는 것이지요."

케이스 25

애펄런이라는 이름의 영혼과 가졌던 면담 내용을 여기 소개하겠다. 애펄런은 본향에 돌아온 뒤에 위에서 언급한 경우들보다 화려한 방법으로 자신의 에너지와 재결합했다. 애펄런은 2단계 영혼인데, 아일랜드에서 고달픈 인생을 마치고 1910년에 사망한 후 본향으로 돌아왔다. 그녀는 육체적으로 강하고 모든 일을 혼자 해나가는 유형이었으나, 독선적인 알코올중독자 남편 때문에 다섯이나 되는 아이들을 혼자서 양육해야 했다. 그녀는 개인적인 자유가 없었고 또 자신의 의사를 드러낼 수 없어서 고통스러웠다. 애펄런의 귀향을 축하하는 파티는 그녀가 힘든 인생을 잘 살아낸 것에 대한 보상이라고 나는 생각한다.

닥터 N 애펄런, 당신 영혼 그룹과 만나 인사를 나눈 후 곧 당신이 남겨둔 에너지와 재결합을 했습니까?

영 (웃으며) 나의 안내자인 캐나리스는 재결합에 대한 축하식을 벌이기를 즐깁니다.

닥터 N 당신이 남겨둔 에너지와 재결합하는 일에 말입니까?

영 그래요. 캐나리스는 나의 에너지가 들어 있는 유리병을 둔 작은 공간으로 갑니다. 거기서 나를 기다리고 있는 에너지를 캐나리스가 관리합니다.

닥터 N 당신이 없는 동안에 당신이 남겨둔 에너지는 별로 활동을 못 했을 것 같습니다. 당신은 전체 에너지의 얼마만큼을 남겨두었습니까?

영 15%에 불과합니다. 아일랜드에서 지낸 인생에 에너지가 많이 필요했습니다. 남겨둔 에너지는 나의 그룹과 섞이고 우리들의 지역을 돌아다닐 수는 있었으나 다양한 활동에는 참여하지 않았습니다.

닥터 N 알겠습니다. 기운이 약해진 15%의 에너지는 당신의 영혼을 완전히 나타냅니까?

영 (강하게) 물론이지요. 나는 나인데 좀 작은 나일 뿐이지요.

닥터 N 15%만 가지고 당신은 친구들을 만나고 그룹 공부를 따라갈 수 있었습니까? 85%나 가지고 지구에 갔는데도요?

영 음… 어느 정도까지는… 그래요. 나는 양쪽(지구와 영혼 세계) 모
두에서 계속 지식을 얻습니다.

닥터 N (무심하게) 나는 정말로 알고 싶은 것이 있습니다. 만일 그
15%로 활동할 수 있다면 당신은 곧바로 가서 당신 에너지를
스스로 가져올 수 있지 않습니까? 캐나리스가 왜 필요합니까?

영 (기분이 상한 듯) 그렇게 하면 캐나리스의 축하식을 망치게 되지
요. 캐나리스는 내가 없는 동안 나의 불꽃을 지켜주었습니다.
그리고 또 내가 스스로 에너지를 가져오면 나의 에너지 녹임을
돕는 그의 일을 방해하는 것이 돼요. 캐나리스는 에너지 녹임
을 의식화하고 싶어 합니다.

닥터 N 내가 너무 성급한 것 같군요. 애펄런, 축하 의식의 광경을
설명해줄 수 있습니까?

영 (기쁘게) 캐나리스는 자식을 보호하는 아버지처럼 자부심에 넘
쳐 에너지가 있는 장소로 가요. 거기서 나의 에너지를 가져옵
니다. 그사이 나의 친구들이 모여들어 아일랜드에서 힘든 삶을
잘 살아냈다고 축하합니다.

닥터 N 이 파티에 아일랜드 인생에서 당신의 남편이었던 영혼도
참여합니까?

영 네, 그래요. 그는 제일 앞줄에서 제일 큰 소리로 축하합니다. 그
는 아일랜드에서 살던 사람과 정말 다른 사람입니다.

닥터 N 좋습니다. 그다음에 캐나리스는 무엇을 합니까?

영 (웃는다.) 캐나리스는 저장 장소에서 초록빛 도는 유리병에 든

나의 에너지를 가지고 나옵니다. 에너지는 빛을 발하지만 캐나리스는 더 밝게 빛이 나게 하려고 양손으로 병을 문지릅니다. 기쁜 표정으로요. 그다음에 그는 내게 다가와 빛 에너지 구름을 나에게 던집니다. 그는 강력한 자신의 진동파로 나의 에너지 재결합을 도와줍니다.

닥터 N 이 순간에 말입니다, 당신 에너지 전부를 갖는 느낌은 어떻습니까?

영 (부드럽게) 자신과 합친다는 것은 유리판 위에서 두 개의 수은 덩어리가 합치는 것과 같습니다. 두 에너지는 자연스럽게 서로에게로 흐르고 즉시 똑같아집니다. 나는 힘이 솟고 나의 정체성을 느낍니다. 합칠 때의 따스함은 평안과 평화의 느낌을 내게 줍니다. 나는… 음… 나의 영원불멸성을 느낍니다.

닥터 N (반응을 보고 싶어서 일부러) 우리가 에너지의 100% 전부를 지구로 가져가지 않는 것이 어리석지 않습니까?

영 (즉각 반응한다.) 정말 그렇게 생각하세요? 그렇게 하면 어떤 인간의 정신도 그것을 지탱하지 못할 것입니다. 하지만 아일랜드 인생에는 에너지가 많이 필요했어요.

닥터 N 현재 당신 몸에는 얼마만큼의 에너지를 가지고 있습니까?

영 오… 60% 가량인데 그걸로 충분해요.

닥터 N 내가 들은 바에 의하면 어떤 행성에는 영혼들이 에너지 전부를 가지고 가서 완전한 기억을 간직한다는데요?

영 그렇습니다. 그런 행성에 있는 생명 형태들은 정신적인 텔레파시 또한 허용됩니다. 하지만 지구 같은 세상은, 우리가 가진 것 같은 형태의 몸은, 정신이 발달하는 단계에 있습니다. 현재 우리의 진화적 발전은 우리 스스로가 해결해야 하는 조건을 설정합니다. 이러한 한계가 지금 현재로서는 우리에게 좋은 것입니다.

닥터 N 애펄런, 매 인생 시작 전에 얼마만큼의 에너지를 가지고 지구로 가야 하는지에 대해 이해가 됩니까?

영 나의 에너지 수준은 캐나리스와 평의회가 살펴보고 있습니다. 매 인생에서 갖는 몸은 육체적으로나 정신적으로 각각 다르니까요. 어떤 육체는 다른 육체보다 더 영적인 에너지를 요구합니다. 그들은 우리들이 그 몸에 들어가기 전에 이미 그 인생의 조건들을 알고 있습니다.

닥터 N 당신은 아일랜드 여성이 육체적으로 강했다고 나에게 말했습니다. 그리고 힘든 인생을 견뎌냈다니 의지 또한 강했으리라고 생각합니다. 그럼에도 불구하고 당신은 에너지를 많이 가지고 아일랜드로 갔습니다.

영 그랬지요. 그 여자는 오늘날의 나보다 더 강합니다. 그러나 그녀는 나의 영적인 도움이 필요했고, 나는 그녀의 강인함이 필요했습니다. 인간성이 박탈당한 인생에서 나 자신의 정체성을 지키기 위해서입니다. 영혼과 육체는 항상 조화 속에 있는 것이 아닙니다.

닥터 N 당신이 육체와 조화를 이루지 못하면 영혼 에너지를 더 사용하게 됩니까?

영   아, 그렇지요. 주변 환경이 힘들 때면 그것 또한 고려해야 합니다. 나는 지금 이 삶의 몸과 잘 맞습니다. 가끔씩 아일랜드에서의 인생을 살던 몸의 체력을 가졌으면 싶을 때가 있긴 하지만요. 여러 삶의 방법이 있습니다. 그것은 도전입니다. 그래서 인생이 재미있는 거지요.

오늘날 애펄런은 국제적인 경제 자문기구에서 일하며 온 세계를 다니는 독립적인 여성 사업가로 윤회했다. 그녀는 청혼을 여러 번 받았으나 전부 다 거절했다.

가끔 전생을 마친 후 정상보다 좀 더 기다렸다가 자신의 에너지와 재결합했다는 피술자를 대할 때도 있다. 다음은 그러한 경우를 보여준다.

때로 나는 에너지 재결합을 평의회와 만난 후로 미뤄두고 싶습니다. 왜냐하면 방금 살고 난 인생의 기억과 감정들이 신선한 에너지에 의해 희석되는 것을 원하지 않기 때문이지요. 내가 나 자신과 합치면(남겨둔 에너지를 가짐으로써), 전생은 나에게 덜 절실해집니다. 나는 전생에서 육체가 했던 일들을 명확한 기억으로 오리엔테이션 때 답할 수 있도록 하고 싶습니다. 나는 일어난 일들에 가졌던 모든 느낌을 간직하여 내가 왜 그러한 행동을 취했었는지에 대해 더 잘 설명하고 싶은 것입니다. 나의 친구들은 이렇게 하고 싶어 하지 않습니다만, 에너지는 언제나 재충전할 수가 있으며 휴식은 그 후에 취해도 되는 것이지요.

5
영혼 그룹의 시스템

영혼의 탄생

나는 생명의 창조를 설명하는 것으로 영혼의 삶을 드러내는 것이 적절하다고 생각한다. 피술자 중 에너지 입자였던 그들의 시원으로 거슬러 가볼 수 있는 기억력을 지닌 사람은 거의 없었다. 영혼의 초기 생애의 일부 세밀한 사항들은 초보 영혼에게서 얻게 된다. 어린 영혼들은 영계 안에서도 또 영계 밖에서도 짧은 생명의 역사를 가지고 있기 때문에 그들에게는 아직도 생생한 기억들이 남아 있다. 제일 잘 기억한다고 해도 1단계 영혼인 피술자는 자신의 탄생에 대해 스치는 기억밖에는 없었다. 두 명의 초보 영혼은 다음과 같이 얘기하고 있다.

나의 영혼은 불규칙한 거대한 구름덩이에서 창조되었습니다. 격렬하게 고동치는 푸르스름하고도 노랗고도 하얀 빛에서 하나의 작은 에너지 입자로서 나는 튀어나왔습니다. 어떤 입자들은 뒤로 나가떨어지고 어떤 입자들은 도로 구름덩이에 흡수되고 말았으나 나는 계속 밖으로 나갔습니다. 그렇게 하여 나와 같은 다른 입자들의 흐름 속으로 들어갔습니다. 그다음에 깨달은 것은 사랑으로 가득 찬 존재가 돌보아주는 밝은 공간 속에 내가 있다는 것이었습니다. 일종의 육아실 같은 벌집 구멍 속에서 부화하지 않은 알처럼 있었다는 것을 기억합니다. 의식이라 할 수 있는 것을 좀 더 습득하게 되어 살펴보니, 나는 유라스(Uras)라는 양육실 속에 있었습니다. 내가 어떻게 해서 거기 가게 되었는지는 모르겠습니다. 나는 수정되기를 기다리는 배아액 속의 알과 같았고, 나처럼 깨어나려고 하는 어린 빛의 세포들이 많이 있다는 것을 감지했습니다. 거기에는 아름답고 자애로운 어머니들의 그룹이 있었습니다. 어머니들은 우리의 막을 뚫어 우리를 열어줍니다. 우리 주변에는 자애로운 빛이 격렬하게 휘돌고 있었습니다. 나는 음악 소리를 들을 수 있었지요. 나의 의식에는 호기심이 생기기 시작했습니다. 곧 나는 유라스에서 나가 다른 공간에 있는 아이들과 함께했습니다.

영혼 양육실에 대한 가장 정확한 이야기는 극소수의 고도로 진보된 영혼을 가진 피술자에게서 듣게 되었다. 그들은 인큐베이터 어머니로 알려진 특수 분야의 피술자들이다. 다음의 사례는 보기 드문 5단계 영혼인 시나로, 그녀는 이 분야를 대표하고 있다.

케이스 26

이 사람은 영계에서도, 그리고 또 밖에서도 어린이를 보살피는 전문 가다. 현재 그녀는 위중한 병에 걸린 어린이들을 돌보는 호스피스 일을 하고 있다. 이전 생에서는 유대인이 아니었음에도 1939년에 자진해서 독일 포로수용소로 들어간 폴란드 여성이었다. 그녀는 표면적으로는 장교들 시중을 들고 부엌일을 했다. 캠프에 들어오는 유대인 어린이들을 곁에서 할 수 있는 한 도우려 한 것이다. 수용소 근처 마을에 살고 있었으므로 그녀는 첫해에는 언제든지 집으로 돌아갈 수가 있었다. 그러나 그녀는 집에 가는 일을 미루었고, 나중에는 군인들이 자유로운 출입을 허락하지 않았다. 결국 그녀는 수용소에서 죽고 말았다. 이 진화된 영혼이 그녀 에너지의 30% 이상을 가지고 지구로 왔더라면 더 오래 힘든 인생을 견뎌낼 수 있었을 것이다. 에너지를 그 분량만큼만 가지고 온 것은 5단계 영혼의 자신감 때문이다.

> **닥터 N** 시나, 윤회의 삶 사이의 경험에서 가장 특별한 것은 무엇입니까?
>
> **영** (주저 없이) 나는 영혼이 부화하는 장소로… 갑니다. 영혼들은 그곳에서 깨어나지요. 나는 인큐베이터 어머니이자 일종의 산파이기도 합니다.
>
> **닥터 N** 당신이 영혼 양육실에서 일하고 있다는 말입니까?
>
> **영** (밝게) 그렇습니다. 우리는 새 영혼이 태어나는 것을 돕습니다.

우리는 영혼들의 초기 성숙을 돕습니다…. 따뜻하고 부드럽게 돌보는 것으로요. 우리는 그들을 환영합니다.

닥터 N 그 장소 주변을 설명해주십시오.

영 기체 같지요…. 벌집 구멍 같은데, 위에 소용돌이치는 에너지 흐름이 있어요. 강렬한 빛도 있고요.

닥터 N 당신이 벌집 구멍이라 했는데, 그건 양육실이 벌집 같은 구조로 되어 있다는 겁니까?

영 음, 그렇지요…. 양육실 자체는 그 밖의 외부 차원의 제약을 받지 않는 광활한 진열장 같지만요. 새로운 영혼들은 그들 자신만의 부화 공간에 있으며 충분히 성장한 후면 여기에서 옮겨집니다.

닥터 N 인큐베이터 어머니로서 당신이 처음으로 새로운 영혼을 보게 되는 것은 언제입니까?

영 분만실에 있을 때입니다. 분만실은 육아실의 일부로, 이곳 한쪽 끝에 있습니다. 새 영혼들은 금낭 속에 든 작은 흰색 에너지 덩어리로 우리에게 전달됩니다. 그들은 장엄하게 줄을 지어 우리에게로 천천히 다가옵니다.

닥터 N 어디서부터요?

영 모든 벽이 고강도 에너지로 된 곳이에요. 아치형의 통로 아래에 있는 양육실 끝에 있습니다. 에너지는 열원이라고 하기보다는 놀라운 사랑의 힘으로 이루어진 기운으로 느껴집니다. 그 에너지 덩어리는 힘차게 맥동하고 팽창합니다. 그 빛은 청명한 날

눈을 감고 해를 볼 때 눈꺼풀 속에 보이는 빛과 같습니다.

닥터 N 그러면 이 에너지 덩어리에서 영혼이 나와 다가오는 것을 봅니까?

영 덩어리가 부풀기 시작합니다. 부풀어 오르는 장소는 다 다릅니다. 부풀어 오르는 것이 절정에 다다르면 밖으로 밀려나옵니다. 형체가 없는 하나의 부푼 덩어리로요. 분리가 되는 순간은 경이롭습니다. 새로운 영혼의 탄생입니다. 그것은 그 자신의 에너지와 특성을 가지고 완전하게 살아 있습니다.

5단계 영혼인 또 다른 피술자는 영혼의 부화에 대해 다음과 같이 말했다.

"나는 달걀같이 생긴 에너지 덩어리가 밖으로 흘렀다가 도로 들어갔다가 하는 것을 봅니다. 덩어리가 팽창하면 새로운 영혼 에너지의 조각들이 태어납니다. 부풀었다가 다시 꺼지는 것은 성공적으로 부화되지 못한 영혼들이 도로 들어가는 것이라고 나는 생각합니다. 그 어떤 이유로든지 이러한 조각들은 그다음 단계인 개인성을 이루지 못했습니다."

닥터 N 시나, 그 에너지 덩어리 너머에는 무엇이 있습니까?

영 (긴 사이를 두고) 나는 기쁨에 넘친 에너지예요. 노란빛 도는 오렌지빛이 보입니다. 그 뒤에는 보랏빛 도는 어둠이 있으나, 그것은 차가운 어둠은 아닙니다…. 그것은 영원입니다.

닥터 N 에너지 덩어리에서 새로운 영혼들이 당신에게로 오는 과정을 설명해주십시오.

영 에너지 덩어리에서 각자 부화된 영혼들이 불타는 듯한 오렌지빛에서 나오는 과정은 느립니다. 영혼들은 나 같은 어머니 영혼들이 자리 잡고 있는 다양한 지점으로 실려갑니다.

닥터 N 얼마나 많은 어머니들이 당신 주위에 있습니까?

영 근처에 다섯이 있습니다…. 나처럼… 훈련 중에 있는 어머니들이지요.

닥터 N 인큐베이터 어머니들의 임무는 무엇입니까?

영 우리들은 깨어나는 영혼들 위를 떠돕니다. 그들이 황금빛 나는 주머니를 열면… 수건으로 건조시켜 주려고요. 그들의 진전 과정은 느리기 때문에 우리는 무한한 시간 속에서 섬세한 방법으로 그들의 작은 에너지를 얼마든지 안아줄 수가 있습니다.

닥터 N '수건으로 건조'시킨다는 것은 당신에게 어떤 의미가 있습니까?

영 우리들은 새로운 영혼의… 젖은 에너지를 건조시킵니다. 나는 이 모든 것을 인간의 언어로 다 설명할 수가 없습니다. 건조시킨다는 것은 새로운 흰 에너지를 안아주는 하나의 방법이지요.

닥터 N 그렇다면 지금 당신은 기본적으로 흰 에너지를 보고 있습니까?

영 그래요. 그들이 우리에게 더 가까이 오면, 좀 더 파란빛과 보랏빛이 보입니다.

닥터 N 왜 그런다고 생각합니까?

영 (사이를 두었다가 부드럽게) 오… 이제 알겠어요…. 이건 탯줄… 각 영혼들이 연결되어 있는 창조 에너지의 줄이에요.

닥터 N 당신이 말하는 것을 들으면 기다란 진주 목걸이가 생각나는군요. 영혼들은 일렬로 연결된 진주 같습니까? 내 말이 정확한 표현입니까?

영 그래요. 은빛 컨베이어 벨트에 실려가는… 진주를 꿴 줄 같다고 하는 게 더 정확하겠지요.

닥터 N 좋습니다. 그럼 이제 당신은 새로운 영혼을 안아줍니다. 그들을 건조시킨단 말이지요. 이 일이 그들에게 생명을 불어넣어줍니까?

영 (즉각 반응을 보인다.) 오, 아니에요. 우리를 통해서 전지전능한 사랑과 지식의 생명력을 받게 되는 거죠. 우리한테서 전지전능한 생명력이 나오는 것이 아닙니다. 새 에너지를 건조시킬 때 우리의 진동파로… 시작의 본질, 장래에 이룩할 성취에 대한 희망이라 할 그런 것을 그들에게 전합니다. 어머니들은 이것을… '사랑의 포옹'이라 하지요. 사랑의 포옹으로 영혼들은 자신이 무엇인지, 그리고 자신이 무엇이 될 수 있는지에 대한 생각을 얻습니다. 우리는 사랑의 포옹으로 새로운 영혼에게 이해와 연민을 부어넣습니다.

닥터 N 이 진동 파장의 포옹을 좀 더 얘기해봅시다. 새로운 영혼들은 이 시점에 각각 개인적인 성격을 가지고 있습니까? 당신은 그들에게 주어진 정체성에서 그 무엇을 더하거나 아니면 뺄 수가 있습니까?

영 아니지요. 영혼들은 이곳에 올 때 벌써 성격들을 가지고 있습니다. 아직 자기들이 누구인지를 모르고 있기는 하지만요. 우리들은 사랑으로 돌봅니다. 우리들은 깨어나는 영혼에게 이게 시작의 때라고 알려줍니다. 에너지에 스파크를 일게 해서 그 자신의 존재에 대한 의식을 일깨워줍니다. 깨어남의 시작이지요.

닥터 N 시나, 나를 도와주십시오. 병원의 산부인과 병동에서 간호사가 갓 태어난 인간의 아기를 안아줄 때 그들은 이 아기가 장차 어떠한 인간이 될 것인지를 전혀 모르고 있습니다. 당신은 이때의 간호사와 같은 방식으로 기능을 하는 겁니까? 이 새로운 영혼들의 영원불멸한 성격을 모르냐는 겁니다.

영 (웃는다.) 우리가 양육사 일을 하는 건 맞지만, 여기는 인간 세계의 산부인과 병동이 아닙니다. 새로운 영혼을 안는 순간, 우리는 그들의 정체성을 압니다. 그것을 유지시켜주려고 우리의 에너지를 그들에게 합치면 그들 각자가 지닌 에너지 형태는 더욱 분명해집니다. 이를 통해 우리는 진동파를 더욱 활성화시켜 그들의 의식에 불을 당길 수가 있는 것이지요. 이 모든 것들에서 영혼은 시작됩니다.

닥터 N 훈련 중에 있다고 하는데, 당신은 어떻게 새로운 영혼에게 적당한 진동파를 보낼 수 있는 지식을 습득하였습니까?

영 새로운 어머니들이 배워야 하는 것이 그것입니다. 만일 진동파를 적당하게 맞추지 못하면 깨어나는 영혼들은 준비가 다 되기도 전에 옮겨집니다. 그렇게 되면 후에 양육 마스터 중 하나가 투입되어야만 합니다.

닥터 N 시나, 좀 더 설명해주십시오. 당신이 처음으로 깨어나는 영혼들을 포옹할 때, 그 사랑의 포옹을 하는 동안에 당신 어머니들은 새로운 영혼의 정체성을 부여하는 조직적인 선택 과정 같은 것을 알 수가 있습니까? 예를 들자면 열 번의 조심스런 영혼이 태어난 뒤에 열 번의 용기 있는 영혼이 태어난다든가 하는 것 같은?

영 그건 너무 기계적이에요! 각 영혼은 내가 설명조차 할 수 없는 완전함에 의해 영혼 그 자체로서 완전한 성격을 이루는 독자적인 존재예요. 내가 오직 말할 수 있는 것은 똑같은 영혼은 없다는 것이지요, 전혀. 전에도 없었고 후에도 없어요!

나는 모든 영혼이 근본적으로 서로 다른 것은 영혼을 창조하는 원천에서 에너지 조각이 분리되면 남아 있는 에너지 덩어리가 무한히 변형되므로 창조되는 영혼이 절대로 전과 같을 수가 없다는 얘기를 몇 안 되는 다른 피술자에게 들었다. 그러므로 원천은 쌍둥이를 창조하려 들지 않는 신성한 어머니와 같은 것이다.

닥터 N (피술자가 나의 말을 정정해주기를 바라며) 당신은 완전히 무작위로 영혼의 성격이 결정된다고 생각합니까? 유사성에 따라 짝을 짓는다든가 하는 그 어떤 질서도 없는 것입니까? 이게 진실이라고 당신은 생각합니까?

영 (낭패스러운 듯) 내가 창조주가 아닌데 어떻게 그것을 알 수 있겠어요? 한 덩어리에서 나왔어도 비슷하게 되어 있는 영혼도 있고 전혀 유사성이 없는 영혼도 있어요. 그 조합은 섞여 있어요. 양육자로서 나는 각 영혼이 가진 주된 특성을 잡아낼 수 있기 때문에 성격 조합에 똑같은 둘은 없다고 말할 수가 있습니다.

닥터 N 그렇다면…. (피술자는 곧 내 말을 자른다.)

영 나는 아치로 된 통로 저쪽에 이 모든 것을 관리하는 강력한 존재가 있는 것을 느낍니다. 에너지 형태를 알 수 있는 열쇠가 있다고 해도, 우리가 그것을 알려고 들 필요는 없어요….

이런 순간이야말로 궁극적인 원천으로 가는 문을 열어보려고 내가 기다려온 순간이다. 그러나 그 문은 문 틈 이상으로 열려본 일이 없었다.

닥터 N 그 존재에 대해 어떻게 느끼는지 말해주십시오. 당신들에게 새로운 영혼을 데려오는 에너지 덩어리에 대해서도요. 당신과 또 다른 어머니들은 영혼의 원천에 대해서, 비록 볼 수는 없다 해도 생각은 해봤을 것 같은데요.

영 (속삭임으로) 나는 창조자를 느껴요… 가까운 곳에… 그러나 그들은 생산하는 일을 실제로 하지 않을 수도 있어요.

닥터 N (부드럽게) 그 에너지 덩어리가 주된 창조자는 아니라는 뜻
   입니까?

영 (불편해하며) 누가 도와주고 있는 것 같은데⋯ 나는 모릅니다.

닥터 N (다른 방법으로 접근한다.) 새로운 영혼에게 불완전함이 있다는
   것이 사실이 아닌가요? 시나, 영혼이 완전하게 창조되는 것이
   라면 완전한 하나의 창조자에 의해 굳이 창조될 이유가 없지
   않을까요?

영 (의문에 싸여) 여기 있는 모든 것들은 완전한 듯이 보입니다.

닥터 N (나는 잠시 방향을 바꾼다.) 당신은 지구로 오는 영혼들과만 일
   을 합니까?

영 그래요. 그러나 영혼들은 어디로든지 갈 수가 있습니다. 그중
   의 일부만이 지구로 옵니다. 지구와 비슷하게 생긴 물질세계가
   많이 있습니다. 우리는 그곳들을 즐거운 세상과 고통스러운 세
   상으로 부르고 있습니다.

닥터 N 당신이 지구에 윤회했던 경험을 근거로 삼아 영혼이 지구
   에 맞는 시기가 언제인지를 알고 있습니까?

영 네, 알아요. 지구 같은 세상으로 오는 영혼들은 강하고 원기를
   회복하는 힘이 있어야 합니다. 기쁨도 고통도 견뎌내야 하기
   때문입니다.

닥터 N 나도 그렇게 생각하고 있었습니다. 이러한 영혼들이 인간
   육체에 의해 오염된다는 것은—특히 어린 영혼들의 경우에
   있어서—그들이 완전하지 못한 데서 기인하는 것입니까? 그

럴 수도 있지 않을까요?

영　음, 그런 것 같군요. 네.

닥터 N　(계속한다.) 그것을 보면 영혼들은 완전한 깨달음에 이르기 위하여 처음에 창조된 것보다 더 많은 실재성을 습득하기 위한 노력을 해야 하는 것 같은데요. 이러한 가설을 당신은 받아들일 수 있습니까?

영　(오래 있다가 한숨을 쉬며) 완벽함은 이미 있다고 생각합니다… 새로이 창조된 그때 말입니다. 성숙은 원래 결함이 있어서가 아니라 새로운 영혼이 지닌 순수성이 산산조각 나서 필요한 것입니다. 영혼은 시초부터 결함 있게 태어난 것이 아니지요. 영혼은 장애를 극복하는 것으로 강해지기는 하지만 그때 얻게 되는 불완전성은 모든 영혼들이 한데 합칠 때, 다시 말하면 윤회가 끝나는 그때까지 완전히 지워지는 것이 아닙니다.

닥터 N　지구 윤회를 다 마친 영혼의 자리를 차지하며 새로운 영혼이 계속 창조되고 있다면, 모든 영혼의 윤회가 끝나는 일은 점점 어려워지는 게 아닙니까?

영　영혼의 창조 또한 그칠 때가 있을 것입니다. 모든 인간… 모든 인종, 모든 국가가 하나로 합칠 때, 그것을 위하여 우리들이 지구 같은 곳으로 일하러 파견되는 것입니다.

닥터 N　모든 수련이 끝나면 우리가 살고 있는 우주도 우리와 같이 사라질까요?

영　그보다 전에 사라질 수도 있어요. 상관이 없지요. 다른 우주들이 있습니다. 영원은 결코 끝나지 않아요. 의미 있는 것은 그 과정입니다. 왜냐하면 과정은… 우리들로 하여금 경험을 간직하게 하고, 자신을 표현할 수 있게 해주고, 그리고 또 배울 수 있게 하는 거니까요.

영혼 진화에 대한 이야기를 더 계속하기 전에, 나는 일단 창조된 영혼의 존재성에 대해 알게 된 것을 얘기하겠다.

1. 양육 장소로 가기도 전에 자신의 창조된 에너지 덩어리로 돌아가는 것처럼 보이는 에너지 조각들이 있다. 그들이 유산되어야 하는 이유를 나는 모른다. 양육 장소에 도착하는 다른 영혼들은 진화 단계 초기에는 개인적인 기반 위에서 '존재한다'는 배움을 어떻게 받아들일지를 모른다. 후에 그들은 집단적인 기능에 참여하게 되고, 내가 확인한 바에 따르면 영계를 떠나지 않는다.
2. 개별적인 영혼의 정수를 가지고 있으나, 그 어떤 세상에도 육체적인 형태로 윤회할 의도도 없고, 그러한 데 필요한 정신적인 구조를 가지고 있지도 않은 에너지 조각들이 있다. 그들은 흔히 정신계에서 발견되며, 차원과 차원 사이를 쉽게 옮겨 다니는 듯이 보인다.
3. 개별적인 영혼의 정수를 가지고 오직 물질적인 세상에만 윤회하는 에너지 조각들이 있다. 이런 영혼들은 윤회의 삶 사이에 있는 영계에서 정신적인 훈련을 받을 수도 있다. 나는 그들을 차원 사이를 넘나드는 여행자 영혼이라고 보지 않는다.

4. 윤회할 수 있는 능력과 의도를 가지고 있으며 어떠한 육체적 환경이나 정신적인 환경 속에서도 개별적으로 제 기능을 발휘할 수 있는 에너지 조각들이 있다. 이러한 영혼들이 다른 유형의 영혼들보다 더 낫다거나 더 못하다고 할 것은 없겠다. 그들은 광범위하게 실질적인 경험을 할 수 있는 입장에 있기 때문에 영혼의 완성을 향한 많은 기회를 접할 수 있고 책임지고 업무를 수행하게 된다.

새로 태어난 영혼을 위한 위대한 계획은 천천히 진행된다. 일단 양육장소에서 떠나게 되어도 이 새로운 영혼들은 즉시 윤회에 들어가지 않으며 즉시 영혼 그룹을 형성하지도 않는다. 오직 두 번의 윤회 경험밖에 없는 1단계 어린 영혼에게서 아직도 생생한 기억에 대한 이야기를 들었다.

영혼 그룹에 배치되기 전에, 그리고 지구로 오기 전에, 나는 빛의 형체로 중간물질 세계에서 경험을 쌓을 수 있는 기회를 부여받았습니다. 물질세계라기보다는 정신세계에 더 가까운 곳이었습니다. 왜냐하면 나의 주변에는 완전히 고체인 것이 없었고 생물적 생명체도 없었습니다. 나는 나와 같은 어린 영혼들을 보았으며, 우리들은 인간 형체 비슷한 빛 덩어리로 쉽게 돌아다닐 수 있었습니다. 우리들은 무엇을 하지 않고 그냥 존재로서 견고해진다는 것은 어떤 것인가 하는 느낌을 얻을 수 있었습니다. 현세라기보다는 정신 세계에 더 가까운 배경이었지만, 우리들은 한 사회에 속하는 존재로서 서로 소통하는 것을 배웠습니다. 우리들에게는 의무가 없었습니다. 대단한 사랑과 안정감과 보호의 느낌이 사방에 넘쳐흐르는 유토피아적인 분위기였습니다. 아무것도 고정되어 있는 것 없는 이 시작의 시간은 우리들이 존재하는 한 가장 쉬운 시간이 될 것입니다. 곧 우리들은 보호받지 못하는 세상에서 살게 될 테니까요. 고통과 외로움 그리고 기쁨 또한 있는 그곳, 모든 경험이 교훈이 되는 그곳에서 말입니다.

영적 환경

최면 상태에 있는 동안 피술자들은 영계의 이미지들을 지구적인 상징을 들어 설명한다. 자신들이 지구에서 했던 경험에서 나온 구조적인 이 이미지들은 영혼 스스로가 창조하기도 하고, 익숙한 환경으로 감정적인 위안을 주고자 그들의 안내자가 창조하기도 한다. 강연할 때 무의식적인 이런 기억들의 양상을 설명하면, 피술자들마다 일관성 있게 말하는 것임에도 불구하고 청중들은 믿지 못한다. 어떻게 교실이나 도서관이나 사원 같은 장소가 영계에 존재할 수 있느냐고 한다.

나는 이러한 질문에 대해 과거 관찰의 기억은 현재의 관점으로서 은유적인 것이라고 대답한다. 우리가 모든 생에서 겪었던 기억들은 우리 영혼 속에 고스란히 들어 있다. 영계에서 사원을 보았다면 그 사원은 벽돌로 지은 실제 사원이라기보다 그 영혼이 지니고 있는 사원의 의미가 시각화된 것이라 하겠다. 지구로 윤회하면 우리 영혼 속에 간직된 이전 생의 기억은 해석하기에 따라, 그리고 의식적인 지식에 따라 환경과 사건들을 재구성한다. 모든 피술자들의 기억은 인간 마음을 통해 들어온 정보들을 처리하는 영혼의 마음을 관찰하는 것을 기반으로 한다. 영계를 설명하는 시각적인 장치에서 나는 언제나 피술자가 거기서 무엇을 했는지 그 기능적인 면을 주시한다.

새로운 영혼은 보호해주는 양육실을 떠나게 되면 공동 생활로 들어가게 된다. 이 새로운 영혼들이 윤회를 시작하게 되면, 지구로 윤회하는 오래된 영혼들의 묘사와 흡사하게 윤회하는 삶들 사이에 있는 영계의 장소나 구조물들을 설명한다. 나는 유리로 지어진 성채, 크리스털로 둘러싸인 훌륭한 방, 모서리가 많은 기하학적인 빌딩, 선이 없는 매끄러운 궁형 천장 같은 구조물에 대한 이야기를 많이 듣는다. 또 어떤 피술자들은 구조물 대신 꽃이 핀 벌판이나 숲과 호수가 있는 시골 풍경을 얘기한다. 영계에서 그들의 목적지로 떠가는 장면을 설명할 때 피술자들은 경외감에 차서 이야기한다. 많은 사람들이 그것에 너무도 압도되어 자신들이 보고 있는 것을 적당한 말로 표현해내지 못한다.

영혼들은 한 장소에서 다른 장소로 떠가는 동작에 대해 다양하게 표현한다. 다음은 4단계 영혼인 피술자가 자신이 보는 여러 환경들을 기하학적인 형태를 가지고 설명한 것이다.

나는 영계 안에서 많이 돌아다니고 있습니다. 내가 보는 기하학적인 형태들은 각각 나에게 어떤 특정한 기능들을 나타내고 있습니다. 각 형태들은 고유의 에너지 시스템을 가지고 있습니다. 피라미드는 고독, 명상, 치유를 위한 것입니다. 직사각형은 과거의 생을 돌아보고 공부하기 위한 것입니다. 타원형은 미래의 인생을 살펴보는 데 사용되고, 원통

형태는 시야를 넓히기 위해 다른 세상들을 여행하는 에너지 시스템입니다. 때로 나는 영혼들의 활동이 벌어지고 있는 커다란 중심지를 지나갑니다. 사람들을 텔레파시로 불러대는 공항과 같은 곳이지요. 각 방향으로 뻗어나가는 길이 거대한 바퀴살처럼 모여 있는 중심 지역인데, 각 바퀴살들이 나로부터 구부러지며 멀어집니다. 복잡한 장소이긴 하나 질서가 잘 잡혀 있습니다. (웃는다.) 너무 서두르면 안 되지요. 그랬다가 원하는 길을 지나칠 수가 있습니다. 이곳을 관장하는 영혼들은 교통을 정리하고 여행자들을 돌봐줍니다. 모든 것들이 부드럽고 편안하게 떠 있습니다. 파장에 맞출 수 있는 아름다운 하모니의 음이 있어 영혼들이 목적지로 가는 길을 잃지 않도록 합니다.

인도의 경전《우파니샤드(Upanishads)》에는 죽음 후에도 계속되는 감각에 대한 얘기가 있다. 이 오래된 철학적인 경전에서 말하고 있는 바와 같이 나는 감각과 감정과 인간의 에고가 영원무궁한 경험으로 가는 통로임을 믿고 있다. 이러한 경험들은 불멸의 영혼에 육체적인 의식을 제공한다. 한 피술자에게서 다음과 같은 설득력 있는 얘기를 들었다.

우리들은 영계에 우리가 원하는 모든 것을 지을 수가 있습니다. 지구에서 우리들이 즐겼던 장소나 물건들을 상기시키는 것들이지요. 우리는 그것을 거의 완벽하게 모사해냅니다. 거의가 아니라 많은 경우 그것들은 완벽합니다. 그러나 육체가 없으므로… 음… 내게는 가짜라는 인상을 줍니다. 나는 오렌지를 좋아합니다. 나는 여기에서 오렌지를 창조할 수 있으며 그 표현하기 어려운 달콤한 맛까지도 거의 완벽하게 재생시킬 수가 있습니다. 그럼에도 불구하고 지구에서 오렌지를 깨무는 것과 같지는 않습니다. 내가 육체로 윤회하는 삶을 즐기는 이유 중의 하나가 여기에 있습니다.

이 피술자의 말과 달리 어떤 피술자들은 영계를 실제의 세계라고 하고 지구는 우리들의 배움을 위한 환상의 장소로 여긴다. 이에 모순은 없는 것 같다. 지구에서 온 사람들은 맛에 대한 예민한 감각이 있다. 오렌지와 인간은 하나의 삶 속에서 서로 조화를 이룬 것이다. 현실에는 어느 정도의 차이가 있다. 우리들의 우주를 영혼의 훈련장이라고 단순히 설명한다고 해서 우주가 비현실적인 것이 되는 것은 아니다. 영원하지 못하다는 것뿐이다. 지구에 윤회한 인간이 지구에서 사는 동안 먹는 오렌지는 잠시 동안의 환영일지라도 영계에서 영혼이 창조한 오렌지보다 더 맛있을 수가 있다. 그와 같은 맥락에서, 영계의 현실은 영혼에게 육체적 경험을 초월하는 확대된 경험을 하도록 허용한다는 이론도 성립된다.

피술자들은 그들의 영적인 센터들을 경이에 차서 설명한다. 문화적인 고정관념과 인간 마음에 들어찬 은유적인 상징들이 섞인 표현들이기는 하지만, 영계에서 해내는 이 극적인 재현들이 그렇다고 해서 진짜가 아닌 것은 아니다. 영혼이 지구로 윤회할 때 망각 속에 태어나는 것은 의식적인 기억이 없이 새로운 뇌에 적응해야 하기 때문이다.

갓 태어난 아기는 이전 생에 대한 기억이 없다. 죽음을 맞은 뒤에는 그 반대가 된다. 영적인 최면요법에는 두 가지의 힘이 작용한다. 그 한편으로는 이전 생에 대한 기억과 영계에 대한 기억을 가진 영혼의 마음이 작용하는 것이다. 또 다른 한편으로는 피술자가 최면에 든 동안에 보게 되는 현재 육체에 있는 의식적인 기억들이 작용한다. 의식의 마음은 최면 상태에 들어 있어도 무의식의 마음이 되지 않는다. 만일 그렇다면 피술자는 조리 있는 진술을 할 수가 없을 것이다.

기억

피술자들이 영계에서 본 것들에 대한 분석을 더 계속하기에 앞서 나는 기억과 유전자에 관해 좀 더 정보를 제공하고 싶다. 기억이 유전자에 의해 전승되고 있다는 믿음을 가진 사람들이 있다. 이런 식으로 정리하고는 윤회를 믿지 않는 그들은 과학적인 설명을 끌어냈다고 안심한다.

물론 개인적인 이유로건 종교적인 이유로건 그 외 여타한 이유로건 그 누구에게나 윤회설을 믿지 않을 완전한 권리가 있다. 그러나 모든 이전 생의 기억이 먼 조상에게서 내려오는 유전자 속에 있다는 주장은 나에게는 여러 허점이 있는 것으로 보인다.

이전 생에서 겪은 무의식적인 기억들이 새로운 육체에 심각한 손상의 흔적을 남길 수 있기는 하지만 그것은 유전자에서 기인하는 것이 아니다. 분자 코드는 새것이며 현재의 육체와 함께 오는 것이다. 영혼의 마음에서 오는 태도와 신념은 생리적인 마음에 영향을 미친다. 우리들의 영원한 지능이 유전자에 영향을 미칠 수 있다고 믿는 연구들이 있다. 영원한 지능에는 이전 생을 사는 동안에 이루어진 에너지 지문과 과거 기억의 형태가 들어 있다. 수백 개의 전생에서 얻은 지능을 현재 육체 속에 가지고 온 것이므로, 셀 수 없이 많은 요소들이 우리들의 생각에 영향을 미친다. 이러한 지능은 육체 없이 영계에서 하는 우리들의 경험도 포함한다.

전생 연구에서 얻어낸 많은 분량의 정보는 유전자 기억론과 상반된다. 전생에서 우리가 가졌던 육체는 현생 가족과 유전적으로 거의 대부분 관련이 없다. 한 생에서는 스미스 가문의 일원이 되어 영혼 그룹 멤버들과 함께 살았으나, 다음 생에서는 우리 그룹 모두가 존스 가정의 일원으로 태어나기를 선택할 수가 있다. 우리는 다시 스미스 가문에 태어나지는 않으려 들 것이다. 이에 대해 7장에서 더 상세히 설명하겠다. 일반적으로 피술자들은 백인, 동양인, 아프리카인으로, 유전적인 연관이 없는 생들을 살았다. 다른 세상에서 다른 종족으로 살았던 우리들의 기억이 어떻게 지구에서만 만들어진 인간 유전자 세포 속에 있을 수가 있겠는가? 그 대답은 간단하다. 소위 말하는 유전적인 기억이라는 것은 사실은 무의식에서 오는 영혼의 기억인 것이다.

나는 기억을 세 가지로 분류한다.

의식적인 기억: 우리의 생물학적 신체의 두뇌에 저장된 모든 기억이다. 우리가 살고 있는 지구에 알맞게 받아들여진 의식적인 자아에 의해 나타난다. 이 의식적인 기억은 감각적 경험과 생리적, 원초적인 본능과 정서적인 경험 모두에 의해 영향을 받는다. 의식적인 기억은 틀릴 수도

있다. 왜냐하면 오감을 통하여 들어온 인상들을 평가하고 받아들인 것을 방어하는 에고의 마음이 있기 때문이다.

불멸의 기억: 무의식을 통하여 들어오는 기억이다. 무의식의 생각은 심장의 박동이라든가 생리 작용처럼 의식적으로 통제되지 않는 육체적 기능의 영향을 받는다. 무의식은 의식적인 기억들을 선택하여 간직할 수가 있다. 불멸의 기억은 이 생과 다른 육체로 살았던 인생에서 우리의 기원에 대한 기억들을 간직한다. 우리들이 하는 생각의 대부분이 이에 속한다. 왜냐하면 무의식은 의식과 초의식 사이에 다리를 형성하기 때문이다.

신성한 기억: 영혼 속에 깃들어 있는 초의식에서 나오는 기억이다. 의식, 직감, 상상이 무의식을 통한 표현이라면 신성한 기억은 좀 더 높은 원천에서 나오는 것이다. 영원한 우리들 영혼의 마음은 우리 자신의 영역 너머에 있는 우월한 생각 에너지와 연관이 있다. 영감이라는 것은 이 불멸의 기억에서 튀어나오는 듯하지만 우리들의 몸(마음) 바깥에 신성한 기억의 일부분을 이루는 우월한 하나의 지능, 신성한 지능이 있는 것이다. 신성한 생각의 근원은 베일에 싸여 있다. 우리 속에 있는 영원불멸한 존재에게서 신성한 기억이 나온 경우에도 우리는 이것을 자신에게서 나온 개인적인 기억으로 여기기도 한다.

공동체 센터들

다음 사례는 피술자가 본향에 도착한 뒤의 기억들을 시각적으로 설명하고 있다. 고전적인 그리스 배경인데, 이런 예는 드물지 않다. 설명하는 이미지들이 너무 미래적이고 초현실적이어서 지구와 비슷한 점이 거의 없는 경우도 있다. 피술자들은 본향에 도착해서 보는 이미지들을 설명할 적당한 말을 찾을 수 없다고들 한다. 영계의 관문을 지나 다른 영혼들과 접촉을 시작하는 여러 공간들에 이르게 되면 피술자들은 기쁨을 느낀다.

영혼의 이름이 아리아니인 케이스 27의 피술자는 가장 가까운 이전 생의 죽음을 맞은 뒤 일어난 일들을 그리스 신전과 연관된 이미지들로 설명하고 있다. 나는 고대 그리스 문명이 어두운 세상을 밝게 비추던 시기에 지구에 윤회하였던 피술자들을 많이 만난다. 그들은 예술과 철학과 정치 분야에서 많은 유산과 과제를 후세에 남겼다. 그리스 사회는 이성과 영적 정신을 합치는 방법을 모색했다고 그 황금 시기에 윤회하였던 피술자들은 기억하고 있었다. 아리아니는 그리스가 로마에 의해 정복당하기 직전인 기원전 2세기 동안에 고대 그리스에서 마지막 윤회의 삶을 살았다.

케이스 27

닥터 N 아리아니, 영적 센터에 접근하며 당신은 거기에서 무엇을 봅니까?

영 희게 빛나는 대리석 기둥이 있는 아름다운 그리스 신전입니다.

닥터 N 신전의 이미지는 당신이 만들어낸 것입니까? 아니면 다른 누가 당신을 위해 당신 마음속에 넣어준 것입니까?

영 신전은 정말로 내 눈앞에 있어요! 내가 기억하고 있는 그대로요…. 그러나 그 누가 나를 도와줬을 수도 있어요…. 나의 안내자… 잘 모르겠어요.

닥터 N 신전이 당신에게 낯익습니까?

영 (미소 짓는다.) 이 신전을 나는 아주 잘 알지요. 앞으로 한동안 지구로 윤회하지 않을 나에게 사원은 뜻깊게 살았던 삶들을 나타내주고 있어요.

닥터 N 왜 그렇습니까? 신전의 무엇이 당신에게 그렇게 의미가 있습니까?

영 신전은 지혜의 여신 아테나에게 바쳐진 것입니다. 나는 다른 세 명의 여자와 함께 여사제였습니다. 우리의 임무는 지식의 불꽃을 지키는 것입니다. 불꽃은 중앙에 있는 판판하고 매끄러운 돌 위에 놓여 있습니다. 돌 주변에는 글이 새겨져 있어요.

닥터 N 글의 뜻은 무엇입니까?

영 (사이를 둔 후) 아… 그 글은… 무엇보다도 진리를 찾으라는 것입니다. 진리를 찾는 길은 우리 삶 속에 널려 있는 조화와 아름다움을 보는 거라고요.

닥터 N (일부러) 그게 당신이 한 일의 전부입니까? 불꽃이 꺼지지 않도록 지키고 있으면 되었습니까?

영 (답답해하며) 아니에요. 이곳은 여성도 참여할 수 있는 배움의 장소예요. 불꽃은 진리를 깨달은 우리의 심장 안에 있는 신성한 불길을 상징합니다. 우리는 중앙 권력의 일부가 아닌 단일 신의 거룩함을 믿습니다.

닥터 N 다른 여사제들도 당신처럼 유인 신앙을 가졌습니까?

영 (미소 지으며) 네. 우리 종파는 신전의 차원을 넘어섰습니다. 교단에서는 우리들을 마음은 순수하나 지적이지는 않다고 여기고 있습니다. 권위 있는 그분들은 우리가 하고 있는 일을 모릅니다. 그들은 아테나 여신을 한 가지 빛으로 보고 있으나 우리는 다른 빛으로 봅니다. 우리에게 있어서 신전의 불길은 이성과 감정이 서로 상치되는 것이 아님을 뜻합니다. 우리에게 신전은 미신이 아닌, 마음의 자리 그 자체입니다. 우리는 또 여성과 남성이 동등하다는 것을 믿지요.

닥터 N 남성 중심 사회에서 이같이 급진적인 생각을 하고 있는 당신은 어려움이 많겠습니다. 그렇습니까?

영 그랬어요. 그들은 점점 참을성을 잃어갔고, 우리의 계급 안에서 우리는 음모와 술수와 배반을 겪었어요. 우리의 동기를 그들은 믿지 못했어요. 우리는 남성 우월주의 교단에 의해서 해산되고 말았습니다. 교단은 그렇지 않아도 권세를 잃어가던 판이었는데, 우리 종파가 교단의 타락에 일조하고 있다고 생각한 것입니다.

닥터 N 연속적으로 몇 생을 살았던 그리스에서의 윤회를 마치고 난 이제 당신은 영혼 세계에 당신의 신전을 원합니까?

영 그렇게 말해도 되겠지요. 내 친구들과 나에게는 이 인생과 그 전에 있었던 그리스에서의 윤생은 최고의 이성과 지혜와 영적인 삶을 나타내고 있습니다. 여성의 몸을 가지고 삶의 감정들을 그렇게 다시 공개적으로 표현하기 위해 나는 오랫동안 기다려야 했습니다.

내가 아리아니를 그녀의 신전으로 데려갔을 때, 그녀는 약 1,000명의 영혼들로 들어찬 천장이 없는 거대한 직사각형의 방을 보았다. 이곳에 작은 수로 구성된 영혼 그룹이 모여들어서 규모가 큰 제2의 영혼 그룹을 형성했다. 제1의 그룹은 셋 내지 스물다섯의 영혼으로 이루어져 있다. 그녀 자신의 그룹은 오른쪽 중간쯤에 있었다(도표 1의 원 A 참조). 자기 그룹으로 갈 때 아리아니는 안내자의 인도를 받았다. 그녀는 본향으로 돌아오는 영혼의 시각에서 본 신전의 입구를 나에게 설명했다. 많은 수의 영혼 그룹이 모여 있는 그 장면은 건축물의 구조에 상관없이 내가 반복해서 듣는 설명이다. 사람들의 초의식 속에 있는 이런 모임의 장소는 원형 극장일 수도 있고, 궁중의 정원일 수도 있고, 학교 강당일 수도 있고, 신전일 수도 있다.

닥터 N 아리아니, 군중 속을 뚫고 당신 그룹 자리로 돌아가는 느낌은 어떻습니까?

영 (흥분하여) 정신이 고양되는 동시에 경외롭지요. 안내자가 인도

도표 1 - 공동체 센터의 커다란 실내

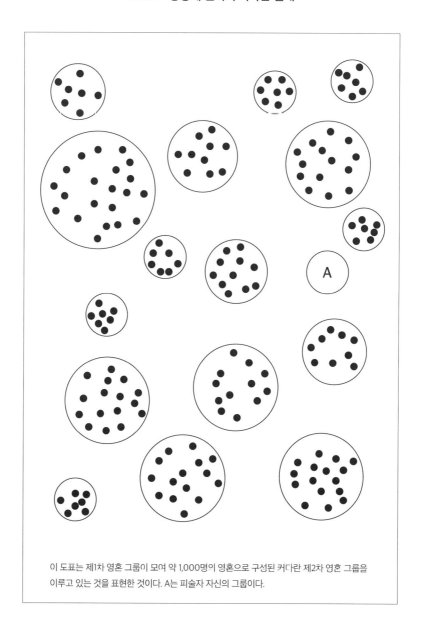

이 도표는 제1차 영혼 그룹이 모여 약 1,000명이 영혼으로 구성된 커다란 제2차 영혼 그룹을 이루고 있는 것을 표현한 것이다. A는 피술자 자신의 그룹이다.

하는 대로 우리들은 영혼 그룹 사이를 왼쪽, 오른쪽으로 길을 뚫으며 갑니다. 어떤 그룹은 원을 그리며 앉아 있고 어떤 그룹은 서서 이야기를 나누고 있습니다. 처음에는 대부분 나한테 관심이 없었습니다. 왜냐하면 서로 낯선 처지니까요. 내가 가는 길 가까이에 있는 영혼은 나의 귀향을 안다는 듯 공손하게 목례를 보냅니다. 그러다가 중간쯤 가게 되면 사람들은 점점 더 활발해집니다. 두 번의 인생에서 나의 연인이었던 남자는 자리에서 일어나서 내게 키스하며 안부를 묻습니다. 다른 그룹에 속한 사람들이 이제는 점점 더 많이 내게 미소를 보내고 손을 흔들어줍니다. 여러 번의 인생에서 스치듯 알았던 몇 사람이 엄지손가락을 펴 보이며 인사를 합니다. 그러고 나서 나의 영혼 그룹 옆을 지날 때에 부모님을 봅니다. 부모님은 하던 일을 멈추고 우리 두 그룹 사이에 있는 짧은 공간을 떠와서 나를 안아주고 격려의 말을 속삭입니다. 마침내 나는 내 영혼 그룹에 이르렀고 모두가 돌아온 나를 환영합니다.

내가 면담한 피술자의 절반 정도는 본향으로 돌아가면 여러 개의 작은 영혼 그룹들이 모여 있는 커다란 영혼 그룹을 본다. 그리고 나머지 반은 자기 자신이 속한 작은 그룹만을 본다. 큰 영혼 그룹을 보느냐, 아니면 작은 영혼 그룹을 보느냐 하는 그 시각적 이미지는 같은 영혼의 경우라 할지라도 윤회 때마다 달라진다. 우리들과 가장 밀접한 관계에 있는 제1차 영혼 그룹은 야외 휴양지나 꽃이 가득 핀 전원 속에서 만나기

도표 2 - 영혼 그룹의 위치 1

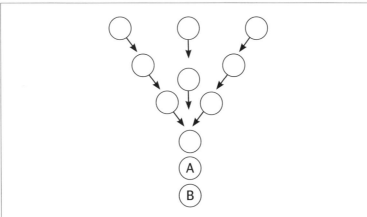

제1차 영혼 그룹이 돌아오는 영혼 A를 다이아몬드형으로 모여 서서 맞이하고 있다. A의 뒤에는 그룹의 안내자인 B가 있다. 많은 영혼들은 서로의 뒤에 있다가 자기 차례가 오면 앞으로 나서서 돌아오는 영혼을 맞이한다.

도표 3 - 영혼 그룹의 위치 2

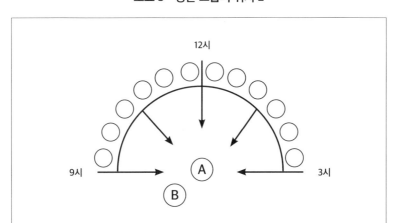

가장 흔히 보게 되는 반원형의 배치로, 영혼 그룹이 돌아오는 영혼 A를 맞이하는 것을 보여준다. B 위치의 선생(안내자)이 있다(없을 수도 있다.). 영혼들은 반원 둘레에 서 있다가 자기 순서가 되면 앞으로 나와 인사한다. 맞이하는 영혼들은 일반적으로 돌아오는 영혼 A의 뒤쪽인 6시 위치에서는 나오지 않는다.

도 한다.

만남의 장소가 실내든 실외든 상관없이 도표 2와 도표 3은 피술자의 대다수가 자신의 그룹과 처음 접촉하는 장면이다. 이때에 다른 영혼 그룹은 이 지역에 없는 것으로 보인다. 도표 2에서는 환영하는 영혼들이 모여들어서 앞으로 하나씩 차례대로 나오고 있다. 도표 3은 관습적인 방식으로 반원을 그리고 선 영혼들이 새로 도착한 영혼을 맞이하는 모습이다. 이에 대해서는 7장 케이스 47에서 설명하겠다.

이전 생을 마치고 돌아올 때 교실 같은 곳으로 곧바로 가는 피술자들은 학습 장소들이 줄지어 있는 복도를 얘기한다. 그들은 자신이 속해 있는 장소를 정확히 알고 있는 것 같다. 이런 경우에 영혼 그룹들은 그들의 활동을 중지하고 새롭게 도착하는 영혼을 맞이한다. 도표 4는 영혼의 여러 그룹들이 공부하는 학습 센터의 일반적인 구조를 보여준다. 도표 4를 설명하는 피술자들의 이야기에 일관성이 있어서 나는 그것을 놀랍게 생각한다. 피술자 중 극히 일부만이 주변에 아무것도 없는 공중에 떠서 그들 영혼 그룹과 첫 만남을 가진다고 이야기한다. 그러나 이런 피술자들의 마음속에서조차도 배경 장치나 물질적인 구조물이 없는 현상은 그리 오래가지 않는다.

교실

교실 바깥에서 영혼들이 모인다는 것은, 그것이 커다란 집합실인 경우에도 일반적인 사교와 레크리에이션을 위한 시간임을 뜻한다. 그렇다고 해서 이때에 진지한 토론을 하지 않는다는 것은 아니다. 단지 영혼 활

도표 4 - 영적 학습 센터

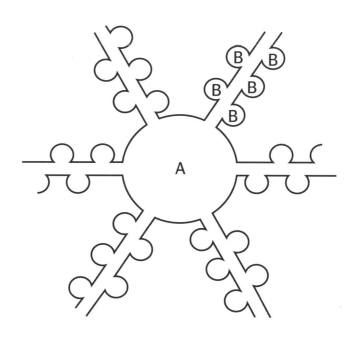

이 교실 배치 그림은 A 지점에 선 피술자가 복도를 따라가며 나 있는, 기본 영혼 그룹들이 공부하는 방을 시각적으로 설명한 것이다. 많은 피술자들이 이 같은 형태를 보았다고 한다. 한 복도에 여섯 개 이상의 방이 있는 예는 드물다. 둥근 모양을 하고 있는 이런 방들은 서로 마주 보고 있지 않다. 피술자들이 말하는 복도의 수는 일정하지 않다.

동이 교실에서와 다르게 지도되고 있다는 것뿐이다. 다음은 한 피술자가 영혼이 교실 배경으로 옮겨가는 전형적인 모습을 설명한 것이다.(도표 4 참조)

나의 안내자는 별 모양으로 생긴 구조물로 나를 데려가고 나는 이것이 배움의 장소라는 것을 압니다. 중앙에 지금은 텅 빈 원형 천장의 방이 있습니다. 복도는 반대 방향으로 뻗어 있고 우리는 교실들이 있는 이 복도 중 하나를 지나갑니다. 두 개의 교실이 정면으로 마주 보는 일이 없도록 설계되어 있습니다. 이것은 서로 다른 영혼의 학습을 방해하지 않으려는 것입니다. 내 방은 왼쪽의 세 번째에 있습니다. 하나의 복도에 여섯 개 이상의 방이 있는 것은 본 일이 없습니다. 각 방에는 여덟에서 열다섯의 영혼들이 책상에 앉아 공부합니다. 우스꽝스런 소리같이 들리겠지만 이것이 내가 보고 있는 것입니다.

안내자와 함께 복도를 걸어갈 때 어떤 방에서는 영혼들이 혼자 조용히 자습하고 있는데, 어떤 방에서는 둘 또는 다섯이 한 그룹이 되어 공부하고 있습니다. 다른 방에서는 선생이 칠판 앞에서 강의하는 것을 학생들이 쳐다보고 있습니다. 내가 우리 방으로 들어가자 모두 하던 공부를 멈추고 내게 커다란 미소를 보냅니다. 마치 나를 기다리고 있었던 듯 어떤 이들은 손을 흔들어주고 어떤 이들은 환호를 보냅니다. 입구 가까이 앉아 있던 영혼이 나를 내 자리로 데려다주었고 나는 공부에 참여할 준비가 되었습니다. 이 모든 과정들이 내가 우유를 사러 동네 가게에 잠깐 다녀온 것처럼 짧게 느껴집니다.

대부분의 피술자들은 영적 교실의 구조를 단층으로 시각화하고 있으나 거기에도 예외는 있다. 다음 사례는 루달프라는 이름의 중간 단계 영혼이 얘기한다.

케이스 28

닥터 N 루달프, 목적지에 가까워질 때 당신이 보는 것은 무엇입니까? 목적지란 영계에서 당신이 속해 있는 장소를 말합니다.

영 목적지가 가까워짐에 따라 아주 조용하고 평화로운 시골 풍경을 연상시키는 공원 같은 분위기가 느껴집니다. 영혼들이 들어 있는 매끈하고 투명한 방울들이 모여 있는 것을 봅니다.

닥터 N 당신 자신의 방을 당신은 알아봅니까?

영 그럼요… 조금… 시간이 걸리긴 하지요…. 다시 익숙해질 때까지 말입니다. 나는 잘하고 있습니다. 혼자서도 할 수 있는데 안내자인 타하마(미국 인디언으로 보인다.)가 나를 데리고 갑니다. 그녀는 내가 길고도 힘든 인생에 지쳐 있다는 것을 알기 때문입니다. (그는 1937년에 83세의 나이로 죽었다.) 타하마는 아주 사려가 깊습니다.

닥터 N 그럼 이제 당신의 방을 설명해주십시오.

영 나의 방은 하나의 커다란 방울 같습니다. 그것은 학교 건물인데, 네 층으로 나누어져 있습니다. 방울 속에는 밝고 형형색색의 점들로 이루어진 영혼 에너지들이 많이 있습니다.

닥터 N 밖에서 볼 때 이 모든 것들이 투명합니까?

영 반투명이지요…. 우윳빛으로 뿌옇습니다.

닥터 N 좋습니다. 이제 안으로 들어갑시다. 네 개의 층을 설명해주십시오. 그리고 그것이 당신에게 어떤 의미가 있는지도요.

영 네 개의 층은 투명한 유리와 같이 보입니다. 각 층은 층계로 연결되어 있으며 한쪽 끝에는 공부를 위한 공간이 있습니다. 각 층마다 그룹들이 공부하고 있습니다. 나는 비온이라는 강사의 강연을 듣는 18명으로 구성된 초보 단계 영혼 그룹이 있는 1층으로 들어갑니다. 나는 비온을 압니다. 비온은 젊은 사람들이 빠지는 함정을 잘 알고 있습니다. 그는 강하지만 다정하기도 합니다.

닥터 N 당신은 이 학교에 있는 모든 선생들을 압니까?

영 물론이지요. 나도 선생 중 한 명입니다. 물론 방금 시작했습니다. 제발 내가 자랑한다고 생각하지는 말아주십시오. 나는 수습 선생일 뿐입니다만 그것이 자랑스럽습니다.

닥터 N 물론 자랑스러운 일이겠지요. 루달프, 각 층은 하나의 영혼 그룹으로 구성되어 있습니까?

영 (주저한다.) 음, 처음의 두 층은 그렇습니다. 12명이 2층에서 공부하고 있습니다. 그보다 위의 층은 개인적으로 전문적인 공부를 하는 다른 그룹들이 있습니다.

닥터 N 독립된 연구 프로그램과 같은 것입니까, 루달프?

영 그게 정확한 표현일 듯싶군요.

닥터 N 좋습니다. 그다음에는 무슨 일이 당신에게 일어납니까?

영 타하마는 내가 가야 될 곳을 알려줍니다. 내가 3단계에 속한다는 것을 상기시켜 주면서도 원하는 만큼 여기에서 시간을 보낸 뒤 가고 싶을 때 가라고 합니다. 그러고 나서 타하마는 나를 떠납니다.

닥터 N 왜 떠납니까?

영 그건… 우리들의 안내자는 이 센터에서 우리와 선생-학생 관계를 유지합니다. 안내자들은 전문적인 직위 때문에 우리와 많이 가까워지려고 들지 않습니다…. 나의 말이 지구에서 거만하게 구는 일부 교수들을 연상시키지 않기를 바랍니다. 이건 그와 다릅니다. 나의 안내자인 렐런(Relon)과 같은 마스터 선생들은 가르치지 않을 때는 좀 거리를 두는데, 그것은 학생들에게 공간을 제공하고 개인적인 표현을 허용하려는 것이지요. 선생들은 시도 때도 없이 학생 주변에 들러붙어 학생들의 성장을 저해하지 않는 것이 중요하다고 생각합니다.

닥터 N 그거 참 흥미롭군요. 루달프, 계속해주십시오.

영 음, 타하마는 나를 나중에 보겠다고 말합니다. 솔직히 말해서 나는 아직 이 장소에 완전히 익숙하지 않습니다. 돌아올 때마다 나는 늘 이런 식입니다. 적응하려면 시간이 걸리기 때문에 나는 휴식하며 1층에 있는 어린이들과 즐겁게 지내려 합니다.

닥터 N 어린이들이라고요? 당신은 1층의 영혼들을 어린이라고 부릅니까?

영 (웃으며) 음, 지금 나는 좀 거만해지고 있는 것 같습니다. 그러나 그건 우리들이 초보 영혼들을 설명하는 방식입니다. 영혼 진화에 있어서 그들은 아이들 같은 성격을 띠었다 할까요? 이 그룹의 영혼들은 방금 시작했습니다. 그들은 나를 알아보지요. 왜냐하면 나와 그들 사이에 활발한 교류가 있었으니까요. 나는 자제력이 없어서 같은 잘못을 반복하는 영혼을 알고 있습니다. 그들은 열심히 진화하려는 노력을 하지 않습니다. 나는 여기 오래 머물지는 않겠습니다. 왜냐하면 이들이 비온의 가르침에 대해 산만해질 우려가 있으니까요.

닥터 N 진도가 늦은 영혼들에게 선생들은 어떤 태도로 대합니까?

영 솔직히 말해서 1층에 있는 선생들은 발전을 거부하는 특정 학생들에게 피곤을 느낍니다. 그래서 선생들은 그런 학생들을 그냥 놔두는 경우가 많지요.

닥터 N 선생들이 다루기 힘든 학생들을 단념한다는 뜻입니까?

영 선생들에게는 한없는 인내심이 있다는 것을 아셔야 합니다. 왜냐하면 여기서는 시간이 의미가 없는 거니까요. 선생들은 학생이 물장난을 그만두고 더 열심히 하고 싶다고 할 때까지 기다려줍니다.

닥터 N 그렇군요. 계속 학교를 돌아보며 얘기를 계속해주십시오.

영 나는 유리로 된 천장을 통해 2층을 올려다보고 있습니다. 이제 그리로 갈 거예요. 여기서 보는 거기 영혼들은 양털 같고 거즈 천 같은 모습을 하고 있습니다. 나에게는 층계가 필요하지 않으나 내게는 그것이 통과해야 할 통로로 보여집니다. 나는 2층으로 올라가서 거기 있는 사춘기 청소년들을 봅니다. 그들은 활동성이 최고에 이른 10대 같습니다. 싱숭생숭한 에너지에 가득 찬…. 많은 정보를 빠르게 스펀지처럼 흡수해서 그 정보를 가지고 활동하려 들지요. 그들은 자신의 정체성에 대해 배우고 있는 중이기는 하지만, 대부분은 아직 다른 사람들에게 효과적인 방법으로 되돌려주는 방법을 모르고 있습니다.

닥터 N　선생의 입장에서 당신은 이들 영혼이 자기중심적이라고 말하는 것입니까?

영　(웃는다.) 그게 정상적인 발달 과정입니다. 그들은 바깥에서 오는 자극을 항상 요구하죠. (좀 심각해지며) 나는 아직 이 단계에 있는 영혼들을 가르칠 자격이 없습니다. 에닛이 여기 총책임을 맡고 있지요. 너그러운 마음을 가진 엄격한 훈련자입니다. 지금은 휴식 시간입니다. 그들이 내가 지구에서 성취했던 것들에 대해, 그 방법을 묻느라고 내 옆에 몰려들어 있어서 즐겁습니다. 곧 나는 3층으로 가야 합니다.

닥터 N　학생들 중 한 명이 당신을 따라서 3층으로 오면 어떻게 됩니까?

영　(미소 지으며) 가끔 가다 한 번씩 호기심 강한 영혼이 자신보다 더 진화된 지역을 떠돕니다. 3학년 학생이 6학년 반이 있는 복도를 걸어 다니는 것과 같은 것이지요. 학생은 어디가 어딘지 모르겠지요. 좀 놀림을 받을 수도 있으나 누군가가 그 학생의 교실로 학생을 데려갈 것입니다. 여기서도 마찬가지입니다.

닥터 N   이제 당신은 나를 3층으로 데려갈 준비가 된 것 같은데요. 3층의 인상을 설명해주시겠습니까?

영   (밝은 표정으로) 여기는 나의 영역이에요. 우리는 청년 같습니다. 우리 중의 많은 수가 선생이 되는 훈련을 받고 있습니다. 여기에서는 정신적인 도전 과제가 더욱 분명합니다. 지금 우리는 외부 환경에 흔들리지 않고 타고난 자원을 가지고 일하는 것을 공부합니다. 우리는 보호하는 것과 정보를 주는 것을 배우고 있습니다. 항상 눈뜨고 있도록 하는 것이지요. 지구 윤회에 대해 타인의 영혼을 볼 수 있도록 말입니다.

닥터 N   당신이 아는 사람들이 있습니까?

영   오, 엘런(현재에도 또한 이전 생에서도 그녀의 남편이며, 피술자의 주된 영혼의 동반자다.)이 있군요. 엘런은 우리가 함께했던 지난 생의 모습으로 나타납니다. 엘런은 자신의 사랑으로 나의 기진한 에너지를 충전시킵니다. 차가운 난로에 불을 피우는 것과 같지요. 나는 오랫동안 과부로 지냈습니다. (눈물지으며) 우리들은 잠깐 동안 행복에 잠깁니다.

닥터 N   (잠시 시간을 준 후) 다른 이는 또 없습니까?

영   모두 다 있어요! 에젠트(현생에서 어머니)가 있군요. 그리고 블레이(현생에서 가장 친한 친구)가 있어요. (그러다가 갑자기) 나는 4층에 있는 애너(애너는 현생에도 딸이다.)를 보러 잠깐 올라갔다 와야겠어요.

닥터 N 4층에서 당신이 할 수 있는 일을 얘기해주십시오.

영 거기에는 세 영혼밖에 없어요. 밑에서 보는 그들은 금빛과 은빛이 도는 푸른빛의 형체 없는 그림자들 같아요. 완전한 성인으로 성장해가는 이 영혼들에게서는 따스함과 사랑이 넘칩니다. 그들은 인간의 육체를 활용하는 방법을 가르치는 데 매우 탁월해지고 있어요. 신성함의 정수에 감동한 듯해요. 자신들의 존재에 주파수를 맞추고 조화를 이루고 있습니다. 그들은 육체적 삶에서 돌아왔을 때, 나처럼 적응하려고 노력할 필요가 없습니다.

닥터 N 그보다 더 오래된 성인들은 어디 있습니까? 고급 안내자나 원로들이나 이런 사람들 말입니다.

영 그들은 방울 속에 있지 않습니다. 우리는 그들을 다른 데서 볼 수 있습니다.

영적 도서관

피술자 중의 많은 사람들이 그들의 영혼 그룹에 돌아가자마자 도서관 같은 곳에서 연구했다는 얘기를 한다. 나는 이것을 본향으로 돌아가면 그 즉시 우리들이 이전 생에 대해 공부하기 시작해야 하는 필수 과정이라고 이해한다. 우리의 인생 기록서가 저장된 장소가 있다고 쓴 나의 첫 책《영혼들의 여행》이 나온 이래로, 나는 사람들한테서 더 상세한 내용을 얻어낼 수 없느냐는 질문을 받았다. 영혼의 본향에 있는 구조물을 지구적으로 설명하는 사람들은 도서관을 그에 포함시키며, 그들이 말하는 도서관의 모습은 일관성을 띠고 있다. 지구의 도서관은 주제와 정보를 제공하는 이름별로 책을 정돈한다. 영적 도서관에 있는 인생 서적들의 제목은 나의 피술자들의 이름이다. 이상한 소리같이 들리겠지만 만일 내 피술자가 지구에는 한 번도 윤회한 일이 없고 배움의 장소가 바다 조수 웅덩이인, X라는 행성에서 온 물속에 사는 지적 존재였다고 가정해보라. 나는 그가 영계에서 본 것을 자신의 이름으로 보고할 것이라고 생각한다.

나는 영혼 그룹들이 교류하는 영적 교실과, 교실보다 작은 연결된 공간, 영혼들이 혼자 조용히 공부할 수 있는 고립된 방이 있다는 얘기를 했다. 도서관에 관해서라면 작다는 표현을 쓸 수 없다. 거대한 방에 인생 서적들이 들어차 있다고 사람들은 말한다. 벽을 따라 책들이 줄지어 있고, 서로 아는 사이가 아닌 듯이 보이는 많은 영혼들이 책상에서 공부하고 있다고 한다. 피술자들이 말하는 영적인 도서관의 청사진은 도표 5와 같다. 이것이 피술자들이 보는 일반적인 도서관 형태다.

도서관에서는 도서 안내자(기록 보관 담당자, 사서)인 영혼들이 책들을 관장한다. 그들은 거의 승려같이 고요한 존재로, 수많은 영혼 그룹들의 안내자와 학생에게 정보가 어디에 있는지를 알려주는 일을 한다. 이러한 영적 도서관들은 영혼의 진화 정도에 따라 각각 다른 방법으로 도움을 준다. 영혼들은 자신의 안내자나 도서 안내자, 아니면 그 모두에게서 도움을 받을 수가 있다. 피술자 중의 일부는 영계로 돌아온 후 혼자 도서관에 간다. 그 외 영혼들은 정기적으로 동행해주는 안내자와 함께 간다. 안내자는 학생이 공부를 시작할 때만 돌봐주고 떠나기도 한

도표 5 - 영적 도서관

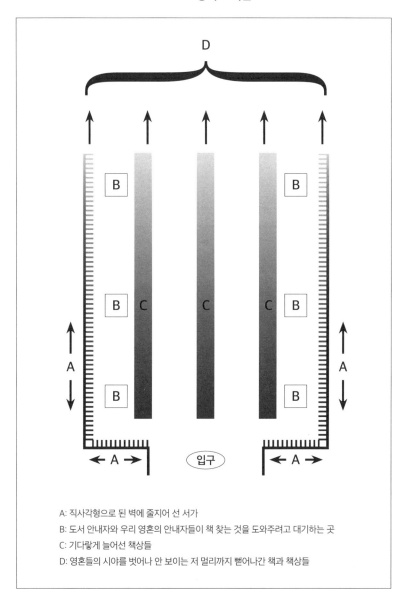

A: 직사각형으로 된 벽에 줄지어 선 서가
B: 도서 안내자와 우리 영혼의 안내자들이 책 찾는 것을 도와주려고 대기하는 곳
C: 기다랗게 늘어선 책상들
D: 영혼들의 시야를 벗어나 안 보이는 저 멀리까지 뻗어나간 책과 책상들

다. 여기에는 여러 요소가 작용한다. 연구의 복잡성이라든가 학생 영혼이 보고자 하는 시간대 같은 것들이 이에 포함된다. 학생들은 짝을 지어 공부하기도 하지만 대개 자신의 안내자나 도서 안내자의 도움을 받아 인생 서적을 찾고 나면 혼자서 연구를 한다.

　동양 사상에서는 아카식 레코드(Akashic Record) 기록 속에 우리가 윤회 때마다 했던 모든 생각, 모든 말, 모든 행동, 그리고 우리가 참여했던 모든 일들이 기록되어 있다고 말하고 있다. 미래에 있을 사건도 그 기록을 보면 알 수 있다고 한다. '아카샤(Akasha)'라는 단어는 모든 우주적 기억의 정수라는 뜻이다. 시청각 마그네틱 테이프와 같이 에너지의 모든 진동파가 거기에 다 들어 있다. 나는 전에 신성함과 영원불멸함과 의식적인 기억이 연결되어 있다는 것을 얘기한 바가 있다. 영적 도서관에 대한 인간의 개념화, 즉 놓친 기회와 과거의 행동의 책임을 연구하는 시간을 초월한 장소라는 개념은 이러한 기억 연결의 한 예다. 동양 사람들은 과거, 현재, 그리고 미래는 에너지 입자 속에 저장되어 있다가 성스러운 영적 장소에서 진동 파장에 맞추어진다는 생각을 품고 있었다. 나는 우리 각자에게 영적인 기록이 있다는이 개념이 인도나 지구상의 어디에서 기원된 것이 아니라고 생각한다. 윤회하는 사이사이 영계에서 얻은 지식이 우리의 영적 정신에 깃들어 있는 것이다.

　영적 도서관에 대한 기억이 사람들을 두려움에 떨게 하는 종교적 교리로 둔갑되는 면이 있는 것을 볼 때 나는 마음이 언짢다. 동양 문화권 내에는 인생 서적이 영혼의 죄를 묻기 위한 증거물로 쓰이는 영적인 일기장이라고 믿는 일부 사람들이 있다. 영적 도서관이 잘못된 행위를 저지른 영혼을 심문하기 위하여 준비해둔 카르마의 기록 저장소로 해석이 되고 있다. 이 잘못된 믿음은 한 걸음 더 나아가 영혼은 과거 생에서 저지른 잘못에 대해 재판을 받고 형을 선고받는다고 한다. 어떤 영매들은 아카식 레코드를 볼 수 있는 특권이 있으므로 자신은 미래를 알 수가 있다고, 그래서 자신을 추종하면 재앙을 면할 수가 있다고 주장한다.

두려움을 일으키는 일에 있어서 인간의 광태는 그 한계가 없는 것 같다. 그 첫 번째 예가 자살한 사람에게는 무서운 형벌이 내린다는 것이다. 천국에 못 간다는 것이 자살을 막아주기는 하지만 그러나 그것은 잘못된 접근이다. 최근 들어서는 가톨릭교에서도 자살은 영적인 극형에 처해야 하는 무서운 죄라고 전처럼 강하게 주장하지 않는다. 바티칸에서 자살은 '자연에 위배되는 것'이다. 그러나 거기에는 단서가 붙는다. "하나님 한 분만이 아시는 방법으로 유익하게 참회할 수 있는 기회가 있다."라고 했다. 여기서 유익하다는 말은 그 어떤 선한 목적을 전도한다는 뜻이다.

다음 사례는 전생에서 자살한 피술자다. 그녀는 도서관에서 자신의 행동을 점검한다. 영계에서의 참회는 흔히 도서관에서부터 시작된다. 그녀의 자살에 대해 이야기하는 것이므로 여기에서 잠시 도서관 얘기는 접어놓고, 사람들한테서 자살에 대해 받는 질문 몇 가지를 소개하고 자살의 행위가 영계에 돌아왔을 때 어떤 영향을 미치는지에 대해 설명하겠다.

전생에서 자살을 한 피술자들과 면담할 때, 죽음을 맞은 뒤 그들이 하는 첫 말은 "맙소사, 내가 어쩌면 그렇게 어리석을 수가 있었나!"이다. 이런 말을 하는 경우는 육체적인 질병으로 고통을 겪은 사람들이 아니라 육체가 건강한 사람들이다. 신체 상태가 아무것도 할 수 없을 정도로 무너진 사람의 자살은 그가 젊었거나 늙었거나 관계없이 건강한 육체를 지녔던 사람의 자살과 영계에서 다른 대우를 받게 된다. 모든 자살의 경우가 사랑과 이해심으로 받아들여지긴 하지만 건강한 육체로 자살한 사람에게는 응보가 있다.

안락사에 관련된 영혼은 나의 경험으로 보면 패배감이나 죄의식을 느끼지 않는다. 나는 이러한 경우의 실질적인 예를 9장에서 자유의지를 설명할 때 언급하겠다. 우리는 참을 수 없는 육체적인 고통에서 놓여날 권리가 있다. 존엄성이라곤 전혀 없이 산소호흡기에 연결되어 유지되는 삶에서 놓여날 권리가 우리에게는 있는 것이다. 나는 스스로든 아니면 보호자에 의해서든 극심하게 손상된 육체에서 떠난 영혼은 영계에서 어떠한 낙인도 찍히지 않는다는 것을 알게 되었다.

나는 지난 몇 년 동안 나를 만나기 전에 자살을 기도했던 사람들과 꽤 여러 번 일할 수 있었는데, 많은 도움이 되어줄 수 있었다. 어떤 이들은 내가 그들을 만난 그때까지도 괴로움 속에 있었고, 어떤 이들은 자기 파괴적인 생각에서는 벗어나 있었다. 내가 알게 된 사실 중의 하나는 자신이 지구에 속한 것 같지 않다고 말하는 사람들을 심각하게 생각해야 된다는 것이다. 그들은 자살할 가능성도 있다. 내가 접해본 바에 의하면, 이러한 사람들은 영적으로 세 가지로 분류할 수가 있다.

1. 그들은 어리고 고도로 예민한 영혼으로 윤회를 지구에서 시작하

긴 하였으나 지구에서는 조금밖에 시간을 보내지 않았다. 여기에는 인간 육체 적응에 크게 어려움을 겪고 있는 영혼들이 속해 있다. 그들은 육체가 너무 잔인하여 존재에 위협을 느낀다고 한다.

2. 영혼이 어릴 수도 있고 오래된 영혼일 수도 있다. 그들은 지구에 오기 전에 다른 행성에서 윤회한 적이 있다. 전에 살았던 세상이 지구보다 덜 가혹한 곳이면, 그들은 인간 육체의 짙은 밀도와 원시적인 감정에 정복당할 것이다. 이들은 앞 장에서 얘기했던 혼성 영혼들이다. 근본적으로 그들은 자신이 외계인의 몸 안에서 살고 있는 듯이 느낀다.

3. 3단계 영혼보다 낮은 단계의 영혼들로서, 창조된 이래로 지구에서 윤회를 계속했으나 현재에 잘 합치되지 못하는 영혼들이다. 이러한 영혼들은 육체적 자아가 불멸의 영혼성과 극단적으로 다른 몸을 받아 태어났다. 그들은 지금 살고 있는 인생 속에서 자기 자신을 찾지 못하고 있는 듯이 보인다.

건강한 몸으로 자살한 영혼들에게는 어떤 일들이 일어나는가? 자살한 영혼들은 전생에서 인생 계약을 이행하지 못했기 때문에 그들의 안내자와 그룹 동료들 눈에 자신이 다소 폄하당한 것처럼 보이는 것 같다고 내게 말한다. 주어진 기회를 낭비했다는 사실 때문에 그들의 자부심이 손상되었다. 인생은 선물인 것이며 우리들이 사용할 육체를 선택하는 데는 많은 생각이 선행되었다. 우리는 그 육체의 관리자이며 성스러운 믿음을 지니고 육체로 들어왔다. 피술자들은 이것을 계약이라고 부른다. 특히 젊고 건강한 사람이 자살을 한 경우, 우리의 선생은 이것을 대단히 미성숙한 행위이며 약속의 폐기로 간주한다. 우리의 영적 마스터들은 삶이 아무리 힘들지라도 정상적인 방법으로 기능하는 몸으로 인생을 마칠 용기가 우리에게 있다는 그들의 신념을 우리에게 보여준 바 있다. 그들에게 끝없는 인내심이 있긴 하지만, 반복해서 자살하는 영혼에게는 그들의 용서가 다른 어조를 띤다.

나를 만나기 1년 전에 자살을 기도했던 젊은 피술자가 있었다. 최면에 들어가자 그가 여러 전생에서도 자기 파괴적이었던 증거가 발견되었다. 원로들의 의회에서 마스터 선생들을 대했을 때 원로 중의 한 명이 이렇게 말했다.

또다시 너는 일찍 여기 왔고 우리는 실망스럽다. 새 인생에 종말을 고할 때마다 똑같은 시련이 더욱 가혹해지기만 한다는 사실을 너는 아직도 배우지 못했나? 너의 행위는 여러 이유로 이기적이다. 적어도 너를 사랑하는 사람들에게 슬픔을 안겨줬다는 것을 생각해보라. 너는 앞으로 얼마나 더 우리들이 너에게 준 완전하게 훌륭한 몸을 던져버릴 작정인가? 네가 자기 연민에서 벗어나 자신의 능력을 이해하게 되거든 그때 그것을 우리에게 알려다오.

나는 자살 문제에 대해 원로들이 이보다 더 심한 말을 나의 피술자들에게 하는 것을 들어본 일이 없는 것 같다. 몇 달 후에 이 피술자는 나에게 편지로 자살하고 싶어질 때마다 죽은 뒤 또다시 그 원로를 대면하는 것을 피하기 위하여 자살 충동을 밀어낸다고 말했다. 최면 세션 중 내가 약간의 암시를 걸어준 덕분에 그의 의식에서 이 장면을 쉽게 떠올렸으며, 자살에 대한 충동을 억제하는 데 도움이 된 것 같았다.

건강한 육체로 자살을 한 경우 그 영혼에게는 두 가지 중 하나의 일이 일어나게 된다. 그가 자살을 반복하는 영혼이 아니라면 잃어버린 시간을 만회하기 위하여 그 자신의 요구로 다소 빠르게 새 인생 속으로 돌아가는 경우가 많다. 지구 시간으로 죽은 지 5년 내에 돌아올 수도 있다. 자살한 영혼은 대부분 곧바로 다이빙대에 올라 새 인생 속으로 뛰어드는 것이 중요하다고 믿는다. 어찌 되었건 우리 인간에게는 타고난 생존 본능이 있으며 대부분의 영혼들은 살아남으려고 치열히 투쟁하는 것이다.

인생이 힘들어지면 그만둬 버리려는 성향을 지닌 영혼을 위한 선의의 참회 장소가 있다. 이러한 곳은 죄인들을 위해 마련된 어둡고 저급한 공포 지역이 아니다. 자살한 영혼들은 삭막한 연옥 같은 곳에서 벌을 받는 것이 아니라 물과 나무와 산이 있는, 그러나 다른 생명이라고는 없는 아름다운 행성으로 자원해서 갈 수도 있다. 그들은 이 고립된 곳에서 다른 영혼과는 접촉 없이 지내게 된다. 가끔씩 그들의 안내자가 반성과 자기 성찰에 도움을 주러 방문할 뿐이다.

이 고립된 장소들은 여러 다양한 형태를 보이고 있으나 대단히 지루한 곳이라는 것을 인정해야겠다. 아마도 지루하다는 그 특성이 전부일지도 모르겠다. 동료들은 꾸준히 새 인생에 도전하는데, 벤치에 앉아 몇 게임을 그냥 보기만 하는 것과 같다. 이 처방은 확실히 효과가 있는 듯하다. 영혼들은 신선한 기분으로 자신들의 영혼 그룹으로 돌아오지만, 그룹 친구들과 함께하는 활동과 자신의 발전을 위한 기회를 그동안 많이 놓쳤음을 안다. 그럼에도 불구하고 언제까지나 지구에 적응하지 못하는 영혼들이 있다. 그런 영혼 중의 일부는 다른 행성으로 윤회하게 된다고 들었다.

다음의 두 사례는 영혼들이 영적 도서관에서 자신에 대한 기록을 보는 것이 그들에게 마치는 영향을 나타낸다. 두 사례 모두 약간의 차이가 있지만 변형된 현실을 방법론적으로 사용했다는 증거가 있다.

케이스 29의 여성은 자살한 경우로, 이전 생에서 그녀가 다르게 살 수도 있었던 변형된 선택들을 네 개의 공존하는 시간대 안에서 보여준다. 그 첫 시간은 실제로 살았던 삶 그 자체다. 그녀는 삶의 장면들에 참여하기보다는 방관자적인 입장에서 살펴본다. 케이스 30은 이전 생에서 다른 인생 결과를 가져올 수 있는 하나의 장면 속으로 영혼이 극적으로 들어간다. 이 두 사례 모두 우리의 인생이 선택에 따라 여러 길을 가는 것을 보여주기 위해 설계되었다.

우리의 안내자는 자아 발견의 가장 효과적인 방법을 도서관에서 결정한다. 자아 발견의 방법과 범위는 도서 안내자의 관할하에 결정된다.

케이스 29

영국의 한 작은 농촌 마을에 살던 에이미는 16세 나이로 1860년에 자살하고 영계로 돌아왔다. 어려움을 이겨나갈 능력이 없는 것 같아서 이 영혼은 100년이 지난 후에야 다시 윤회하려 했다. 결혼도 안 한 몸으로 임신 2개월째였던 에이미는 마을에 있는 연못에 빠져 죽었다. 그녀의 연인인 토머스는 그보다 한 주 전에 지붕을 고치다가 떨어져 죽었다. 이 둘은 깊이 사랑하는 사이로 결혼을 할 작정이었다. 이전 생을 살펴보며 에이미는 토머스가 죽었을 때 그녀의 인생이 끝난 것 같았다고 나에게 말했다. 자신의 임신이 동네 사람들의 입에 오르내려 가족이 창피하게 되는 것을 원하지 않았다고 그녀는 말했다. 눈물을 글썽이며 그녀는 말했다.

"나는 사람들이 나를 창녀라고 부르리라는 것을 알았지요. 내가 만약에 런던으로 도망친다면 그게 바로 임신한 불쌍한 처녀들이 하는 짓이니까요."

자살한 영혼들에게 그들의 안내자는 혼자 은거하는 것, 적극적으로 에너지를 재충전하는 것, 빠른 윤회, 아니면 위의 방법을 혼합한 선택, 이 중의 하나를 택하도록 한다. 자살한 후에 에이미가 영계로 돌아왔을 때 그녀의 안내자인 리키코와 토머스의 영혼이 잠깐 동안 그녀를 위로하기 위하여 관문으로 마중을 나왔다. 곧 그녀는 아름다운 정원에 리키코와 단둘이 있게 되었다. 에이미는 리키코의 태도에서 그녀에 대한 실망감을 느낄 수 있었으며 리키코가 그녀의 용기 없음을 책망할 것으로 생각했다. 왜 자신의 인생이 처음에 계획된 대로 진행되지 않았느냐고 에이미는 화를 내며 리키코에게 물었다. 에이미는 윤회하기 전 그 인생에 자살 가능성이 있다는 것을 보지 못했다. 토머스와 결혼해서 아이들을 낳고 마을에서 늙어 죽도록 행복하게 살 것이라고 생각했다. 그녀는 누군가가 자신이 디디고 서 있는 융단을 발밑에서 잡아뺀 것같이 느꼈다. 토머스가 죽었을 때 그녀의 인생은 달라질 수 있었으며 자살보다 더 나은 선택을 할 자유가 그녀에게 있었다고 리키코는 설명했다.

에이미는 토머스가 높고 가파르고 위험스러울 정도로 미끄러운 지붕에 올라간 것이 토머스의 인생 선택 중 하나였다는 것을 알게 되었다. 왜냐하면 이 '사고'를 에이미에 대한 시험으로 간주하고 있었기 때문이다. 후에 알게 되었는데 토머스는 처음에는 마음이 내키지 않아 지붕 고치는 일을 맡지 않으려고 했다고 한다. 그들의 영혼 그룹은 이전의 인생들에서는 비록 약했을지라도 에이미의 생존 능력은 에이미 스스로가 생각하는 것보다 크다고 생각하는 것이 완연했다.

영계에 돌아간 에이미는 자신이 이전 생에서 겪은 이 모든 훈련 과정이 잔인하고 불필요한 것이라고 생각했다. 리키코는 에이미에게 그녀가 자신을 학대해온 내력이 있는데, 이것을 벗어나야만 남이 생존하는 것도 도와줄 수 있게 될 것이라고 말했다. 영국 빅토리아 여왕 시대에는 자살하는 것 외에 다른 방법이 없었다고 에이미가 답했을 때, 에이미는 도서관 안에 있는 자신을 발견하게 되었다.

닥터 N 지금 어디 있습니까?

영 (좀 어리둥절해서) 나는 서재 같은 곳에 있습니다…. 고딕 양식으로 보이는… 돌로 된 벽돌… 기다란 대리석 테이블….

닥터 N 왜 당신은 건물 같은 이곳에 있다고 생각합니까?

영 (사이를 두고) 내 여러 인생 중 한 번은 유럽에서 수도사로 살았습니다(12세기). 나는 고요히 공부할 수 있는 장소로 오래된 수도원을 사랑했습니다. 아, 내가 어디에 있는지 알겠군요. 책들이 많은 도서관입니다…. 기록들이 있는….

닥터 N 많은 사람들이 그것을 인생 서적이라고 부릅니다. 당신이 보는 것이 그런 것입니까?

영 그래요. 우리 모두 그 책들을 사용하지요…. (잠시 말을 멈춘다. 피술자의 주의가 흩어진다.) 저기 기다란 흰옷을 입은 노인이 걱정스런 표정으로 내게 다가옵니다…. 내 주변을 배회합니다.

닥터 N 에이미, 그는 무엇을 합니까?

영 음, 그는 두루마리 뭉치와 차트를 가지고 있습니다. 그는 중얼거리며 나를 향해 머리를 절레절레 젓습니다.

닥터 N 왜 그런지 아시겠습니까?

영 그는 도서관 사서입니다. 그는 나에게 이렇게 말합니다. "너는 일찍 여기 왔구나."

닥터 N 그 말의 뜻이 무어라고 생각합니까?

영 (사이를 두고) 그건… 여기를 이렇게 일찍 올 만한 어쩔 수 없는 이유가 나에게 없다는 것이지요.

닥터 N 어쩔 수 없는 이유라고요?

영 (나의 말이 미처 끝나기도 전에) 오… 견딜 수 없는 고통에 처해 있는 거죠. 삶에서 제 기능을 할 수 없는 그런 고통….

닥터 N 알겠습니다. 이 도서관 사서가 다음으로 하는 일을 말해주십시오.

영 책들이 널려 있는 기다란 책상에 수많은 영혼들이 앉아 있는 거대하게 트인 공간이 있습니다만, 나는 지금 그 방으로 가지 않을 것입니다. 노인은 다른 사람들을 방해하지 않고 단둘이 조용하게 얘기할 수 있도록 옆에 붙은 작은 방으로 나를 데려갑니다.

닥터 N 그 방으로 가는 기분이 어떻습니까?

영 (체념하듯 머리를 젓는다.) 나에게는 특별한 조치가 지금 당장 필요한 모양이에요. 테이블 하나에 의자 하나뿐인 평범한 방이에요. 노인은 커다란 책 하나를 가지고 와서 내 앞에 놓는데, TV 스크린 같아요.

닥터 N 당신은 무엇을 해야 합니까?

영 (퉁명스럽게) 그의 말을 잘 들어야 하지요! 그는 먼저 내 앞에 두루마리를 놓고 그것을 폅니다. 그는 나의 인생을 나타내고 있는 연속된 선들을 짚어 보입니다.

닥터 N 진행 과정을 천천히 따라가며 그 선들이 당신에게 무엇을 뜻하는지 설명해주십시오.

영 그것들은 인생의 선들이지요. 나의 인생 선들입니다. 넓은 간격을 두고 있는 굵은 선들은 우리들 인생에서 특별한 경험들을 나타냅니다. 이런 경험들을 하게 될 가능성이 높은 나이를 표시하고 있어요. 가느다란 선들은 주요 선들에서 갈라진 것으로 다양한 그 외의… 경우들을 나타냅니다.

닥터 N 덜 뚜렷한 선들은 일어날 가능성은 있으나 꼭 일어날 일은 아니라고 들었습니다. 당신이 하는 얘기도 그런 뜻입니까?

영 (사이를 두고) 그렇습니다.

닥터 N 굵은 선과 가는 선에 대해 그 외에 또 다른 설명을 해줄 수 있습니까?

영 음, 굵은 선이 나무의 둥치 같다면 가는 선들은 가지와 같아요. 굵은 선이 중요 인생길이라는 것을 나는 압니다. 노인은 그 선을 짚어 보이며 내가 더 나아갈 길 없는 막다른 골목의 가지를 택했다고 약간 야단을 칩니다.

닥터 N 에이미, 도서 안내자가 아무리 선들을 가지고 야단을 쳐도 그 선들은 당신이 선택한 인생길을 나타내고 있습니다. 카르마적인 입장에서 보면 우리 모두는 삶의 길에서 이따금씩 잘못된 길에 접어듭니다.

영 (열을 올리며) 그렇지요. 하지만 이건 심각해요. 그의 눈으로 볼 때 나는 단순히 작은 잘못을 저지른 게 아니에요. 내가 하는 일들을 그가 살펴주고 있다는 것을 나는 알아요. (잠시 멈추었다가 큰 소리로) 솔직히 그가 가지고 있는 저 두루마리 뭉치로 그의 머리를 갈기고 싶어요. 나는 그에게 말합니다. "당신이 가서 내 인생을 잠시 살아보세요!"

이 시점에서 노인의 얼굴이 부드러워지더니 몇 분간 방을 나갔다고 에이미는 나에게 말했다. 그녀는 노인이 자신에게 감정을 수습할 시간을 준 것이라고 생각했으나 노인은 다른 책을 가지고 돌아왔다. 그 책의 한 페이지가 펼쳐지자 에이미는 노인이 젊은 남자로서 그의 신앙 때문에 고대 로마 경기장에서 사자에 의해 몸이 찢기는 장면을 볼 수 있었다. 노인은 그의 책을 치우고 에이미의 책을 펼쳤다. 나는 그녀에게 무엇을 보느냐고 물었다.

> **영** 책은 입체적인 색상으로 생생하게 살아납니다. 그는 수백만 개의 은하로 이루어진 하나의 우주가 있는 첫 페이지를 나에게 보여줍니다. 그리고 나서 은하수… 그리고 우리들의 태양계…. 내가 어디에서 왔는지를 기억하게 하려는 것이지요. 그다음에 더 많은 페이지가 펼쳐집니다.
>
> **닥터 N** 그 방법이 좋군요. 에이미, 그다음에는 무엇을 봅니까?
>
> **영** 아아아… 크리스털로 된 프리즘들이지요…. 어떤 생각을 내보내느냐에 따라 어두워지기도 하고 밝아지기도 하는…. 그러고 보니 전에도 이런 과정이 있었던 것을 기억하겠어요. 더 많은 선들… 그리고 사진들… 사진들을 나는 나의 마음으로 앞으로 옮겼다가 뒤로 옮겼다가 할 수가 있어요. 내가 할 수 있는데도 노인은 여하튼 나를 도와주고 있어요.

나는 이러한 선들이 시간대의 정렬을 나타내는 진동 시퀀스를 형성한다고 들었다.

> **닥터 N** 당신은 선들의 의미를 어떻게 풀이합니까?

영 선들은 우리가 보고 싶어 하는 인생 장면을 순서대로 형성합니다. 보아야 할 필요가 있는 장면들이지요.

닥터 N 내가 당신보다 앞질러가는 것을 나는 원치 않습니다. 에이미, 지금 노인이 당신과 무엇을 하고 있는지 말해주십시오.

영 좋아요. 그가 책장을 넘기자 내가 방금 떠나온 마을에 있는 내 모습이 스크린에 나타납니다. 너무나 실제 같아요. 생생하게 살아 있고, 나는 거기 있어요.

닥터 N 당신은 장면 속에 실제로 있습니까, 아니면 그 장면을 그냥 관찰하는 겁니까?

영 우리는 양쪽 다 할 수 있습니다만, 지금 현재 나는 그 장면들을 그냥 보고만 있게 되어 있습니다.

닥터 N 좋습니다. 에이미, 노인이 당신에게 보여주는 장면들을 계속해서 봅시다. 무슨 일이 일어나고 있는지 설명해주십시오.

영 오… 우리들은 다른 선택들을… 보려고 해요. 내가 몸을 던졌던 연못입니다. (사이를 두고) 이때에는 물로 들어가서 빠지지 않습니다. 나는 마을로 돌아옵니다. (처음으로 웃는다.) 나는 아직도 임신 중이지요.

닥터 N (그녀와 함께 웃으며) 좋아요. 책장을 넘깁니다. 이제는 무엇을 합니까?

영 나는 어머니인 아이리스와 함께 있습니다. 나는 어머니에게 토머스의 아이를 임신 중이라고 말합니다. 내가 생각했던 것만큼 어머니는 놀라지 않습니다. 어머니는 그러나 노여워합니다. 나는 꾸중을 듣습니다. 그다음에… 어머니는 나를 붙들고 나와 함께 웁니다. (피술자는 이제 울며 얘기한다.) 어머니에게 나는 착한 딸이지만 사랑에 빠졌던 거라고 말합니다.

닥터 N 아이리스는 당신 아버지에게 얘기합니까?

영 그것이 스크린에 비치는 하나의 다른 대안입니다.

닥터 N 그 다른 길을 따라가보십시오.

영 (사이를 두고) 우리 모두는 다른 마을로 이사를 가요. 그 마을에 사는 사람들에게 나는 미망인이라고 말합니다. 몇 년 후에 나는 더 나이가 많은 남자와 결혼할 것입니다. 고생스런 시기입니다. 아버지는 이사할 때 많은 것을 잃었고 우리는 전보다도 더 가난합니다. 그러나 우리는 하나의 가족으로 뭉쳐 있으며 인생은 결국 좋은 방향으로 나아갑니다. (다시 운다.) 나의 어린 딸은 아름다웠어요.

닥터 N 지금 현재로선 이것만이 당신이 선택할 수 있는 다른 인생길입니까?

영 (체념하듯) 오, 아니에요. 지금 나는 또 다른 선택을 보고 있어요. 나는 연못에서 돌아와 내가 임신한 것을 알립니다. 부모님은 나를 향해 고함칩니다. 그리고 나서는 부모님끼리 서로 탓을 하며 싸웁니다. 부모님은 내가 집안 명예를 더럽혔으나 힘들게 일군 우리들의 작은 농장을 포기하고 마을을 떠날 생각은 없다고 말합니다. 부모님은 런던에 가서 하녀 일자리를 구해보라고 약간의 돈을 내게 줍니다.

닥터 N 그것은 어떤 결과를 불러옵니까?

영 (비통하게) 내가 예상했던 그대로예요. 런던은 좋은 곳이 아니에요. 나는 거리를 떠돌며 다른 남자들과 자게 되지요. (몸을 떤다.) 나는 젊은 나이에 죽고 아기도 버려져 결국… 죽게 됩니다. 참혹해요….

닥터 N 음, 그 인생길에서는 적어도 살려고 애는 썼군요. 또 다른 선택은 없습니까?

영 나는 피곤해지고 있어요. 노인은 마지막 기회를 나에게 보여줍니다. 다른 선택들이 또 있는 것으로 생각되지만 노인은 내 요청에 따라 이것만 보여주고 그만둘 것입니다. 이 장면에서 나의 부모님은 내가 집을 떠나야 된다고 믿고 있습니다. 그러나 우리는 마을과 마을을 떠도는 행상이 우리 고장에 오기를 기다립니다. 행상은 아버지한테 돈을 받고 나를 그의 마차에 태울 것에 동의합니다. 우리들은 런던에 가지 않고 그 지역에 있는 다른 마을들을 돌아다닙니다. 나는 어느 가정에서 일하게 됩니다. 나는 그 집 식구들에게 나의 남편은 살해되었다고 말합니다. 행상은 나에게 구리 반지를 끼라고 주었고 나의 얘기를 진실이라고 보증합니다. 그 식구들이 내 말을 믿는지는 나는 잘 모릅니다. 상관없어요. 나는 그 마을에 정착합니다. 나는 다시 결혼하지 않지만, 나의 아이는 건강하게 자라납니다.

닥터 N 노인과 함께 책장 넘기는 일을 마치고 나서, 그리고 자살하지 않고 다른 선택을 할 수 있었던 것에 대해 생각해보고 나서,

당신은 어떤 결론에 도달합니까?

영 (슬프게) 자살은 인생의 낭비였어요. 나는 이제 알아요. 그동안
에도 알고 있기는 했던 것 같아요. 죽고 난 직후 나는 내게 말
했습니다. "어리석은 일을 저질렀구나. 이제 또다시 그 모든 걸
반복해야만 하는구나!" 내가 원로들의 의회에 나갔을 때 그들
은 내게 곧 다시 해보고 싶은지 물었습니다. 나는 잠시 생각하
게 해달라고 대답했습니다.

세션이 끝난 후 피술자는 지금의 생에서 용기가 필요했던 선택들에
대해 나와 논의했다. 10대 때 그녀는 임신하게 되었고 그 어려움을 학
교 상담 교사의 도움으로 견디다가 마침내 어머니에게 얘기했다. 어머
니는 그녀가 에이미였던 인생에서 아이리스였다. 어머니와 상담 교사
는 다른 사람들의 의견을 상관하지 말고 자기 자신을 지키라고 그녀를
격려했다. 세션 동안에 알게 된 것은 심각한 인생 문제가 있을 때 그것
을 부정적인 태도로 미리 판단해버리는 경향이 그녀의 영혼에 있다는
것이었다. 이전의 생들에서는 위기에 대처해 어떠한 결정을 내리더라
도 잘못된 결정이 될 것이라는 물리칠 수 없는 생각이 항상 있어왔다.

에이미는 지구로 다시 오기를 주저했으나 오늘날의 그녀는 훨씬 더
큰 자신감을 지닌 여성이다. 그녀는 이 인생으로 오기 전에 100년간을
그녀의 자살에 대해 생각해보았고 그전의 수세기 동안 내린 결정에 대
해서도 반성하는 시간을 보냈다. 에이미는 음악적인 영혼이다. 그녀는
이런 말을 했다.

내게 주어진 육체를 낭비했으므로 나는 그 값을 치릅니다. 나는 레크리에이션 시간에도 좋아하는 음악실로 갈 수가 없습니다. 도서관에 혼자 있어야 하니까요. 나는 스크린을 보며 선택에 따른 과거의 행위가 나 자신을 해치고 주변 사람들을 괴롭힌 것을 돌아봅니다.

피술자들이 사건들을 살펴볼 때 사용하는 '스크린'이 있는 배경의 설명은 한결같이 같다. 작은 회의실 같은 방들로 되어 있으며 TV 크기로 된 다양한 책들이 있는 테이블이 놓여 있다. 피술자들이 책이라고 말하는 것들은 3차원 조명이 켜진 스크린이다. 한 피술자는 다른 대부분의 피술자들의 생각을 다음과 같이 대변했다.

"이 기록들은 페이지들이 있는 책과 같은 착각을 불러일으키지만 진동하는 에너지 시트라는 게 적절합니다. 사건들을 생생한 영상으로 보여주는 화면입니다."

스크린의 크기는 나타내고자 하는 것의 목적에 따라 달라진다. 예를 들면 다음 인생의 윤회를 위하여 인생 선택을 할 때 그 방에 있는 스크린들은 영적 도서관과 교실에 있는 것보다 훨씬 크다. 영혼들은 실물 크기의 그 스크린 속으로 들어가볼 수도 있다. 빛이 일렁거리는 거대한 스크린은 대개 영혼 주변으로 돌아가며 있으며 그들은 그것을 운명의 링(Ring of Destiny)이라고 불렀다. 나는 이 링을 9장에서 더 설명하겠다.

미래 인생을 선택하는 방에 있는 스크린의 크기는 압도적으로 크지만 영혼들은 도서관에 있는 스크린을 들여다보는 데 훨씬 더 많은 시간을 보낸다. 작은 도서관 스크린들의 기능은 지구의 과거와 현재를 지속적으로 모니터링하는 것이다. 크건 작건 모든 스크린은 폭포수같이 보이는 필름으로서 우리들의 일부 에너지를 방에 남겨두고 그 안으로 들어갈 수가 있다고 피술자들은 말한다.

우주를 보여주는 스크린들은 시공간 발생 경로를 기록하는 좌표가 있는 다차원 화면이다. 흔히 타임라인이라고 하는 것인데, 생각 스캔으로 바꿀 수가 있다. 어떤 영혼은 볼 수 없는 다른 조준기가 있을 수도 있다. 패널, 조종간, 다이얼 같은 기계적인 장치로 그들이 살펴보는 장면을 설명하는 피술자를 나는 꽤 자주 보게 된다. 분명히 이것들은 지구에 환생하는 영혼을 위해 만들어진 환상이다.

스크린의 크기나 길이나 너비, 깊이에 관계없이 영혼은 각 장면의 원인과 결과의 과정에 참여할 수가 있다. 그러면 영혼은 원을 이룬 커다란 스크린에서처럼 책이라는 인상을 주는 작은 스크린에도 들어갈 수가 있는 것인가? 시간 여행 공부에는 제한이라는 것이 없으므로, 피술자들의 대부분은 자신들이 한때 참여했던 과거 사건들을 살펴보는 작은 스크린 속으로 들어가보는 일이 더 잦은 것 같다. 영혼들은 자신들의 일부 에너지는 스크린을 보게 놓아두고 나머지 에너지를 가지고 스크린으로 들어가는데, 이에는 두 가지 방법이 있다.

1. 보이지 않는 유령처럼, 지구에서 있었던 장면들에 아무 영향도 미치지 않고 그냥 관찰자로서 움직인다. 나는 이것을 가상현실을 가지고 하는 공부 방법으로 생각한다.

2. 참여자로서 일어나는 일들 속에서 자기 역할을 한다. 심지어는 실

제로 일어났던 일을 재창조하여 현실을 바꾸기까지 한다.

일단 살펴보는 일을 마치면 모든 것은 제자리로 돌아가게 된다. 실제로 일어났던 일에 참여하였던 영혼의 입장에서 보면, 물질세계에서의 과거 사건은 움직일 수 없는 사실이기 때문이다.

다음 사례는 유령처럼 보이지 않는 존재가 이전 생의 장면을 재창조하여 변형시키는 것을 보여준다. 이렇게 하는 것은 감정이입을 통해 배움을 얻게 하려는 데 그 의도가 있다. 케이스 30은 나의 일부 피술자들처럼 변형된 시간의 세상 속으로 스크린을 통해 들어가며 책, 책상, 극장에 대해 얘기한다. 이러한 시공간 훈련은 지구에서 일어났던 사건의 향방을 바꾸지는 못하지만 다른 효과가 있다.

나는 피술자들의 기억이 우리의 시공간과 거의 복제될 수 있는 평행 우주를 이동하고 있다는 것을 보여줄 가능성이 있음을 인정한다. 그러함에도 불구하고 영적 교실과 도서관의 영혼들은 지구에서 일어났던 과거 일이 우리의 우주 현실 밖의 일이라고 여기지 않는다. 나는 지구에서 온 영혼들은 안내자의 파장을 통해 자신들이 보는 것을 나에게 설명하고 있다는 인상을 받는다. 인생 선택의 방에 이르러 더 큰 극장형 스크린으로 오로지 미래만을 볼 때가 되면, 고정된 현실에 대한 그들의 관점은 변동하는 현실에 가까워진다.

스크린에 나타난 사건들은 앞으로 갈 수도 있고 뒤로 가게 할 수도 있다. 배움을 얻기 위해 장면을 빠른 동작으로 놓을 수도 있고 슬로모션으로 놓을 수도 있고 정지시킬 수도 있다. 영혼은 과거 사건의 모든 가능성을 영사기를 작동시키듯 하며 공부를 한다. 케이스 30은 영계의 '지금'이라는 시간 속에 있지만 지구의 과거사는 그에게 있어서 큰 변화가 없음을 우리는 알 수 있다. 어떤 피술자들은 스크린을 통해 과거 생을 보는 것을 영혼들을 위한 '무(無)시간'이라고 일컫는다. 왜냐하면 언제나 현재뿐인 영계의 시간에서 과거는 다음 생에 있을 미래의 가능성과 혼합될 수 있기 때문이다.

케이스 30

영혼의 이름이 언서인 그는 다른 사람들에게 강압적인 행동을 했던 인생을 방금 마쳤다. 그의 멘토들은 도서관에서 놀이터에 있는 그의 어린 시절 장면을 돌아보게 하는 것으로 공부를 시작하게 했다.

> **닥터 N** 언서, 영계로 돌아온 이제 지난 생에서 특별히 생각나는 일들을 살펴보는 과정을 애기해주겠습니까?
>
> **영** 나의 그룹을 잠깐 동안 방문한 뒤 나는 안내자인 포타니우스의 인도로 도서관으로 갑니다. 지난 생이 기억에 아직 생생할 때 공부하라는 것이지요.
>
> **닥터 N** 이렇게 도서관에 오는 것은 한 번으로 그칩니까?
>
> **영** 아, 아니에요. 우리는 혼자 스스로도 공부하러 이곳에 옵니다. 공부는 다음 생을 준비하는 것이기도 하고요. 내 생을 위하여 나에게 맞는 직업과 취미를 공부할 것입니다. 객관적인 시선으

로 무엇이 나의 적성에 맞는지 보는 거지요.

닥터 N 좋습니다. 우리 도서관 안으로 옮깁시다. 당신이 보는 것을 순서대로 설명해주십시오.

영 방은 직사각형의 큰 건물 안에 있습니다. 모든 것들이 투명한 흰빛으로 빛납니다. 두꺼운 책들이 벽을 따라가며 꽂혀 있습니다.

닥터 N 포타니우스가 당신을 이리로 데리고 왔습니까?

영 처음에만요. 지금 나는 나를 맞아주는 머리가 새하얀 여자와 함께 있습니다. 그녀의 얼굴은 대단히 안정감을 줍니다. 이곳에 들어오자 처음 눈에 띈 것은 끝이 안 보이도록 뻗어나간, 줄지어 있는 테이블들입니다. 많은 사람들이 기다란 테이블에 앉아 자기 앞에 있는 책을 봅니다. 공부하는 사람들은 서로 너무 가깝지 않게 앉아 공부합니다.

닥터 N 왜 떨어져 앉습니까?

영 오… 서로 마주 보지 않는 것은 예의 때문에, 그리고 또 사생활을 존중하기 위해서지요.

닥터 N 계속하십시오.

영 나의 도서 안내자는 학자같이 생겼습니다. 우리는 그들을 학자라고 부릅니다. (어떤 피술자들은 그들을 사서라고 부른다.) 그는 벽으로 가서 하나의 책을 꺼냅니다. 그것이 나의 기록이라는 것을 압니다. (아득한 목소리로) 거기에는 이미 밝혀진 이야기들도 있지만 아직 밝혀지지 않은 이야기들도 있습니다.

닥터 N (농담조로) 당신은 도서 카드를 가지고 있습니까?

영 (웃는다.) 카드는 필요 없어요. 그냥 정신적인 주파수를 맞추면 됩니다.

닥터 N 당신이 공부할 인생 서적은 한 권 이상입니까?

영 그래요. 오늘 공부하는 책은 이것이고요. 책들은 서가에 순서 대로 놓여 있습니다. 내 책이 어디 있는지 나는 알지요. 떨어져 서 보면 그 책들은 빛을 발하고 있습니다.

닥터 N 책이 놓여 있는 곳에 당신은 갈 수가 있습니까?

영 아뇨. 그러나 오래된 영혼들은 갈 수 있다고 생각합니다.

닥터 N 그럼 이 순간 도서 안내자는 당신에게 공부해야 할 책을 가 져왔겠군요.

영 그렇습니다. 테이블 가까이에 커다란 스크린 받침대가 있습니 다. 학자처럼 생긴 그녀는 내가 시작해야 할 책장을 펼칩니다.

인생 서적 스크린을 통해 공부하는 장면은 사례마다 각각 특성에 따 라 다르다. 인간의 의식은 초의식이 도서관에서 보는 것을 인간 언어로 설명할 수도 있고 못 할 수도 있다.

닥터 N 당신 스스로가 책을 펴기 전에 도서 안내자가 받침대에 책 을 펴는군요?

영 그래요… 나는 금빛 글이… 쓰여 있는… 페이지를 봅니다.

닥터 N 거기 쓰여 있는 것을 읽어주겠습니까?

영　아니요… 나는 지금 그걸 번역할 수가 없어요…. 그러나 그 글이 내 책이라는 것은 알겠어요.

닥터 N　한 마디도 읽을 수 없겠습니까? 자세히 보십시오.

영　(사이를 두고) 나는… 그리스의 파이(Π) 기호를 봅니다.

닥터 N　그것은 그리스어 철자를 나타내는 것입니까, 아니면 당신에게 무슨 수학적인 의미가 있는 것입니까?

영　나에게 있었던 이 일 저 일들 사이의 비율과 상관있는 것으로 생각됩니다. 글은 동작과 감정을 나타내는 언어입니다. 글씨가… 음악적인 진동파로 느껴집니다. 이 기호들은 내 삶에서 비슷한 상황과 다른 상황 사이의 원인과 결과의 비율 관계를 나타내고 있습니다. 그 외에 더한 무엇이 있지만 나는… 못….
(멈춘다.)

닥터 N　됐습니다. 그럼 이제 이 책을 가지고 당신은 무엇을 하려 합니까?

영　테이블에 있는 빈자리로 책을 가져가기 전에 우리들은 함께 공부합니다. 기호는 책의 어디를 펴야 하는지를 말해주는 것이지만… 그것을 어떻게 설명해야 할는지 모르겠습니다.

닥터 N　걱정하지 마십시오. 당신은 잘 설명해나가고 있습니다. 도서 안내자가 어떻게 당신을 도와주고 있는지만 알려주십시오.

영　(깊은 숨을 쉬고 나서) 우리는 내가 아이로서 학교 교정에서 놀고 있는 페이지를 엽니다. (피술자는 몸을 떨기 시작한다.) 이건… 재미가 없겠어요…. 내가 잔인하고 심술궂은 아이였던 때를 가리키

고 있습니다…. 나는 이걸 또다시 경험해야 하는 거지요…. 그
들은 나더러 이걸 보라고… 내 에너지의 일부가… 책장 속으로
스며듭니다.

닥터 N (격려하며) 좋습니다. 그 장면이 어떻게 진행되는지 할 수 있
는 한 자세히 얘기해주십시오.

영 (의자에서 몸부림치며) 내가 책 속으로… 스며든 후… 나는 그 장
면이 지금 그대로 일어나고 있는 듯이 그 안에서 움직입니다.
나는… 초등학생입니다. 나는 나보다 작고 얌전한 남자애들을
못살게 구는 거친 아이입니다…. 교정에 있는 규율부원이 보지
않을 때를 골라 걔들을 때리고 돌멩이를 집어던집니다. 그러고
는… 오, 안 돼!

닥터 N 무슨 일이 있습니까?

영 (놀라며) 오… 이런! 이제 나는 교정에 있는 아이들 중에서 제일
작은 아이예요. 나는 '나에게' 얻어맞고 있습니다. 믿을 수가 없
어요. 잠시 후에 나는 다시 한번 다른 애들한테 돌팔매질을 당
해요. 오, 정말 아파요.

닥터 N (피술자를 진정시킨 후 도서관으로 완전히 다시 옮긴다.) 당신은 아이
였던 그 당시 그 시간 안에 있었습니까? 아니면 변형된 시간의
형태 안에 있었습니까?

영 (사이를 두고) 변형된 현실 속인데 같은 시간 안이죠. 어릴 때 나
는 맞는 일이라곤 없었습니다. 그러나 맞았어야 하지요. 그래
서 시간이 다른 방식으로 나에게 재생된 것입니다. 우리들은

더 나아질 수 있는지를 보기 위하여 사건을 재현했고, 나는 내가 다른 애들에게 줬던 고통을 느꼈습니다.

닥터N 언서, 이 모든 일에서 당신은 무엇을 배웠습니까?

영 (긴 침묵 후) 나는 아버지를 두려워하는 성난 아이였습니다. 이 다음에 보게 될 장면이 바로 그것입니다. 나는 연민을 배우려고 노력하며 영혼으로서 나의 반항적인 성향을 제어하는 것을 배우고 있습니다.

닥터N 당신 인생 서적의 특성은 무엇이며, 지금 도서관에 있는 느낌은 어떻습니까?

영 나의 책을 공부함으로써 나는 나의 실수를 알아챌 수 있으며 다르게 살 수도 있었음을 알게 되었습니다. 이 조용한 공부 장소에 있다는 것… 다른 영혼들도 테이블에 앉아 나와 같은 공부를 하는 것을 보면서… 음, 그들과 동지애를 느끼게 되고 우리 모두 함께 해나가는 것이라는 기분이 듭니다.

나와 가진 최면 세션을 통해 언서는 자기를 제어하는 훈련이 필요하며 다른 사람들을 더욱 배려해야 한다는 것을 알게 되었다. 많은 인생을 살면서 언서는 늘 이런 식으로 행동을 해왔다. 도서관에서도 미래의 삶을 공부할 수 있느냐는 나의 질문에 그는 이렇게 대답했다.

"그렇습니다. 우리는 시간의 선 위에서 일어날 일의 다양한 가능성을 살펴볼 수 있습니다. 그러나 미래의 사건들이란 매우 불확실한 데다가 여기는 앞으로의 일을 결정짓는 장소가 아닙니다."

이와 같은 말을 들을 때면 나는 모든 가능성과 확실성을 검사해볼 수 있는 평행우주를 생각한다. 이 각본에 의하면 같은 사건은 같은 시간대에 여러 공간에서 일어날 수 있으며, 우리들 또한 수많은 우주 안에서 동시에 존재할 수가 있는 것이다. 이때 여러 우주에서 일어나고 있는 일은 원형과 약간 다른 현실에서 크게 다른 현실까지 그 내용의 범위가 넓다. 그럼에도 모든 시공간의 근원은 평행우주 없이도 변형된 현실을 가능케 할 수 있다. 이후 여러 장에서 나는 우리 우주의 복사판이 아닌, 우리 주변을 둘러싸고 있는 여러 우주에 대해 들은 바를 소개하겠다. 영계에서 영혼들이 스크린을 본다는 것은 같은 공간 안에서 과거, 현재, 미래를 앞뒤로 옮겨 다닌다는 것을 뜻하는 듯하다.

나는 영혼이 도서관에서 스크린을 볼 때 간혹 미래의 어떤 사건의 장면들이 그늘져 보이거나 사라진 듯 거의 안 보인다는 얘기를 들었다. 반면에 좀 더 큰 스크린들이 있는 교실, 특히 거대한 스크린들이 빙 둘러져 있는 인생 선택 장소에서는 타임라인이 더 넓어진다. 큰 스크린으로 영혼들은 미래의 생을 더욱 쉽게 살펴볼 수 있게 된다. 새로 시작하는 영혼들은 스크린에 있는 선들에 자신의 빛 파장을 섞는 기술을 습득해야만 한다. 이런 식으로 자신의 정수를 집약시키면 스크린의 이미지들이 초점이 맞추어지고 분명해진다. 스크린 위의 타임라인들은 앞뒤로 움직이고 서로 교차하며, 과거와 미래가 연결되어 모든 것을 알 수 있는 영계의 '현재' 시간으로부터 나온 확실성과 가능성의 파장에 공명한다.

케이스 29와 30은 나의 모든 사례들이 그런 것처럼 진정한 현실은 무엇인가 하는 의문을 품게 한다. 과거와 미래를 보는 스크린이 있는 교실과 도서관은 진짜인가? 사후 세계에 대해 내가 아는 모든 것은 피술자들의 관찰을 통한 것이다. 관찰자는 최면 상태에서 그들의 영혼의 마음을 인지하고 나에게 얘기한다. 지구와 영계 양쪽의 물질과 기운을 규정짓는 것은 관찰자다.

마지막 사례를 보자. 언서는 그의 과거를 두 번째의 재현으로도 바꿀 수가 없는 거라고 나에게 말했다. 그럼에도 불구하고 죽은 뒤 그는 어린 시절의 교정으로 돌아가서 그 장면에 적극적인 참여자가 되었다. 다시 한번 그는 다른 아이들과 노는 소년이 되었으며 그때의 모든 광경과 소리와 냄새와 느낌이 재생되었다. 피술자들 중의 일부는 이것들이 시뮬레이션이 된 사건들이라고 말하고 있는데 정말 그럴까?

언서는 자신이 아이들을 못살게 굴던 장면에 참여했고, 그 아이들한테서 공격을 받았다. 그는 아픔을 느낄 수 있었으며 어린 시절에는 받아보지 못했던 고통을 느끼고 앉아 있던 의자에서 몸부림쳤다. 시작과 결과가 바뀔 수 있는 모든 사건에 변형된 현실이 동시에 존재하지 않는다고 그 누가 말할 수 있는가? 관찰자 영혼은 공부하는 동안 영계 속에 있는 수많은 현실에 참여할 수 있다. 모든 일은 배움을 주기 위하여 영혼이 가는 길에 놓여 있다.

우리는 우리 우주가 그냥 하나의 환상일 뿐인가 하고 의문을 품는다. 영혼이 가진 불멸의 생각들은 시간도 없고 형태도 없는 지적인 빛 에너지로 나타나는 것이라면, 우리 우주 안에 있는 물질에 제한을 받지 않는다. 그러므로 우주적인 의식이 관찰자의 마음이 지구에서 본 것을 조종한다면, 주어진 시간 속의 원인과 결과라는 관념은 전부 우리를 훈련하기 위하여 고안된 의도적인 환상이다. 우리가 현실이라고 생각하는 모든 것이 환상이라고 믿더라도 인생은 결코 무의미하지 않다. 물리적 세상 안에서 관찰자이자 참여자로서 우리가 돌을 손에 쥐고 있다면, 그 돌은 우리에게는 진실이다. 신성한 지능이 좀 더 위대한 선을 위하여 배우고 성장하라고 우리들을 이런 환경에 놓아두었다는 것 역시 우리는 염두에 두어야 한다. 우리 중의 그 누구도 지구에 우연히 오지 않았으며, 이 순간 우리에게 영향을 미치는 일들치고 어느 것 하나 우연인 것이 없다.

영혼의 색상들

영혼 그룹의 혼합된 색상

최면에 든 피술자들이 에너지 재생과 오리엔테이션 과정과 도서관 공간을 떠나 다른 영혼들과 적극적으로 활동하게 되면, 그들이 지닌 색상의 대비가 더욱 분명해진다. 영혼 그룹의 기능을 이해하는 한 양상으로서 각 영혼이 색으로 구분된다는 것을 나는 첫 책《영혼들의 여행》에서 말한 바 있다. 여기서 이제 내가 하려는 것은 색상 구분에 관해 일부 사람들이 가진 몇 가지 오해를 바로잡는 것이다.

도표 6에서 나는 깊은 최면에 든 피술자들이 본, 영혼의 발전 단계를 나타내는 중심 색상의 전체 스펙트럼을 그려보았다. 더욱 중요한 것은 같은 발전 단계 내에서 일어나는 에너지 색상의 혼합과 미묘한 겹침을

도표 6 - 영적 오라(aura)의 색상들

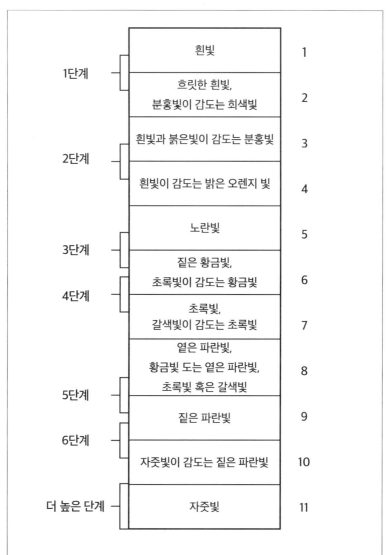

단계	색상	번호
1단계	흰빛	1
	흐릿한 흰빛, 분홍빛이 감도는 회색빛	2
2단계	흰빛과 붉은빛이 감도는 분홍빛	3
	흰빛이 감도는 밝은 오렌지 빛	4
3단계	노란빛	5
4단계	짙은 황금빛, 초록빛이 감도는 황금빛	6
	초록빛, 갈색빛이 감도는 초록빛	7
5단계	옅은 파란빛, 황금빛 도는 옅은 파란빛, 초록빛 혹은 갈색빛	8
6단계	짙은 파란빛	9
	자줏빛이 감도는 짙은 파란빛	10
더 높은 단계	자줏빛	11

이 도표는 1칸의 초보 영혼에서 11칸의 승천한 마스터들까지 한 영혼이 지닌 중심 색상이 어떻게 짙어지는지를 보여준다. 영혼의 중심 색상의 주변에는 여러 다른 색의 후광이 겹칠 수가 있다. 또한 1단계에서 6단계 영혼 사이에는 겹쳐지는 오라의 색상이 있다.

표시하려고 시도했다는 점이다. 영혼들이 발하는 중심 색상인 흰색, 노란색, 그리고 파란색의 빛은 영혼이 성장하고 있음을 나타낸다. 그들의 빛 파장이 진화 과정 동안에 밝은 빛에서 어두운 빛으로 깊어지면서 빛 파장은 덜 흩어지며 진동 파장에 더 집중하게 된다. 한 색상에서 다른 색상으로 바뀌는 데는 시간이 걸리며, 영혼들이 발전함에 따라 자신의 색상 위에 또 다른 색상이 겹친다. 이 때문에 색상에 대해 확실하게 규정하기가 어렵다.

도표 6의 1칸에서 우리는 초보 영혼들이 띠는 순수한 흰빛을 볼 수 있다. 그것은 순수하다는 표시이나, 흰빛은 모든 영혼의 색상 속에 다 들어 있다. 우주적인 색깔인 흰빛에 대해서 나는 다음 사례에서 더 설명하겠다. 흰빛은 종종 후광의 효과를 준다. 예를 들어 안내자들은 정상적으로 지니는 지속적이고 강렬한 빛의 전압을 갑자기 높여 눈부신 흰빛 후광으로 자신들을 감싸기도 한다. 영계로 돌아온 영혼들은 그들에게로 다가오는 영혼을 멀리서 보게 되는 경우 흰빛을 본다고 말한다.

도표의 1, 5, 9, 그리고 11칸에 있는 발전 단계의 영혼들에게는 에너지에 겹쳐드는 다른 색상이 없다. 7칸에 있는 색상을 주로 나타내는 피술자들을 나는 많이 보지 못했다. 그것은 지구에 더 많은 에너지 치유사들이 필요하다는 것을 나타내고 있다. 나는 한번도 11칸에 있는 자줏빛(보랏빛) 에너지를 지닌 피술자를 본 일이 없다. 5단계 이상의 색상을 갖는 것은 윤회를 하지 않는 것으로 보이는 승천한 마스터들이므로 나는 그들에 관해 오직 피술자의 관찰을 통해서만 조금 알 수 있을 뿐이다.

한 영혼 그룹 안에서도 그들이 가진 색상은 저마다 다르다. 그들이 같은 속도로 발전하고 있지 않기 때문이다. 그럼에도 불구하고 영혼의 에너지 색상은 또 다른 요인에 영향을 받을 수도 있어 나는 처음에 혼란을 느꼈다. 주된 중심 색상이 그 영혼의 전반적인 발전 단계를 나타내고 있음에 반해, 어떤 영혼들은 보조 색상을 지니고 있다. 이 색상들은 후광이라고 불린다. 왜냐하면 그 색상들은 관찰자가 볼 때 영혼 에너지 중심 바깥에 나타나기 때문이다. 후광 색상은 중심 색상과 마찬가지로 다른 색상의 색조나 음영에 희석되지 않는다. 유일한 예외는 후광과 중심 색상이 동일한 경우다. 자주 나타나지 않는 경우라 피술자가 쉽게 구별하여 보고할 수 있다.

후광 색상은 영혼이 지닌 자세와 믿음과, 그리고 심지어는 그 영혼이 이루고자 하는 열망까지도 나타내고 있다. 영혼들은 매 인생마다 배움을 얻고 있으므로 후광의 색상은 윤생의 삶 사이에 천천히 바뀌는 중심 색상보다 더 빨리 바뀔 수가 있다. 최면 세션 동안에 후광 색상은 피술자가 보는 순간 깜빡이는 자화상같이 보인다. 케이스 31은 고도로 진보된 5단계 영혼으로, 색상 분류에 도움을 준 피술자 중의 하나다.

케이스 31

닥터 N 영계에서 내가 당신 앞에 전신이 다 보이는 거울을 들고 서 있다면 당신은 자신에게서 어떤 색상들을 보게 됩니까?

영 옅은 파란빛이 중심에 있고 그 가장자리에 황금빛 도는 흰빛이 후광으로 있습니다.

닥터 N 당신의 마스터 선생을 볼 때 그의 에너지는 무슨 색입니까?

영 클랜도는… 중앙이 짙은 파란빛이고… 바깥쪽으로 엷은 보랏빛이 퍼져나가고… 가장자리는 흰 후광으로 둘러쳐져 있습니다.

닥터 N 중앙의 핵심 에너지와 후광 에너지는 당신에게 어떻게 다릅니까?

영 클랜도는 그의 에너지 중심에서 그가 배운 경험의 확고함을 발산하고 있어요. 바깥쪽의 보랏빛은 그 지식에서 오는 진보된 지혜입니다. 흰빛이 그 지혜를 발산해줍니다.

닥터 N 결과적으로 당신이 보는 클랜도의 중심 색상은 무엇이며, 그 색상은 어떻게 나타나고 있습니까?

영 그의 에너지 덩어리에서 사방으로 짙은 보랏빛의 신성한 영성이 발산되고 있습니다.

닥터 N 당신은 영혼 에너지 안에 있는 중심 색상과 후광 색상의 차이점을 설명할 수 있습니까?

영 중심 색상은 그 영혼이 성취한 것을 나타냅니다.

닥터 N 당신 에너지로 말하면 옅은 파란빛과 같은 것인가요? 그 색은 당신이 현재까지의 배움에서 얻은 것이 되는 것입니까?

영 그렇습니다.

닥터 N 그럼 가장자리의 후광들, 당신의 경우에 황금빛 도는 흰색인데, 그것에 대해서는 무슨 말을 할 수가 있습니까?

영 (사이를 두고) 아… 나의 속성들이지요…. 나는 윤생의 삶들에서 항상 다른 이들을 보살피려고 노력하였습니다. 그게 바로 나

인 거지요. 그것은 또한 내가 되고자 희망하는 것이기도 하고
요…. 그보다는 이렇게 말하는 것이 낫겠네요. 나는 남을 보살
피는 측면이 더욱 강화되기를 원한다고요.

닥터 N 당신은 초보 영혼이 아님에도 불구하고 당신 에너지 안에 약
간의 흰빛을 나타내고 있습니다. 많은 영혼들이 자신의 에너지
주변에 밝은 흰빛 후광을 두르는 것에 대해 알고 싶습니다.

영 흰색 에너지의 진동은 의사 교환을 명확히 하기 위해서입니다.
우리들의 진동파가 쉽게 다른 영혼들과 섞일 수 있다는 것을
뜻하지요.

닥터 N 선생이나 안내자가 흔히 밝은 흰빛의 후광을 띠는 것은 그
래서군요. 그럼 이 흰빛은 어린 영혼이 지닌 짙은 흰빛과 어떻
게 다릅니까?

영 흰빛은 모든 영혼 에너지의 기본 색상입니다. 이 흰빛이 다른
색상과 섞여 각 영혼을 구분합니다. 흰빛은 대단히 수용적인
에너지입니다. 새로운 영혼은 선생이 보내는 많은 양의 정보를
받는 반면 선생들은 정확한 진실로 흡수될 수 있도록 많은 정
보를 보내고 있습니다.

닥터 N 초보 영혼들은 경험이 아주 적기 때문에 흰빛 외에 다른 빛
이 없는 것입니까?

영 그렇습니다. 그들은 미숙합니다.

영혼 에너지 색상의 전체 구조에 대해 모르는 것이 아직 많지만, 내

가 알게 된 것은 4단계 이후의 영혼부터는 중심 색상에 뚜렷한 변화가 점점 적어진다는 것이다. 나는 오랜 세월에 걸친 연구에서 얻은, 피술자들이 말한 제2차 후광 색상에 대한 기록을 보관하고 있다. 영혼이 지닌 주된 색상은 그 자신의 속성의 범위를 나타낸다. 피술자의 90% 이상이 색상이 영혼의 특성을 나타낸다는 데 동의한다. 나는 여기에 각 색상이 가장 보편적으로 나타내는 세 가지 성격적 특성을 그 음영 변화와는 관계없이 소개하겠다. 검은색은 더럽혀졌거나 손상되었거나 불순해진 부정적 영혼 에너지로 대개 영혼 재생 센터에서 보게 된다.

- 흰색 : 순수, 맑음, 불안
- 은색 : 가벼움, 믿음, 융통성
- 붉은색 : 정열, 치열함, 감수성
- 오렌지색 : 풍부함, 충동적, 개방적
- 노란색 : 보호, 힘, 용기
- 초록색 : 치유, 양육, 연민
- 갈색 : 안정감, 인내심, 근면함
- 파란색 : 지식, 용서, 계시
- 보라색 : 지혜, 진실, 신성함

다음 장에서 색상이 지닌 영적 의미를 또 다르게 살펴보겠다. 원로들의 의회에서 원로들이 영혼들 앞에 나타날 때 입고 있는 옷의 색상들과 그 옷에 있는 상징적인 디자인들이 이에 포함된다. 일부 디자인은 보석으로 되어 있으며, 색을 통해 특정한 의미들을 나타내고 있다.

도표 7은 2단계 영혼 그룹의 중심 색상과 후광 색상을 나타내고 있다. 중심 색상이 후광 색상인 경우는 일부러 도표에 넣지 않았다. 혼란을 막기 위해서 흰빛, 노란빛, 짙은 파란색 후광은 뺐다. 2단계 영혼들이 모인 이 그룹에는 피술자를 포함해 12명의 구성원이 있다. 도표는 현재 인생에서 가족 구성원으로 지내는 그들 영혼 그룹의 관계를 보여준다. 이들은 한 집안에 태어났지만, 대체적으로 주된 영혼 그룹은 하나의 집안에 전부 태어나지 않는다.

최면 상태에 든 피술자(3B)는 그의 영혼 그룹 11명을 보고 있다. 그들은 현재 그의 집안에 윤회한 가족들이며 그중 하나는 친한 친구로 태어났다. 그의 여동생은 명확한 노란빛을 띠고 있는데 그것은 3단계로 옮겨가는 중이기 때문이다. 노란빛 에너지인 여동생이 만일 이미 지니고 있는 파란빛(지식) 대신에 노란빛(보호하는 성향)을 강하게 띤다면 나의 피술자는 그 색상을 보고하기가 어려워질 것이다. 왜냐하면 그녀의 후광 색상과 중심 색상이 거의 같기 때문이다.

도표 7에서 보면 여동생뿐만이 아니라 피술자의 조부모와 아들은 가족 중에서 약간 더 진화되어 있다. 반면에 아버지와 이모는 좀 뒤처져 있다. 할아버지와 어머니는 에너지 치유사다. 이 그룹의 거의 반수는 후광 색상이 없다. 후광이 없는 그룹을 보는 것이 내게는 드문 일이 아니다. 피술자는 흰빛과 붉은빛이 감도는 분홍빛 중심 색상 위에 밝은 붉은빛 후광이 있다. 이것은 그의 성격이 불같고 치열하다는 것을 나타낸다. 지금 생에서 그의 아들도 그와 비슷한 행동 성향을 드러내고 있

도표 7 - 한 영혼 그룹이 나타내고 있는 에너지 색상들

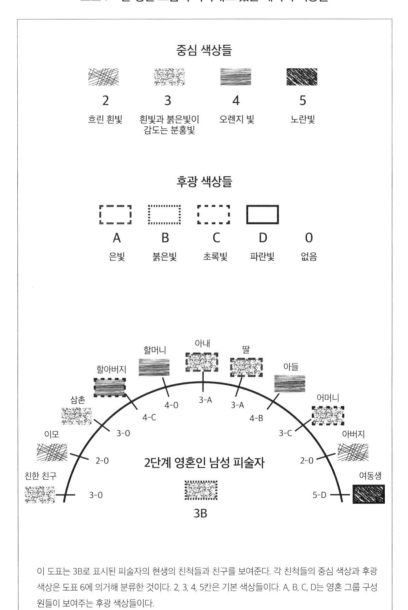

이 도표는 3B로 표시된 피술자의 현생의 친척들과 친구를 보여준다. 각 친척들의 중심 색상과 후광 색상은 도표 6에 의거해 분류한 것이다. 2, 3, 4, 5칸은 기본 색상들이다. A, B, C, D는 영혼 그룹 구성원들이 보여주는 후광 색상들이다.

다. 아내는 사색적이고 개방된 마음으로 신뢰하는 성격을 지니고 있다. 그의 딸은 비판적이지 않은 평상심을 가지고 있으며 대단히 영적이다. 그의 에너지 속에 있는 붉은빛에 대해 그의 생각을 묻자, 피술자는 다음과 같이 말했다.

나의 치열한 성격으로 인해 나는 인생마다 노여움을 처리하는 데 곤란을 느끼고 있습니다. 나는 감정이 풍부한 육체를 자주 선택하는데, 그런 육체가 나의 성격과 어울리기 때문입니다. 나는 수동적인 육체를 좋아하지 않습니다. 나의 안내자는 나의 육체 선택을 상관하지 않습니다. 안내자는 능동적인 육체의 두뇌를 이완시키는 것으로 내가 자신을 제어하는 법을 배울 것이라고 말합니다. 어려운 경우에 처했을 때 나 자신의 충동적인 반응과 열정 때문에 이런 종류의 제어가 힘이 듭니다. 수 세기에 걸친 과거 생을 통해 나는 자제력을 구사하는 능력이 점점 나아지고 있습니다. 과거에는 금방 화를 냈으나 지금은 서서히 변하고 있습니다. 나는 또한 내 영혼의 동반자(현재의 아내)에게 도움을 얻고 있습니다.

나는 발전 과정이 정상적이지 않은 영혼을 가끔 만나게 된다. 피술자가 자신의 그룹에 있는 영혼들을 설명할 때 어울리지 않아 보이는 중심 색상을 말하면 그런 생각이 든다. 가장 잘 드러나는 예가 어린 영혼들의 흰빛이다. 다음 사례는 3단계에서 4단계 영혼 그룹이다. 이 그룹에 있는 노란빛의 구성원들을 다 살펴보았을 때, 피술자는 자기 옆에 서 있는, 대부분이 흰빛인 한 영혼의 얘기를 했다.

케이스 32

닥터 N   진화된 영혼인 당신 그룹 안에서 흰빛을 가진 영혼은 무엇
을 합니까?

영   라바니는 그녀가 가진 재능 때문에 우리들과 함께 수련합니다.
그녀는 어리고 경험도 별로 없지만 주저하게 해서는 안 된다고
결정되었습니다.

닥터 N   라바니는 당신 그룹 안에서 얼떨떨해하지 않습니까? 라바
니는 어떻게 공부를 따라갈 수 있습니까?

영   그녀는 지금 시험을 치르고 있는데, 정직하게 말해서 그녀는
좀 압도당한 것 같습니다.

닥터 N   그녀는 왜 당신들의 그룹으로 오게 됐습니까?

영   우리는 경험이 미숙한 영혼들과 공부하는 데 높은 인내심을 발
휘하는 좀 드문 그룹입니다. 우리 유형의 그룹들은 대부분 너
무 바빠서 아마도 그녀를 등한히 대할 것입니다. 그들이 불친
절하다고 말하는 것이 아닙니다. 그러나 그녀는 어쨌든 여전히
어리고, 그녀의 작고 구름 같은 에너지 형태는 우리에게 아이
처럼 보입니다.

닥터 N   대부분의 진화된 그룹들은 이런 책임을 원치 않는 것 같은
데요. 그렇지 않습니까?

영 맞습니다. 발전 단계에 있는 그룹들은 자신의 일에 몰두하느라고 여유가 없습니다. 아이들에게는 그들이 거의 거드름을 피우는 것같이 보이지요.

닥터N 왜 라바니의 안내자가 라바니를 당신 그룹으로 오게 하였는지 말해주십시오.

영 라바니는 훌륭한 재능이 있어요. 우리는 빠른 학습자 그룹입니다. 우리의 인생들은 엄청나게 힘들었으므로 진화 속도가 빠릅니다. (피술자는 지구에서 1,600년밖에 살지 않았다.) 빠른 발전에도 불구하고 우리는 겸손하다는 평가를 얻고 있습니다. 어떤 이들은 우리의 겸손이 지나치다고 말할 정도입니다. 우리들은 아이들의 선생이 되는 공부를 하고 있으므로 라바니는 우리들에게도 유익합니다.

닥터N 의문이 있습니다. 라바니는 생겨난 지 얼마 안 된 초기 단계에서 자신의 그룹과 떨어진 것이 아닙니까?

영 오, 아니에요! 어떻게 그런 생각을 하는지 모르겠네요. 그녀는 자신의 그룹들과 대부분의 시간을 보냅니다. (웃는다.) 그리고 그들은 라바니가 우리한테 오는 모험을 모르고 있습니다. 그게 더 나아요.

닥터N 왜요?

영 오, 그들은 라바니를 놀릴 수도 있고 라바니한테 너무 많은 질문을 할 수도 있습니다. 라바니가 그들과 대단히 밀착되어 있기 때문에, 우리는 그녀가 친구들과 정상적으로 친교를 맺기

원합니다. 그녀가 가진 재능 때문에 그녀가 자신의 그룹에서
일찍 옮겨가리라는 것을 우리는 알고 있지만요.

닥터 N 만일 영혼들이 텔레파시로 의사소통을 한다면 그들은 서
로에 대해 모든 것을 알 텐데요. 어떻게 라바니가 이 모든 것을
친구들에게 숨길 수 있는지 나는 모르겠습니다.

영 흰빛의 영혼들이 우리들처럼 사적인 일들을 지키기 위해 가림
막을 칠 줄 모른다는 것은 사실입니다. 그러나 라바니는 그렇
게 하는 것을 배웠습니다. 이미 말했듯 라바니는 재능이 있습
니다. (잠시 쉬었다가 덧붙인다.) 물론 모두 다른 사람의 개인적인
생각들을 존중하지요.

케이스 32의 라바니처럼 더 진화된 영혼과 함께 공부하던 어린 영혼
들이 윤회 때에 그들의 자녀로 태어나겠다고 요청하는 것은 드문 일이
아니다. 그 반대의 경우도 있을 수 있다. 진화된 영혼이 어린 영혼을 부
모로 하여 태어나기도 한다.

나는 한 영혼이 지닌 색상이 후퇴하는 경우에 대해서 듣기도 했다.
우리 대부분은 어떤 인생들에서는 퇴보하는 존재의 삶을 살지만, 우리
들의 색상이 큰 차이로 후퇴하게 되는 것은 사태가 심각하고 오래 지연
되었을 때다. 우리들을 각성하게 하는 메시지를 한 피술자에게 들었다.

클라리스는 참 안됐어요. 그의 초록빛이 그렇게도 빛났건만. 그는 훌
륭한 치유사였는데 권력을 즐기다가 망했습니다. 클라리스에게 있어

서 치유는 모든 게 너무 쉬웠습니다. 그는 아주 재능이 있었습니다. 하지만 여러 인생 동안에 재능을 남용함으로써 타락의 길을 가게 되었습니다. 그는 숭배과 아첨을 아주 좋아했습니다. 그의 허영심으로 자신을 위장했습니다. 클라리스는 자신의 재능을 잃기 시작했으며, 우리는 그의 색상이 엷어지다가 점점 사라져가는 것을 알 수 있었습니다. 마침내 클라리스는 힘을 잃게 되었고, 그는 재교육을 위한 장소로 보내졌습니다. 우리는 모두 그가 다시 돌아오기를 기대하고 있습니다.

그룹 안에서 보는 방문자들의 색상

가끔 한 그룹 안에서 한두 영혼의 색상이 나머지 영혼과 많이 다르다는 얘기를 듣는다. 이것은 고도로 전문화된 영혼이 손님으로 잠시 방문한 것이거나 가까운 그룹의 영혼이 방문한 것이다. 가끔 한 번씩 그 그룹보다 경험이 월등한, 차원 사이를 넘나드는 여행자 영혼이 방문한다는 얘기도 듣는다. 그러한 방문객들에 대한 흥미 있는 보고를 여기에 모아 엮어본다.

우리들이 잘 모르는 다른 차원들을 지나서 우리 그룹을 방문하러 오는 진보된 존재들은, 우리들이 빛의 렌즈라고 부르는 스크린을 통과해서 오는 것 같습니다. 그들은 가끔씩 우리의 안내자인 조수아의 초청을 받고 옵니다. 조수아의 친구들이기 때문입니다. 그들이 우리 앞을 지날 때는 은빛으로 흐르는 물 같습니다. 우리에게 있어서 은빛 흐름이란… 통과의 망토… 반투명한 차원을 넘나드는 지성의 순수함을 나타냅니다…. 그들은 많은 물리적, 정신적 영역을 통과하고 잘 기능하는 능력을 가진 탄력적인 존재입니다. 그들은 우리들이 지닌 무지의 어둠을 밀어내지요. 그러나 아름다운 이 존재들은 오래 머물지 않습니다.

나는 잠시 모습을 나타내는 이 이색적인 존재들이 영혼 그룹에 깊은 영향을 미친다는 것을 덧붙이고 싶다. 위 사례의 피술자에게 은빛 존재들의 가르침에서 얻은 지혜의 예를 들어 달라고 하자 그는 말했다.

"그들은 인간들에 대해 상세히 알게 해주어 인생 선택을 할 때 더 잘할 수 있도록 우리들의 시야를 넓혀주었습니다. 그 기술은 비판적인 사고를 발전시켜주며, 우리들이 더 큰 진실의 기반 위에서 결정을 내릴 수 있게 합니다."

인간과 영혼 색상의 오라

《영혼들의 여행》이 출간되고 나자 나는 색상에 대해 사람들이 가지는 또 하나의 잘못된 견해에 부딪치게 되었다. 많은 사람들이 영혼과 관련된 나의 색상 분류를 인간의 오라와 비교하려 들었다. 나는 이러한 가설이 잘못된 결론을 끌어낸다고 믿고 있다. 영혼에게 있어서 색상과 에너지 진동은 밀접하게 연관되어 있으며, 비물질적 환경인 영계를 반영하고 있다. 그러므로 물질적 환경에서는 같은 영혼의 에너지 파장이라 해도 변형이 된다. 거기에다가 인간 육체는 영혼 에너지 색상의 형태를 더욱 변화시킨다.

치유사들이 인간을 둘러싸고 있는 오라의 색상을 식별한다는 것은 대부분 육체가 나타내고 있는 빛이다. 감정 구성, 중추신경계 및 호르몬 균형의 영향을 받는 인간의 뇌에서 나오는 생각은 물론, 육체의 모든 중요한 기관들이 인간의 오라와 관련이 있다. 근육과 피부도 오라를 만드는 데 관여한다. 물론 영혼의 의식과 우리 몸 사이에 상관 관계가 없진 않지만 신체적, 정신적 건강이 인간 오라의 주요 결정 요인이다.

내가 인간의 오라를 보지 못한다는 것을 여기서 말해야겠다. 나의 정보는 모두 이 분야의 전문가들과 나의 피술자들에게서 나온 것이다. 내가 들은 바에 의하면, 우리가 인생을 살아가는 동안 우리의 육체는 급속히 변해가기 시작하며, 이것이 우리 에너지의 외적 색상에 영향을 미치게 된다. 이에 비해 영혼의 색상이 변하는 데는 수 세기가 걸린다. 동양 사상에서는 육체가 영체와 결합하여 함께 있으며 영체는 자체적인 에너지 윤곽을 가지고 있다고 말하는데, 나 또한 그에 동의한다. 진정한 치유는 육체와 에너지 양쪽에 이루어져야 한다. 명상할 때나 요가를 할 때, 우리는 신체의 다양한 부분을 통해 감정적, 영적 에너지를 풀어낸다.

최면에 든 피술자들이 영혼 그룹에 속한 다른 영혼에게서 나오는 빛에너지에 대해 얘기할 때, 인간의 형상으로 보이는 어떤 부분에서 좀더 강한 에너지 형태가 나타난다고 보고하곤 한다. 과거 생의 흔적을 현재 인생에 지니고 태어날 수가 있듯이, 우리는 육체의 흔적도 육체적 윤생을 상기시키는 에너지 그림자들로 영계에 가져올 수가 있다. 다음 사례의 피술자와 면담하는 동안 나는 잠시 이 피술자가 차크라에 대한 의식적인 기억을 무의식의 설명 속에 스며들게 한 것이 아닌가 의문을 품기도 했었다. 차크라는 인간 육체 안에 있는 일곱 개의 중요 지점에서 밖으로 소용돌이치며 발산하는 힘의 근원이다. 이 피술자는 차크라란 영혼이 육체를 통해 개체성을 나타낸 것이라고 느끼고 있었다.

케이스 33

닥터 N 당신은 당신 영혼 그룹에 속한 로이가 현생에서 당신 가족의 일원으로 태어났다고 말했습니다. 로이의 에너지 초점을 볼 때, 무엇이 보입니까?

영 육체 형상의 중앙 부분에서 짙은 분홍빛 도는 노란빛이 나오는 것을 봅니다. 그곳은 제3의 차크라 지점입니다.

닥터 N 육체 형상이라니요? 왜 로이는 당신 그룹에 육체적인 몸을 나타내는 것입니까?

영 우리들은 인생에서 우리를 기쁘게 했던 육체의 형태를 나타냅니다.

닥터 N 명치나 위장 부분에서 응집된 에너지가 나온다는 것은 당신에게 무엇을 의미합니까?

영 로이의 인생에서 그가 가졌던 개인적인 힘의 가장 큰 강점은 어떤 육체를 가졌든지 간에 위장에 있었다는 것입니다. 그는 강철 같은 신경을 갖고 있습니다. (웃으며) 그는 그 분야에 또 다른 욕구를 가지고 있지요.

닥터 N 로이의 그 같은 에너지 발산이 그의 성향을 드러내고 있다면 그 외 다른 그룹 구성원들의 몸 부위에서 나오는 빛 에너지를 얘기해줄 수 있습니까?

영 네. 래리는 그의 머리로 인해서 큰 발전을 할 수 있었습니다. 그는 여러 인생에서 창조적인 사색가였습니다.

닥터 N 그 외 또 누구 없습니까?

영 나탈리가 있군요. 그녀의 힘의 정수는 그녀가 지닌 연민이에요. 그로 인해 심장 부위에서 더 빠른 진보를 합니다.

닥터 N 당신은 어떻습니까?

영 나의 빛은 목에서 나옵니다. 나는 몇 번의 인생을 연설을 통해서, 그리고 현생에서는 노래를 통해서 의사소통의 기술을 연마합니다.

닥터 N 이 에너지 지점들은 인간의 오라 색상과 무슨 상관이 있습니까?

영 색상만으로 볼 때는 대개 없고, 에너지 집중의 강점이라는 측면에서는 상관이 있습니다.

색상을 통한 영적 명상

앞 장에서 배니언이라는 이름의 영혼과 면담할 때 회복 장소에서 에너지의 재균형을 위해 여러 색상의 빛이 치유 도구로 사용된다고 말했다. 영계에 대해서 쓴 나의 글을 읽은 사람들은 색상에 대한 이런 정보가 육체적 치유에도 유익한지를 물어왔다. 우리의 내적 자아에 도달하는 방법으로서 영적 명상은 육체 치유에도 큰 도움이 된다. 여러 명상 방법을 설명하는 책들이 서점에 많이 나와 있다. 빛의 전달은 영혼 에너지와 안내자와의 접촉이므로, 이를 사용하는 명상 방법 하나를 소개해야 할 것 같다.

내가 선택한 여섯 단계로 이루어진 명상 방법은 내가 제안한 암시 시각 요법과 용기 있는 54세 여성이 사용하는 방법을 섞은 것이다. 나의 피술자였던 그녀는 난소암과 싸우는 동안에 체중이 31킬로그램이나 감소했다. 지금 그녀는 항암 치료를 마친 상태이며 그녀의 회복 속도는 의사도 놀랄 만큼 빠르다.

피술자 중의 여러 사람이 빛을 사용한 명상으로 영적 힘을 강화하고 있다. 심각한 건강 문제가 있는 사람들은 매일 30분씩 명상을 하든가 하루에 두 번 15분 내지 20분을 명상함으로써 가장 좋은 결과를 보고 있다고 나에게 말한다. 내가 명상의 단계들을 육체적 질병에 대한 치료로 여기 소개하는 것이 아님을 알아주었으면 한다. 개인이 지닌 마음의 힘과 집중력은 사람마다 다르다. 그들이 앓고 있는 병의 성격 또한 다르다. 나는 어떤 방식으로든 일단 영적 자신과 연결이 되면 각자의 면역 체계가 강화된다고 생각하고 있다.

1. 마음을 가라앉히는 것에서 시작한다. 실제로 있었던 일이나 상상으로 있었던 일로 당신을 상하게 한 모든 사람들을 용서하라. 부정적인 생각의 에너지를 검은빛으로 시각화하여 5분간 마음을 깨끗이 정화한다. 지금 앓고 있는 병에 대한 두려움도 이에 포함된다. 진공청소기가 당신의 머리 꼭대기에서 발끝까지 움직인다고 생각

하라. 병으로 인한 고통과 상처에서 나오는 검은빛을 몸 밖으로 밀어내어 청소기가 싹 빨아들이게 하라.

2. 당신의 영적 안내자를 나타내는 밝은 파란색 후광을 당신 머리 위에 만들라. 사랑의 생각을 내보내서 당신의 안내자에게 도움을 요청하라. 그다음 5분간은 수를 세어가면서 숨쉬기를 한다. 숨을 들이쉴 때 편안함이 들어오게 하고 내쉴 때는 조여드는 마음이 나가도록 하라. 당신의 숨쉬기가 신체의 리듬과 조화를 이루도록 하라.

3. 당신의 몸을 보호하여줄 흰빛 도는 금색 풍선을 크게 확대함으로써 당신 자신의 높은 의식을 생각하기 시작하라. 마음속에다 말하라. "죽을 육신을 방어하기 위하여 나는 불멸의 나를 원한다." 이제 가장 깊은 정신 집중으로 들어간다. 당신은 풍선에서 흰빛의 순수를 끌어내어 그것을 빛줄기로 당신 몸의 각 기관들에 보낸다. 백혈구는 면역체의 힘을 나타내고 있으므로 비눗방울로 시각화하여 온몸을 돌아다니게 하라. 흰 방울들이 검은 암세포들을 공격하고 어둠을 극복하는 빛의 힘으로 그들을 녹인다고 생각하라.

4. 만일 당신이 방사선 치료를 받고 있는 중이라면, 열 램프로 보는 것처럼 신체 각 부분에 라벤더 빛(옅은 자주색)을 보내 치료를 도우라. 라벤더는 지혜와 영적 힘을 나타내는 신성한 색상이다.

5. 이제 암으로 인해 손상된 세포들을 치유하는 초록색을 내보내라. 아주 고통스런 시기에는 초록색을 영적 안내자의 빛인 파란색과 섞을 수도 있다. 원하는 색조를 스스로 골라 그 초록색이 흐르는 액체로 당신의 내부를 치료한다고 생각하라.

6. 이 마지막 단계에서 당신은 다시 한번 머리 주위에 파란빛의 후광을 만들어 약해진 몸에 정신력과 용기를 준다. 보호막처럼 파란빛을 몸 주위에 흐르게 하라. 사랑의 빛인 치유의 힘을 내부와 외부 양쪽에 모두 느끼라. 공중에 떠 있는 자신을 생각하며 "치유, 치유, 치유"와 같은 주문을 반복하는 것으로 명상을 마친다.

매일같이 하는 명상은 어렵긴 하지만 대단히 유익한 일이다. 명상에는 옳은 방법이 따로 없다. 각자가 필요에 따라 자신의 지성과 감성에 맞는 프로그램을 찾아내야 한다. 깊은 명상은 우리에게 신성한 의식을 불러일으키며 잠시나마 육체에서 영혼을 풀어준다. 이렇게 해방된 영혼은 집중된 마음의 모든 것이 단 하나로 통합되는 다른 비차원적 현실로 초월할 수가 있다.

난소암을 앓던 여성은 명상을 통한 완전한 정신 집중으로 자신을 치료하는 의사를 도울 수 있었다. 마음이 순수해지고 중심이 잡히면 우리는 진정한 자신이 누구인지를 알게 된다. 인생길 어디에서 잃어버렸을지도 모르는 자신의 정수를 찾을 수가 있다. 매일 명상하는 것은 사랑이 많은 영혼의 존재들과 접촉하는 수단으로서도 유익하다.

에너지 색상의 형태들

색상 말고도 그룹들 안에 있는 영혼들을 알아볼 수 있는 외적인 방법은 그들의 형체를 비교해보는 것이다. 에너지 형태는 균형이 잡혀 있을 수도 있고 불규칙할 수도 있고, 빛의 배치가 밝을 수도 있고 어두울 수도 있으며, 그 움직임의 질 등이 다를 수도 있는데, 이들이 모두 그룹 구성원들의 영적 특성이 된다. 최면 중에 많은 피술자들이 다른 영혼의 진동 파장에 대해 얘기한다. 색상의 의미는 이미 살펴보았으므로 이제 영혼의 맥박과 동작의 진동 파장에 대해 알아보려 한다.

피술자들과 면담을 할 때 영혼의 에너지 형태에 관해 내가 첫 번째로 하는 질문은 "현재의 인생으로 태어날 때 얼마만큼의 에너지를 영혼 세계에 두고 왔는가?"이다. 이 질문은 영혼이 능동적인가 수동적인가 하는 것과 상관이 있으며, 에너지의 밝음이나 어두움과도 관계된다. 에너지를 작동하는 모든 방법은 에너지의 양에 상관없이 영혼의 성격과 능력, 기분과 상관된다. 여러 인생을 연거푸 살고 나면 영혼의 성향들이 바뀔 수가 있다.

새로운 피술자를 맞이하면 나는 최면에 들어가기 전에 현재 인생에서 등장하는 인물들을 알아본다. 나는 그의 모든 친척과 친구와 과거의 연인들을 기록한다. 내가 그의 마음이 보여주는 연극을 앞자리에 앉아서 보게 될 것이기 때문이다. 나는 그 프로그램을 원한다. 피술자는 드라마의 주연 배우이며 다른 이들은 조역을 맡게 된다.

다음 사례에서는 피술자 영혼 그룹 안에 있는 한 조연의 색상과 형태에 대한 질문을 통해 내가 얼마나 빨리 정보들을 알아낼 수 있었는지를 보게 될 것이다. 피술자인 레슬리와 최면요법에 들어가기 전에, 나는 그녀의 시누이 로위나가 그녀에게 가시 같은 존재임을 알게 되었다. 영혼의 이름이 수시우스인 레슬리는 윤생 때마다 안정을 구하는 사람이었다고 자신을 설명하면서 평화로운 사람들과 어울리는 경향이 있다고 말했다. 현재 인생에 대해 피술자는 이렇게 말했다.

"로위나는 나를 못살게 구는 것을 즐기는 듯하고 내가 가진 모든 신념을 의심합니다."

다음은 자신의 영혼 그룹에 대한 레슬리의 영적인 그림을 보여주는 오프닝 장면이다.

케이스 34

영 (대단히 마음이 상했다.) 오, 믿을 수 없어요! 로위나가 여기 있어요. 샤스라고 하는 게 나은지… 저건 로위나예요.

닥터 N 당신 영혼 그룹 안에서 로위나의 영혼을 본 것이 무엇이 문제입니까?

영 (입을 꽉 다물고 인상을 찌푸린다.) 음, 샤스는… 방해하는 영혼 중의 하나인데….

닥터 N 어떤 면에서 방해한다는 겁니까?

영 오… 부드럽고 한결같은 에너지 진동을 가진 우리들과 비교해서지요.

닥터 N 수지우스, 당신의 시누이를 볼 때 남과 비교해서 그 색상과 형태가 어떻게 다릅니까?

영 (정말 그녀가 로위나인지 아직도 미심쩍어하며) 저기 있군요. 좋아요! 그녀의 오렌지 빛 에너지는 빠르게 고동칩니다. 늘 그렇듯 가장자리가 날카롭고 톱니 같지요. 그게 샤스예요. 불똥. 우리가 붙인 그녀의 별명이죠.

닥터 N 당신에게 보이는 로위나의 모습은 당신의 현재 인생에서처럼 영계에서도 당신과 상극인 것 같습니다. 그렇습니까?

영 (이제 레슬리는 로위나의 존재에 익숙해져가고 있으며 그녀의 음성은 부드러워진다.) 아니요… 실제로 그녀는 우리들을 밖으로 끌어냅니다…. 그녀는 우리 그룹에 유익합니다…. 나는 그걸 알겠어요.

닥터 N 그녀의 에너지의 색상과 형태가 당신 자신과 어떻게 다른지 보아주십시오. 영계에 있는 당신 자신에 대해 당신은 무슨 얘기를 할 수가 있습니까?

영 나의 에너지는 장밋빛이 도는 부드러운 흰색입니다…. 친구들은 나를 종소리라고 부르죠. 나의 에너지는 희미한 종소리처럼 울려 퍼지는 물방울, 끊임없이 떨어지는 물방울로 보이기 때문입니다…. 샤스는 에너지에 날카로운 듯한 명쾌함이 있으며 금빛이 돕니다. 그녀의 에너지는 밝고 강렬합니다.

닥터 N 당신과 당신 그룹에게 샤스의 이 모든 것은 어떤 의미를 줍니까?

영 불똥이 튀는 데서 우리들은 편안할 수가 없습니다. 그녀는 안정을 하지 못하고 항상 소용돌이처럼 휘돌고 있습니다. 우리들이 하는 일에 대해 그녀는 항상 의문을 던지고 문제를 삼습니다. 그녀는 우리들의 인생을 뒤흔들어놓는 역할을 맡은 것을 즐기는 듯합니다.

닥터 N 그녀는 로위나의 몸으로 태어난 현생에서보다 영계에 있을 때 성격이 덜 거친 것 같지 않습니까?

영 (웃는다.) 그래요. 그녀는 모든 것을 증폭시키기 위하여 짧은 퓨
즈가 있는 긴장된 몸을 선택합니다. 이번에(현생을 가리킨 것이다.)
그녀는 남편의 누이로 태어났어요. 샤스는 몹시 신경을 건드리
지만 이제 나는 그녀가 진실로 어떤 사람인지를 알게 되었습
니다. 그녀가 하는 행동의 동기는 사랑이며 우리들이 할 수 있
는 한 최선을 다할 것을 바라고 있다는 것을 나는 압니다. (다시
웃는다.) 우리들은 그녀가 마음을 느긋하게 먹도록 돕기도 합니
다. 왜냐하면 그녀는 보지도 않고 불속으로 뛰어드는 경향이
있으니까요.

닥터 N 당신 친구들 가운데 에너지가 샤스(로위나)와 비슷한 사람
이 있습니까?

영 (웃는다.) 있습니다. 나의 친한 친구 메건의 남편 로저입니다. 그
의 이곳 이름은 시에르입니다.

닥터 N 그의 에너지는 어떻게 보입니까?

영 그는 앞뒤로 지그재그로 움직이는 기하학적이고 각이 진 형태
의 에너지를 내보내고 있습니다. 날카로운 파장입니다. 그의
혀와 같이 말입니다. 멀리서 들으면 그의 에너지는 오케스트라
에서 심벌즈를 때리는 것같이 울립니다. 시에르는 겁이 없고
용맹스런 영혼입니다.

닥터 N 당신에게서 들은 에너지 형태 이야기를 바탕으로, 샤스(로
위나)와 시에르(로저)는 인생에서 훌륭한 짝이 아닐까요?

영 (크게 웃음을 터뜨리며) 농담이겠지요! 그들은 서로를 죽이고 말 거예요. 로위나의 남편 센, 그러니까 나의 오빠인 빌은 평화로운 영혼입니다.

닥터 N 그의 에너지를 설명해주십시오.

영 그는 안정된 에너지를 가지고 있어요. 초록빛 두는 갈색이죠. 산들바람이 불 때 포도 넝쿨이 움직이는 것을 아시겠지요.

닥터 N 포도 넝쿨이라고요? 나는 그게 무슨 소린지 모르겠습니다.

영 우리 그룹에는 모두 별명이 있어요. 센은 포도 넝쿨 같은 진동 파장을 지니고 있어요…. 줄을 땋은 것 같은 형태로 말입니다. 저, 긴 머리를 땋은 것처럼요.

닥터 N 그 에너지 형태는 어떤 식으로든지 센, 그러니까 당신 오빠인 빌을 나타내고 있습니까?

영 그렇지요. 복합적이지만 한결같고, 믿을 수 있어요. 사랑스런 조화 속에서 다양한 요소들을 짜낼 수 있는 그의 능력을 나타냅니다. 포도 넝쿨과 불똥은 아름답게 어울립니다. 왜냐하면 로위나는 빌이 너무 안주하지 않게 하고 빌은 로위나의 인생에 안정감 있는 닻이 되어줍니다.

닥터 N 더 계속하기 전에, 당신이 당신 영혼 그룹에 준 영혼들의 이름은 전부 S자로 시작하고 있습니다. 거기에 무슨 의미가 있습니까? 내가 그 이름들을 옳게 적고 있는지조차도 모르겠군요.

영 걱정 안 하셔도 됩니다. 그건 그들 에너지 동작에서 딴 소리(音)입니다. 그 소리는 내 친구들이 어떤 사람인지를 반영합니다.

닥터 N 소리라고요? 색상과 형태 말고도 우리가 지구에서 들을 수 있는 것처럼 각자의 에너지 파장이 소리를 냅니까?

영 음… 그렇지요… 어느 정도는요. 그것은 에너지 공명으로, 우리는 그 파장을 지구에서 나는 파장과 동일시하고 있어요. 인간의 귀로는 그 진동을 들을 수 없더라도 말입니다.

닥터 N 당신의 친한 친구 메건의 얘기로 돌아가볼까요? 당신은 메건의 이름을 말했습니다만, 나는 그녀의 진동파가 만들어내는 색상을 모릅니다.

영 (따뜻하게 미소 지으며) 그녀의 옅은 노란빛 에너지는 곡식이 익은 벌판에서 넘실대는 햇빛 같아요…. 부드럽고 고르고 섬세하지요.

닥터 N 영혼으로서 그녀의 성격은요?

영 절대적이고, 무조건적인 자비와 사랑입니다.

    소리와 영혼 이름의 유사성에 관해 얘기를 더 진행하기 전에, 나는 피술자인 레슬리와 그녀의 친한 친구인 메건 사이에 있는 카르마를 설명해야 할 것 같다. 내게는 그것이 들어볼 만한 얘기로 여겨졌다. 레슬리가 처음 왔을 때 그녀는 자신이 가수이며 가끔 그녀의 목과 후두가 특히 아프다고 말했다. 나는 그것을 가수라는 직업 때문인 것으로만 여겼는데, 그녀 전생의 죽음 장면을 접하고 나서 그 생각이 바뀌었다. 레슬리의 목이 전생의 신체 각인과 직접 연결되어 있어 나는 그것을 치료해야 했다.

    전생에서 메건은 레슬리의 여동생이었다. 어린 나이에 메건은 아버지의 강요로 돈 많고 잔인하고 나이 먹은 남자 호거와 결혼했다. 호거는 그녀를 때리고 성적으로 학대했다. 결혼 후 얼마 되지 않았을 때, 레슬리는 메건이 그녀를 사랑하는 청년 로저와 함께 호거에게서 도망치도록 도와주었다. 분노한 호거는 그날 밤 레슬리를 찾아와서는 호젓한 곳으로 데리고 가서 강간하고 메건이 간 곳을 대라고 몇 시간 동안 그녀를 때렸다.

레슬리는 말을 하지 않고 버티다가 호거가 목을 조르기 시작하자 입을 열었다. 그녀는 여동생에게 도망갈 시간을 주기 위해 호거에게 틀린 정보를 주었다. 호거는 레슬리를 목 졸라 죽이고 달려갔지만, 메건을 찾지는 못했다. 후에 레슬리는 말했다.

"이번 생에서 노래를 부른다는 것은 사랑의 표현입니다. 왜냐하면 전생에서 나의 목소리는 사랑 때문에 침묵당했기 때문입니다."

소리와 영적 이름

우리는 색상, 형태, 움직임, 소리가 영혼 그룹 안에서 어떻게 영혼의 개별적 표식이 되고 있는지를 보았다. 빛에너지, 진동파의 모양, 진동파의 움직임, 소리의 공명, 이 네 가지 요소들은 서로 연관이 있어 보이지만 같은 영혼 그룹에 속해 있어도 다 다르게 나타난다. 그러나 특정 영혼들 사이에는 이상의 요소들이 서로 비슷한 점이 있다. 소리는 나 같은 영적 최면요법가에게 가장 뚜렷한 구분 요소가 된다.

영계에는 언어로 체계화할 수 없는 소리의 언어가 있다. 웃음, 허밍, 읊조림, 노래가 영계에 있지만 바람과 비의 소리와 같이 그것을 설명할 수 없다고 피술자들은 말한다. 일부 피술자들은 자신의 그룹 구성들의 이름을 서로 조화시키기 위해 음악적 코드로 균형을 잡듯이 발음한다. 케이스 34는 영혼 그룹 안의 친구들끼리 S자로 시작하는 소리로 어떻게 친화성을 갖는지를 보여준다. 케이스 28의 두 영적 선생은 비온(Bion)과 렐런(Relon)이라 불리었다. 영혼 그룹 내에는 이런 식으로 나타내는 영혼 에너지의 음률적인 상호 작용이 있는 것으로 보인다.

어떤 피술자들은 영적인 이름을 발음하는 데 어려움을 겪는다. 영적인 이름들은 마음속에 공명 파장으로 존재하므로 번역하기가 불가능하다는 것이다. 하려고 들면 들수록 더 복잡해질 뿐이라고 한다. 한 피술자는 이렇게 말했다.

"내 경험으로 보면 우리들 영혼의 이름은 감정과 비슷합니다. 그런데 그 감정은 인간의 것이 아니므로 우리들의 이름을 어떤 소리로도 표현할 수가 없습니다."

이름은 음성적 상징과도 관계가 있다. 그래서 피술자는 그 숨겨진 이름의 의미를 인간 세상의 형태로 해독할 수가 없는지도 모른다.

영적인 이름을 기억하려고 애쓰는 피술자들은 음성학과 음조를 사용하면 도움이 될 수도 있다. 어떤 피술자는 영혼 그룹 구성원들을 모음을 이용하여 특성화했다. 자기 그룹에 있는 세 영혼을 퀴(Qi), 로(Lo), 수(Su)라고 부른 피술자도 있었다. 이 피술자처럼 그룹 구성원들의 이름을 짤막하게 표현하는 일은 드물지 않다. 어떤 이유에서인지 많은 영적 안내자들의 이름은 A로 끝난다.

영적인 이름을 발음하기보다는 글씨로 쓰는 것이 더 쉬운 피술자들도 있다. 그러면서도 그들은 철자는 소리만큼 의미를 지니지 못한다고 말한다. 나는 그 영적 이름이 진짜 이름을 축약한 것이 아닌지도 물어 봤다. 한 피술자는 말했다.

"우리 영혼 그룹은 우리의 안내자를 네드(Ned)라고 부릅니다."

이에 만족하지 않고 계속 추궁한 결과, 안내자의 완전한 이름을 나는 종이에 받아 적을 수 있었다. 안내자의 이름은 '네다즈바리안(Needaazzbaarriann)'이었다. 왜 피술자가 네드라고 했는지 나는 알 것 같았다. 그 후 세션의 나머지 시간 동안 우리는 그를 네드라고 불렀다.

영적 안내자의 이름을 나에게 알려주기를 꺼리는 피술자도 있었다. 개인적인 프라이버시를 남용하여 안내자와의 관계에 누를 끼칠까 하는 염려에서였다. 나는 그들의 근심을 존중하며 인내심을 가져야 한다. 세션이 진행되면 이런 불안은 사라질 수 있다. 예를 들면 한 피술자는 그녀의 안내자를 메리라고 나에게 말하고는 덧붙였다.

"메리는 당신 앞에서 자기 이름을 불러도 좋다고 합니다."

나는 그 제안을 받아들였고 우리는 한동안 세션을 진행했는데 갑자기 안내자의 이름이 마주키아가 되었다. 세션 중에 정보를 얻어내기 위해 피술자를 너무 밀어붙이는 일이 적절치 못한 순간이 있기에 나는 더 이상 묻지 않았다.

마지막으로 나는 우리 자신의 영혼 이름이 우리가 진화해나감에 따라 조금 바뀔 수 있다는 것을 얘기해야겠다. 고도로 진화된 피술자 중의 하나가 자신의 이름이 어린 영혼이었을 때는 비나였는데 지금은 카비나가 되었다고 했다. 왜 그렇게 되었느냐고 묻자 카비나는 현재 자기가 상급 안내자인 카라피나의 제자이기 때문이라고 했다. 영계에서 불리는 이 세 이름이 왜 비슷하냐고 물었을 때 그것은 당신이 알 필요가 없다고 그녀는 대답했다. 내가 사생활의 선을 침범한다고 느끼면 급히 질문을 막아버리는 피술자들이 있다.

영혼의 학습 그룹

나의 첫 책《영혼들의 여행》에서 나는 초보 영혼과 중간 영혼과 진화된 영혼 그룹, 그리고 그들의 안내자들을 얘기했다. 또한 영혼이 바위, 흙, 식물, 하위 생명체와 같은 물리적 물질을 만들고 형성하는 법을 배우는 그룹 에너지 훈련 사례를 설명했다. 이 설명을 다시 반복할 생각은 없으나 굳이 여기 하는 것은 독자들이 영혼 집단의 또 다른 삶의 측면들에 대한 지식을 넓혔으면 해서다.

여기서 나는 이 장 처음에 말했던 학교와 교실 같은 구조물이 아닌, 영혼 그룹 안에서 영혼들 간의 관계를 설명하겠다. 피술자들은 영적 학습 센터들이 반드시 교실이나 도서관 분위기만 띠고 있는 것은 아니라고 한다. 이 센터들을 단순히 '우리 집 공간'이라고 설명하는 피술자들을 꽤 자주 보게 된다. 그런 경우일지라도 영적인 배움의 환경은 학습 과정을 설명하는 피술자의 마음속에서 급히 변화할 수 있다.

삶과 삶 사이의 영혼 세계에 대한 나의 연구가 출판되자, 일부 사람들은 영혼을 교육하는 영적 구조들을 내가 인간의 학교와 교실이라는 언어로 설명한 것에 대해 비판적이었다. 콜로라도에 사는 한 부부는 나에게 편지를 썼다.

"우리들은 당신이 사후 삶을 설명할 때 쓴 학교라는 말이 싫었습니다. 당신이 전에 교육자였던 영향 때문이 아닌가 생각합니다."

또 어떤 이들은 학교란 그들에게는 관료적이고 권위적이며, 다른 학생들에게 개인적인 굴욕을 당한, 일련의 나쁜 경험을 한 곳이라고 말했다. 그들은 영계에서 인간들의 교실과 비슷한 그 무엇도 보기를 원하지 않았다.

독자 중에는 학교에 대해 쓰린 기억이 있는 사람이 있다는 것을 안다. 슬프게도 지구에 있는 학교들은 다른 기관들처럼 인간이 초래한 결점들을 포함하고 있다. 선생과 학생들은 다른 사람에게 거만하고, 잘난 척하고, 무례할 수 있다. 배움이 있는 곳에는 파헤치고 따지는 성향이 있다. 그럼에도 불구하고 우리 대부분은 사려 깊은 선생들에게서 중요한 정보들을 전수받으며 학교 친구들과는 평생 지속되는 친교를 맺은 기억을 간직하고 있다.

영계의 학습 센터는 영적 지식을 얻는다는 기능적인 면이 피술자인 인간의 마음에 의하여 학교로 번역된 것이 아닌가 한다. 우리의 안내자 또한 지구로 태어나는 영혼들을 위하여 학습 센터를 지구적인 학교로 시각화해놓은 것이라고 나는 생각하고 있다. 피술자들은 영계 학교의 형태와 구조는 지구의 학교와 비슷한 점이 있기는 하지만 내용 면에서는 대단한 차이가 있다고 말한다. 압도적인 친절과 자비와 무한한 인내심이 영적 배움의 장소에 넘치고 있다고 한다. 동료 학생들조차도 친구의 성과를 전적인 사랑과 존중으로 평가하며, 다음 윤생에서는 더 잘해볼 수 있도록 서로를 격려한다.

영혼 그룹들은 개인성을 존중한다. 모두가 두드러지고 기여할 것이라고 기대한다. 강력한 성격의 영혼도 있고 조용한 성격의 영혼도 있으나, 어느 누구도 지배하지 않으며 어느 누구도 무시되지 않는다. 각 영혼은 제각기 강점과 약점을 지닌 독특한 존재이므로 그 개성이 존중되는 것이다. 우리들은 비슷한 점과, 그리고 또 다른 점 때문에 특정 영혼 그룹에 배치되어 모이게 된 것이다. 자신의 성격을 가지고 산 모든 인생에서 얻은 개인적인 지혜를 자신의 영혼 그룹과 공유하는 것이므로 각 영혼의 특성들은 고귀하다.

영혼들은 그룹 안에서 서로 놀리고 유머를 사용하는 것을 좋아하지만 항상 서로를 존중한다. 윤생의 삶에서 자신에게 해를 끼친 영혼에게도 마찬가지다. 용서 차원을 넘어 영혼들은 관용을 훈련한다. 윤생의 삶에서 자신에게 슬픔과 괴로움을 줬던 인간 몸의 부정적인 성격은 그 몸이 죽었을 때 함께 매장되었음을 영혼들은 알고 있다. 버려야 할 부정적인 감정의 주요 항목은 분노와 두려움이다. 영혼들은 특정한 교훈을 가르치고 배우기 위해 카르마적인 인생 계획에 자진하여 참여하지만, 지구에 왔을 때 그것이 그대로 이행되지 않을 수가 있다.

어떤 강연장에서 한 정신과 의사가 손을 들고 말했다.

"당신이 말하는 영혼 그룹들이라는 것이 나에게는 부족주의같이 들립니다."

거기에 대해 나는 영적 공동체 안에서 지극한 충성과 지지를 서로에게 품고 있는 영혼 그룹들은 부족적인 인상을 주고 있다고 대답했다. 그러나 영혼 그룹들은 다른 영혼 그룹과의 관계에서는 부족적이 아니다.

지구 사회에서는 최선의 의도에 대해서도 불신을 품는 고약한 버릇이 있으며, 최악의 경우에는 냉혹함과 비통함을 서로에게 나타내고 있다. 하지만 영계의 사회는 그 상호 관계가 엄격할 수도 있고 온건할 수도 있고 유순할 수도 있지만, 영혼 그룹 내에서나 영혼 그룹들 사이에서 차별이나 따돌림이 있다는 어떠한 증거도 나는 보지 못했다. 인간들과 달리 모든 영적인 존재들은 하나로 결합되어 있다. 그러나 영혼들은 다른 그룹들의 신성함을 오로지 관찰하기만 할 뿐 참견하지 않는다.

내가 대학의 시간 강사였을 때 내 수업을 들은 (성인을 포함한) 일부 학생들이 어떤 사실을 놓고 가치 혼란을 느끼는 것을 보았다. 그들은 그 사실을 개념화하여 소화시키려고 노력하면서도 잘못된 전제 때문에 논쟁을 벌이기도 하고 심지어는 자기 스스로 모순성을 드러내기도 한다. 그러나 그것이 바로 학생들의 속성인 것이다. 마침내 그들은 더욱 효과적으로 추론하고 종합하는 법을 배우게 된다. 그때의 경험이 영계를 소개하는 내게 방법론적으로 도움이 되고 있다.

최면요법을 통한 연구 초기 단계에 나는 영적 교실에서 자기기만을 찾아볼 수 없다는 것에 깜짝 놀랐다. 선생-안내자는 비록 형체를 드러내지 않는 경우일지라도 어디든지 있는 듯이 보였다. 그들은 영적 공부 시간 때 왔다가 가곤 하지만 영혼들의 자기 발견을 방해하는 일이 없다.

영혼들은 아직 전지전능하지는 않지만 만물에 깃들인 불멸의 지혜를 가지고 있기 때문에 과거 생에 행한 자신의 역할에서 카르마적인 교훈을 배워야 한다는 것을 의심치 않는다. 배움에 대해 가장 혹독한 평가를 내리는 것은 그 누구도 아닌 자기 자신이라는 것이 영혼 세계의 원리다.

영혼의 학습 그룹 안에는 놀랍도록 명료하고 이성적인 사고가 존재한다. 자기기만이란 존재하지 않으나, 매 인생에서 더 배우겠다는 의욕이 모든 영혼들에게 똑같은 형태로 존재하지는 않는다. 한 피술자는 말했다.

"나는 한동안 스케이트나 타겠습니다."

편한 인생을 택하거나 윤생 속도를 늦추겠다는 뜻이다. 영혼의 선생들이나 원로들의 의회는 그 결정이 만족스럽지 않더라도 그것을 존중해준다. 영계 안에서도 어떤 학생들은 항상 자기의 최선을 다하는 선택을 하지 않는다. 나는 그런 영혼은 지구로 윤회하는 영혼 중의 극소수일 뿐이라고 믿고 있다.

그리스어로 '페르소나(persona)'는 '마스크(mask)'라는 말과 동의어다. 그것은 영혼이 그 어떤 인생 속으로 들어와 육체로 사는 것을 표현하는 적절한 말이기도 하다. 우리가 새로운 육체로 태어나면 영혼의 성격은 육체의 성격과 합쳐져서 하나의 페르소나(사람)를 이룬다. 육체는 영혼의 외적인 모습이나, 육체 자체가 영혼의 전부는 아니다. 지구로 오는 영혼들은 마스크를 쓰고 세상이라는 무대 위에 오른 배우로 자신을 생각한다.

셰익스피어의 〈맥베스〉에서 왕은 죽음을 준비하며 말한다.

"인생은 움직이는 그림자일 뿐이다. 가련한 연기자는 무대 위에서 그의 시간을 거들먹거리며 걷든가 초조하게 돌아다니다가 소리 없이 사라지고 만다."

이 유명한 대사는 어떤 의미로 영혼이 지구에서의 삶에 대해 어떻게 느끼는지 묘사하는데, 다른 점이 있다면 우리 대부분은 연극이 시작되었음에도 극이 끝날 때까지 그 사실을 모른다는 것이다. 다양한 망각의 장막이 매 인생마다 드리워져 있기 때문이다.

피술자들이 깊은 최면 상태에서 보는 교실도 연극과 비슷하다고 볼 수 있다. 특히 힘들었던 인생을 마치고 자신의 영혼 그룹으로 돌아가면 친구들이 "브라보!"라고 외치며 박수를 보낸다고 말하는 피술자들이 있었다. 그것은 인생이라는 연극의 마지막 장 끝까지 잘해냈다는 것에 대한 박수다. 한 피술자는 이렇게 말했다.

"우리 그룹에서 지난 생인 마지막 공연의 주요 등장인물들은 무대에 막이 내린 뒤 다음에 공연할 새 연극 리허설에 들어가기 전에 한쪽 구석으로 가서 우리가 연기했던 각 장면들을 연구합니다."

다음 연극에서 맡게 될 배역─현 인생의 배역─이 주어졌을 때, 그리고 최종 배역이 결정되기 전에 누가 어떤 역을 맡을 것인가에 대한 토론이 벌어지는 장면을 얘기할 때 피술자들이 웃는 것을 나는 종종 보게 된다.

우리의 안내자는 무대연출가가 되어 좋을 때, 나쁠 때를 가리지 않고 우리의 과거 인생을 한 장면 한 장면 함께 살펴본다. 그러면서 우리가 했던 잘못된 판단이 세부적으로 드러난다. 다른 결과를 가져올 수 있는 모든 가능성들을 연구하고, 각 사건들마다 다른 선택을 할 수 있는 장면들로 이루어진 새로운 각본을 만들어 비교해본다. 각본 속에 있는 모든 역할을 공부한 뒤에는 각 연기자의 행동 양식을 상세히 해부한다. 영혼들은 역할을 서로 바꿔볼 수도 있다. 자신의 그룹이나 아니면 가까이 있는 영혼 그룹의 누군가와 중요한 장면들을 다시 재연해보며 다른 배우와 공연하면 어떤 결과가 되는지를 본다. 나는 피술자들이 이런 역할 바꾸기에 대해 얘기하는 것을 격려한다. 영혼들은 다른 배우들을 통해 그 자신의 연기를 보는 것에서 인생에 대한 안목을 얻게 된다.

나는 전생을 재생해 보여주는 심리극이 영혼의 현재 인생에서 유용한 치료 요법인 것을 알게 되었다. 영혼 그룹들의 이러한 연극 무대는 지구에서 자신들이 겪었던 것을 단순한 모방으로 사소하게 만드는 게 아니다. 연극은 영혼에게 객관적인 방법으로 이해를 돕고 발전하겠다는 열망을 일으킨다. 이 시스템은 기발하다. 창의성과 독창성, 그리고 인간관계에서 얻은 지혜로 난관 극복의 열망을 불러일으키는 이러한 교육적 훈련에서 영혼들은 지루해하지 않는다. 영혼들은 언제나 다음 번에는 더 잘해보겠다고 마음먹는다. 어떠한 형태를 취하든지 간에 배움의 공간들은 영혼들에게는 매혹적인 장기판이다. 영혼들은 게임이 끝난 후에 놓았던 장기말들을 살펴보며 최선의 해결책을 얻을 수 있는 모든 가능성을 공부한다. 피술자들의 일부는 정말로 윤회의 전 과정을 '게임'이라고 부르고 있다.

연극에서 한 연기자의 연기에 대한 평가는 대만족에서부터 통과 수준, 불만족까지 그 범위가 넓다. 어떤 독자들은 이것이 지구에서 교육의 등급을 매기는 것과 수상쩍게도 같다는 결론을 내릴 수도 있다는 것을 알지만, 이런 식의 표현은 피술자에게서 나온 것이지 내가 지어낸 것이 아니다.

영혼 그룹에서 동료들의 성과 평가는 우리들을 위협하려는 것이 아니라 오히려 동기를 부여하는 것이다. 대부분의 영혼들이 다음번에는 더 잘해보려고 그들이 벌였던 지난 인생 게임을 미친 듯이 공부하는 것으로 보인다. 챔피언 운동선수처럼 그들은 시도해보기를 원하며, 시도할 때마다 발전하기를 원한다. 영혼들은 그들이 참여하게 될 게임의 양상을 살펴보고, 그 게임에서 그 육체적 윤회에서 얻을 수 있는 발전 수준과 기술 수준을 파악한다. 영혼들이 지구로 오는 목적이 여기에 있다.

영혼들의 학습 그룹에 대해 얘기를 시작할 때 나는 학습 센터에서 하는 공부는 과거 인생들을 살펴보는 데에만 국한되어 있지 않다고 말했다. 다른 모든 활동 외에도, 에너지 사용법을 주로 공부한다. 이 기술을 습득하기 위하여 교실에서는 여러 형태의 수업 방법이 행해지고 있다. 영계에서는 유머가 특징이라는 말은 이미 한 바가 있다. 다음 사례의 피술자인 학생은 창조 수업이 약간 제멋대로 진행된 것을 설명하면서 기발한 상상력을 보여준다.

케이스 35

닥터 N 당신은 교실처럼 생긴 공간 안에 당신의 그룹이 모여 있다고 말했습니다. 무슨 일이 거기서 일어나고 있습니까?

영 우리들의 에너지를 가지고 창조하는 훈련을 하려고 모였습니다. 나의 안내자인 트리니티는 칠판 앞에서 우리들이 공부할 모형을 그리고 있습니다.

닥터 N 당신은 무엇을 하고 있습니까?

영 다른 친구들과 함께 책상에 앉아 트리니티가 하는 일을 보고 있습니다.

닥터 N 장면을 설명해주십시오. 당신은 기다란 책상에 다른 학생들과 한 줄로 앉아 있는 것입니까?

영 아니요. 우리들 각자는 자기 책상이 있어요. 책상은 위로 뚜껑을 열게 되어 있습니다.

닥터 N 당신의 자리는 어디쯤입니까?

영 나는 교실 왼쪽에 있습니다. 장난꾸러기 카엘(현재 인생에서 피술자의 남동생)이 내 옆에 앉아 있습니다. 잭(피술자의 현재 남편)은 바로 내 뒤에 있습니다.

닥터 N 교실 분위기는 어떻습니까?

영 너무 편안합니다. 과제가 너무 쉽기 때문이지요. 트리니티가 그리는 것을 보는 일이 거의 지루할 지경입니다.

닥터 N 아, 그렇습니까? 트리니티가 그리고 있는 것이 뭔데요?

영 에너지의 여러 부분으로 어떻게 쥐를 빨리 만들 수 있는지… 그 방법을 공부하는 그림을 그리고 있어요.

닥터 N 이 과제를 완성할 수 있도록 에너지를 모으기 위해서 당신들은 그룹별로 나누어지게 됩니까?

영 (손을 저으며) 오, 아니에요. 우리는 그 과정을 벌써 지났어요. 우리는 개별적으로 그 능력에 대한 시험을 치게 됩니다.

닥터 N 시험에 대해 설명해주십시오.

영 우리들은 한 마리의 쥐를 머릿속에 재빨리 떠올립니다…. 완벽한 쥐를 창조하는 데 필요한 에너지 부분들까지도요. 어떠한 창조에도 에너지를 배치하는 데에는 적절한 순서가 있습니다.

닥터 N 그러니 그 시험이라는 것은 쥐를 창조하는 수업에서 치러야 하는 관문이군요.

영 글쎄요… 그렇다고도 할 수 있습니다만… 사실 이것은 속도 시험입니다. 창조 훈련에서 효율성의 비결은 빠른 개념화에 있습니다. 쥐를 어느 부분부터 시작해야 하는지를 알아야 하는 거지요. 그 뒤에 얼마만큼의 에너지가 드는지를 또 알아내야 합니다.

닥터 N 쉬운 일 같진 않습니다.

영 (환하게 웃으며) 쉬워요. 트리니티는 쥐보다는 좀 더 복잡한 생물을 택했어야 했어요….

닥터 N (완강하게) 내게는 트리니티가 잘 알아서 하고 있는 것같이 보입니다…. (갑자기 터져나오는 피술자의 웃음이 나의 말을 막는다. 나는 웃는 이유를 묻는다.)

영 카엘이 방금 나에게 윙크하며 자신의 책상 뚜껑을 열었습니다. 하얀 쥐 한 마리가 달려 나오는 것이 보입니다.

닥터 N 그가 수업 과정을 앞서가고 있다는 뜻입니까?

영 그렇습니다. 그는 자랑하고 있습니다.

닥터 N 트리니티는 그것을 알고 있습니까?

영 (아직도 웃으며) 물론이죠. 트리니티는 모르는 것이 없어요. 그는 하던 일을 중지하고 말합니다. "좋아요. 시작하고 싶어서 그렇게 좀이 쑤신다면 우리 빨리 해치웁시다."

닥터 N 이젠 어떤 일이 일어나고 있습니까?

영 쥐들이 교실 안을 돌아다닙니다. (웃는다.) 좀 더 흥을 돋우기 위하여 나는 정상보다 더 큰 귀를 내 쥐에다가 붙였습니다.

영혼 그룹들이 에너지를 모아 사용하는 또 하나의 사례를 들며 영혼들의 학습 그룹에 대한 얘기를 마치겠다. 전에는 언급한 일이 없는 교훈의 한 유형이다. 케이스 36은 세 영혼이 방금 지구로 태어난 자기 그룹 동료를 도우려고 한다. 높은 수준의 능력을 지닌 위의 사례와 달리 이 영혼들은 최근에 2단계로 들어선 영혼 그룹에 속해 있다.

케이스 36

닥터 N 당신 학습 그룹 안에서 일어나고 있는 의미 있는 활동들을 시각화해주세요. 대표적인 공부는 무엇이며 당신이 하고 있는 일은 무엇인지 설명해주십시오.

영 (오랜 침묵 후) 오… 당신이 알고 싶어 하는 것… 그건 이를테면… 나는 두 친구와 함께 아기의 육체 속으로 들어간 클리데이를 긍정적인 에너지로 도와주려고 최선을 다하고 있습니다. 우리는 이 작업이 성공하기를 바라지요. 왜냐하면 우리 모두는 클리데이를 따라 곧 지구에 태어날 것이기 때문입니다.

닥터 N 좀 천천히 갑시다. 지금 당신들 셋이 하고 있는 일은 정확히 무엇입니까?

영 (깊은 숨을 쉰다.) 우리는 원을 그리며 앉아 있어요. 우리의 선생은 우리 뒤에서 지도하고 있습니다. 우리는 에너지 빔을 만들어 클리데이가 들어간 아기의 마음에 보내고 있습니다. 아기는 방금 태어났고… 비밀 얘기를 하고 싶지는 않습니다만, 아기는 힘든 시간을 보내고 있어요.

닥터 N 그렇군요. 하지만 얘기를 하다 보면 도움이 될 수도 있겠죠. 앞으로 당신이 무엇을 할 것인지에 대해서는 얘기해도 좋을 것 같은데요.

영 그… 그게… 해로울 건 없겠죠.

닥터 N (부드럽게) 클리데이는 임신 몇 개월 후에 아기 몸으로 들어갔습니까?

영 4개월째였어요. (잠시 쉬었다가 다시 말한다.) 하지만 우리들이 클리데이를 돕기 시작한 것은 6개월째부터예요. 9개월이 될 때까지 계속 돕는 게 쉽지 않았어요.

닥터 N 이해할 수 있습니다. 정신을 집중하고 있어야 하는 것 등 말이지요. (멈추었다가) 왜 클리데이는 당신들 셋에게 도움을 받아야 하는지 얘기해주십시오.

영 클리데이가 아이의 성격에 더 잘 적응하도록 우리의 에너지를 보내 격려하는 것입니다. 영혼이 아기와 합칠 때면 아기 손에 꼭 맞는 장갑 속에 들어가는 것과 같아야 합니다. 클리데이는 이번 장갑이 잘 맞지 않습니다.

닥터 N 그 사실이 당신들과 당신들의 선생에게 놀라운 일입니까?

영 아, 별로 그렇지도 않습니다. 클리데이는 조용한 영혼이지요. 평화롭고요. 그런데 아기는 마음이 안정적이지 못하고 공격적이고… 클리데이와 합치기가 어렵죠. 클리데이는 그것을 미리 알고 있었지만 말입니다.

닥터 N 클리데이는 그럼 그 아기의 몸을 선택하기 전에 이미 특정한 종류의 도전을 원했다는 말입니까?

영 그래요. 이전 생들에서 클리데이는 육체가 지닌 공격성을 제어할 수 없어 곤란스러웠기 때문에 그런 종류의 육체 속에서 견디는 것을 배워야 한다는 것을 압니다.

닥터 N 그 아기는 사나운 성격을 가진 사람으로 성장합니까? 감정적인 갈등을 겪거나 억제력이 거의 없는, 아마도 그런 사람으로?

영 (웃으며) 알아맞추셨습니다. 그게 나의 형입니다.

닥터 N 현생에서 그렇습니까?

영 네.

닥터 N 당신 말고 당신과 함께 일했던 다른 두 영혼은 클리데이의 인생에서 어떤 역할을 맡았습니까?

영 지닌느는 클리데이의 아내이고 몬츠는 클리데이의 가장 친한 친구입니다.

닥터 N 마치 훌륭한 응원팀같이 보이는군요. 왜 클리데이는 공격적 성향의 육체를 필요로 했는지 나에게 좀 더 설명해줄 수 있습니까?

영 클리데이는 대단히 사색적입니다. 그는 많이 생각하고 돌다리도 두들겨보고 건너갈 정도로 신중합니다. 그는 어떤 일에고 바로 뛰어드는 법이 없습니다. 그래서 지금의 육체로 태어나는 것이 그 자신의 능력을 넓히는 데 도움이 된다고 느꼈지요. 그리고 아기에게도 도움이 되고요.

닥터 N 지난 생에서 클리데이의 문제는 무엇이었습니까?

영 (어깨를 흠칫하며) 문제들, 문제들… 언제나 같은 종류의 몸으로… 그는 그런 육체에 집착하고 중독되었어요. 통제력을 잃고요. 그는 또 지닌느를 학대하기도 했어요.

닥터 N 그렇다면 왜….

영 (급하게 끼어든다.) 우리들은 클리데이의 인생을 열심히 공부했어요. 모든 일들을 돌아보고 또 돌아보며 살폈어요. 클리데이는 똑같은 종류의 몸에서 다른 기회를 가져보기를 원했습니다. 그는 지닌느에게 자신의 아내가 다시 되어주겠느냐고 물었고 지닌느는 동의했습니다. (피술자는 웃기 시작한다.)

닥터 N 무엇이 우습습니까?

영 이번 생에만 나는 강한 육체를 가지고 클리데이의 남동생으로 태어나 그가 자신을 지탱하도록 도울 것입니다.

닥터 N 당신이 현재 공부하고 있는 에너지 빔으로 얘기를 마칩시다. 당신과 당신의 두 친구가 에너지로 클리데이를 어떻게 돕는지 설명해주십시오.

영　(긴 침묵 후) 클리데이의 에너지와 아기 에너지는 합쳐 있지 않고 흐트러져 있습니다.

닥터 N　아기의 감정 에너지가 흐트러져 있어서 클리데이가 합치는데 어려움을 겪는 것입니까?

영　그래요.

닥터 N　아기 두뇌에서 나오는 전기적 작극의 패턴 때문입니까?

영　(사이를 두고) 그렇지요. 신경조직 끝에서 나오는 사고 과정들…. (멈추었다가 계속한다.) 우리는 클리데이가 이 신경망들을 잘 따라가도록 도우려고 합니다.

닥터 N　아기가 클리데이를 침입자로 생각하고 거부하고 있지는 않습니까?

영　아, 아니지요… 그런 것 같진 않고…. (웃는다.) 그러나 클리데이는 어떤 면에서 또 다른 원시적 두뇌를 이번 생에도 가졌구나 하고 있어요.

닥터 N　당신들이 보내는 에너지 빔은 아기 몸의 어디로 흘러들어 갑니까?

영　우리는 목 뒤에서 시작하여 두개골 밑에서 올라가며 에너지를 보내고 있어요.

닥터 N　(과거형으로 질문한다.) 그 작업은 성공적이었습니까?

영　우리들이 클리데이를 도왔다고 나는 생각합니다. 특히 작업 초기예요. (잠시 멈춘 후 웃는다.) 그러나 나의 형은 아직도 이 인생에서 제멋대로만 하려고 듭니다.

영혼 그룹들의 활동에 대해서는 이후에 더 설명하겠다. 9장에서 육체와 영혼의 동반자 관계를 설명할 때, 위의 사례에서 언급이 있었던 인간 정신의 원시적 부분 때문에 영혼들이 분투하는 심리적인 면에 대해 자세히 설명하겠다.

미래 인생을 선택하는 것에 대한 심리적인 분기점들은 영혼들이 영계로 돌아와 처음 갖게 되는 오리엔테이션 때부터 이미 시작되고 있다. 지난 인생에서 얻은 교훈들과 미래 인생에 대한 기대는 영혼들이 원로들과 갖게 되는 첫 면담 때에 이전보다 더욱 선명한 초점 속에 드러나게 된다.

(2권으로 이어집니다.)

역자 후기

우리 영혼 안에는 슬픔이 있다고 이 책의 저술자는 말한다. 영혼 안에는 영혼 자체의 발전 수준과 관계없이 어느 영혼이나 다 똑같은 이유를 가지고 영혼의 완성을 추구하며, 완성에 대한 동경 때문에 슬퍼하는 것이라고 한다.

바닷가의 노을, 밤하늘의 별, 내리는 눈발, 아이의 울음소리, 기적 소리, 밥 짓는 소리, 가정, 국가, 교회당, 사찰, 국회의사당, 공항, 이 땅에 막 도착한 외계인처럼 모든 게 낯설어서 어디 딴 데 속해 있는 것같이 외로운 극도의 향수… 이름 붙일 수도 없고 이유도 없고 이유도 모르겠는 그러한 감정이 영혼으로부터 연유하는 것임을 알게 되었기에 이 책이 고맙다. 아마도 영원히 고마워할 것 같다.

하루에도 몇 번씩 위험스럽도록 정의롭고 히스테리컬한 종교 전도가들은 아파트의 벨을 누르고 우리 모두 죽을 목숨이나 믿으면 살길이 있다고 한다. 계룡산 어디 가서 때를 기다리며 살고 있으면 새 세상이 온다고 하는 종교가도 본다. 우리가 쉼 없이 찾고 끝없이 공부하고 싶은 것이 천당에 가고 극락에 가고 인류 멸망의 날에 뽑혀서 살기 위함인가? 아무 이유 없이 그냥 알고 싶어서가 아닐까? 나 자신을 보아도 그렇고 이 책을 보아도 그렇고 우리 영혼 안에는 알고 싶어 하고 완성을 그리는 본능이 이미 있다고 하지 않는가?

우리말로 사람은 살(ㅅ)과 앎(얼)의 합성어로, ㄱ 어원은 사랑이라고 한다. '사람'의 미음 받침의 모가 깎이면 사랑이 된다고 한다. 서로 이끌어주고 격려해주는 영혼들의 세상, 원천이 설정한 자연법칙은 준엄하나 우주를 지배하는 마음은 오직 사랑임을 이 책은 보여주고 있다. 사람이 무엇인지를 사람인 우리들에게 깨닫게 해주고 있다. 우리들의 아이들과 후손들이 살 이 지구, 어쩌면 우리들이 다시 와서 살지도 모를 이 세상을 좀 더 나은 곳으로 만들어놓고 가려는 노력만이 몹시도 귀중한 것임을 알게 해준다.

김지원

영혼들의 운명 1

초   판 1쇄 발행 2001년 2월 1일
개정1판 1쇄 발행 2011년 10월 10일
개정2판 1쇄 발행 2025년 2월 3일

지은이 | 마이클 뉴턴
옮긴이 | 김지원
펴낸이 | 한순 이희섭
펴낸곳 | (주)도서출판 나무생각
편집 | 양미애 백모란
디자인 | 박민선
마케팅 | 이재석
출판등록 | 1999년 8월 19일 제1999-000112호
주소 | 서울특별시 마포구 월드컵로 70-4(서교동) 1F
전화 | 02-334-3339, 3308, 3361
팩스 | 02-334-3318
이메일 | book@namubook.co.kr
홈페이지 | www.namubook.co.kr
블로그 | blog.naver.com/tree3339

ISBN 979-11-6218-329-8 03800